リンドバーグ第二次大戦日記 上

チャールズ・A・リンドバーグ
新庄哲夫＝訳

角川文庫
19888

THE WARTIME JOURNALS OF CHARLES A. LINDBERGH
by Charles A. Lindbergh

まえがき——刊行者のことば

過去は常に現在によって加減される。はるか以前に固く信じて疑わなかったことも、いざ再検討を加えてみると疑問や臆測に変る場合が多い。記憶力の働きと歴史の書き方とがそのように仕向けがちなのである、よしんば両者の間に方法としての違いがあったとしても。歴史家は記録のすべてを書き止めるわけにはいかないから、勢い自分のテーゼか先入観かスタイルか、あるいは何かに都合よく役立ってくれる事件や状況を選択することになる。こうして選択された出来事の類いが、かつてマックス・ウェーバーも結論づけたような歴史的事実となるのである。

従ってまた、たとえば日記類を書きしるす場合に当たっても選択の行為がなされるのである。一日の出来事のうちでまず何が重要かと決めてから、初めて時間的経過の要領を得た短い記録が書き止められる。にもかかわらず、日記が生真面目で率直な人物の手にかかったりすると、それは出来事を活写する比類ない手段となるのだ。つまり、正確な記述と一貫した見方とによって活写されるということである。過去を振り返ってみれば、このことは〝森の哲人〟ソロー、など数少ない人たちの刮目《かつもく》すべき日記類に認められる。それはいま、最後の記入が行なわれてから二十五年ぶりに公刊されるチャールズ・A・リンドバーグの戦時日記にも認められるのである。

リンドバーグ将軍は一九三七年十一月から日記を書き始めることにした。自らも断わっているように、彼が時代の凶兆を察知したからであり、また幸運にも世界の軍事大国の指導者や代表者と親しく語り合うことが出来たからである。リンドバーグは一九四五年の夏まで日記を書き続け、ヨーロッパの破壊された諸都市を再訪する記述でペンを措《お》いている。リンドバーグがその長い経歴を通じて、これほど徹底した態度で長期にわたる日記をしたためたのは一九三七年から四五年までの期間だけである。

リンドバーグは一九二七年にスピリット・オヴ・セントルイス号で飛ぶことにより、公人としての第一歩を踏み出した。そして後半生は国際的な航空事業、宇宙旅行、野生動物の保護、科学研究、執筆活動への関心を追求しながら、公的な経歴は今日に及んでいる。大戦の時期を除けば、彼は数週間以上にわたる日記を書き続けた例《ため》しがなかった――あの偉大な大西洋横断単独飛行はもちろんのこと、南アメリカ、東洋、ヨーロッパへ通ずる航空路の探査、また宇宙ロケットの開拓者ロバート・ゴダード博士を〝見出し〟、支援したこと、さらに[*1]アレクシス・カレル博士と協力して人工心臓装置を開発し、生命現象に関する実験を行なったこと、あるいは夫妻の悲しみにつけこむ世間の際限ない好奇心から受けた一家の苦しみ、また後年アフリカや南北両アメリカ、極東における野生動物の救済に手を貸したときのこと、さらに音速の壁を破って大気圏外に飛び発つ人類の進歩を自ら追認したり、あるいは（いまでもそうなのだが）科学と技術とが人類に及ぼす影響についての省察をまとめたりした時のことなど、いっさい日記として書き残されていない。この戦時日記はチャールズ・A・リンドバーグの人生においてばかりでなく、現代史の歴史的体験にとっても尋常の出来事ではないのである。日記の目ざしているところは明白である。苛烈であると同時にすがすがしい。その目的は著者が出版元の私に宛てた次のような書簡の中で最もよく説明されている。

私が第二次大戦日記を公刊するのに二十五年間も待たねばならなかった理由ですが、まず第一に、この日記をしたためていた頃、自分にはこれを公にする気持がまったくなかった。内容もプライベートな記録であったからです。第二に、書いてあるデータの一部があまりにも微妙であり過ぎるため、時間的な経過がその鎮静効果を発揮しないうちに公開するのが憚られた。第三の要因としては歳月と共に訪れる客観性や、新しい世代の物の見方に関連するものです。現在に立ち至っても、第二次大戦の苦渋とプロパガンダとはいまだに完全に消え失せていません。

今年の初頭、あなたと話し合ったとき、自分に関する伝記類のおびただしい誤りについて書いた私の文章のことですが、私の人生や活動に関する誤った記述は、とりわけ大戦下の時期に甚しいものがあった。あなたと話し合ったあと、私は初めて戦時日記を思い出し、公刊してもよいとあなたに提案したのです。自分の能力が及ぶ範囲において、日記は正確な記述を含んでいたからです。

一般的にいえば、私が日記を書きしるした頃の信条はいまもって変っていないということです。

私はイギリスで一九三七年の年末ごろから、この日記を書き始めた。その主たる理由は、私が世界史上の大きな危機の一つにかかわり合いを持ちつつあるという自覚でした。ヨーロッパは戦争の前夜にあった。われわれの文明にとって破局的なものになりかねないが、しかし今ならばまだ阻止できると私が感じていた戦争です。戦争を阻止するにせよ遂行するにせよ、飛行機なるものは新しい、そしておそらく決定的な要素を構成していました。私は当時、ヨーロッパの航空事情――殊にその軍事的な側面を観察できる特異な地位にあった。私はヨーロッパ各国に駐在するアメリカ大使館の全面的な支持を得ていたし、大使館付武官よりはるかに大きな自由を得て旅行し、相手国を訪問できた。それより二年前に、私はゲーリング元帥の招待を受けてドイツ空軍を視察し、その結果はヒトラーの途方もない意図に穏やかならぬ不安感を抱いたのでした。さまざまな事態の進展は必ずや記録に値する日記になるだろうと思われた。私が公刊用としてあなたに手渡した日記は一九三八年の春、アメリカを発ってヨーロッパに帰る船旅から始まるものです。

それに先立つおよそ二年以上前に（一九三五年の終わり頃ですが）、私たちは一時的に居をヨーロッパに移した。アメリカの新聞が私たちのことを書き立て過ぎたからです。おかげで私たちは犯罪者、新聞記者、カメラマンから家や地所内を守るために武装ガードマンを立てないわけにいかなくなった。連邦と州の関係当局は、私たちが脅迫状を受け取った結果として十四件の捜査と逮捕を行なった。

この日記は、一九四二年十一月から四三年十二月までの一ヵ年分が欠落していることに気づかれるでしょう（この間、私たちはミシガン州に住んでいた）。この期間中、ウィロー・ランにおける爆撃機の生産が軌道に乗り、しかもフォード・モーター社のコンサルタントとしての仕事に加えて、私はコネチカット州イースト・ハートフォードに本部を置くユナイテッド・エアクラフト社のコンサルタントとしての地位も引き受けたのでした。またユナイテッド社のコンサルタントとして、私は主にストラートフォードのヴォート＝シコルスキー部門と協力し、戦闘機の必要性能や設計に関連する作業に従事した。ヴォートは海軍機コルセア（F4U）を製作し、一段と高い性能を持つ戦闘機のデザインを研究中でした。一九四四年、私は南太平洋海域の視察に出かけるが、その模様は欠落した部分のあとの日記に描いてあります。それは実戦に使われるコルセアを調査し、また戦闘機隊の搭乗員と、新しい時代の軍用機に望まれる性能を話し合うためでした。

この南太平洋出張から帰国した後の激務によって、日記にはまたまた欠落した部分が生じます。再びペンをとるのは一九四五年の春、つまりヨーロッパに発つ前で、そのあと間もなくドイツが降服するのです。この旅行はヨーロッパ派遣海軍技術調査団の主催で実施され、ドイツにおける最新の航空機や誘導兵器の調査が目的でした。

終戦後のヨーロッパ旅行と共に、私は日記の継続を断念した。『ザ・スピリット・オヴ・セントルイス号』という題で出版される予定の、それまで書きかけていた本の原稿を仕上げるために、精神も執筆時間もひとしく集中させたかったからです。

私は日本が降服する頃までユナイテッド社との仕事を続けた。さらに、それ以降の十年間以上も軍事的な分野で活動しました――シカゴ大学に派遣された陸軍兵器部研究調査委員会の委員、あるいは在ワシントンの空軍長官付コンサルタント、戦略空軍司令部再編計画の参加メンバーとして。また最初は空軍省だが後に国防総省の所管となる各種の弾道ミサイル開発委員会委員もつとめた。この期間中に、私はアメリカ合衆国空軍予備役の准将に任ぜられた。

これらの日記を再読して、あたかも四分の一世紀ほど経た大所高所から第二次大戦を振り返ってみた場合、私の結論はどうかというお尋ねですが、われわれは確かに軍事的な意味での勝利を得た。しかしもっと広い意味から考えれば、われわれは戦争に敗北したように思われてならぬ。なぜなら、われわれの西欧文化はもはや昔日のように尊敬されてもいなければ、確固としたものでもなくなっているからです。

ドイツと日本とを敗北させるために、われわれはそれよりも脅威の大きいロシアと中国とを支援した――両国はいまや、核兵器の時代にあってわれわれと対決する関係にあります。われわれはおかげで、多くの人間が生きてきた悠久を通じて形成される根源的な遺産を失ってしまった。その間、ソヴィエトは鉄のカーテンを引いて東ヨーロッパを覆い隠し、何事にも反対する中国政府はアジアでわれわれを脅やかしつつある。

大戦が終ってから一世代以上たちながら、われわれの占領軍は依然として駐留を続けねばならぬし、世界は民主主義や自由にとり安全な場所ではなくなっているのです。それどころか、われわれの民主的政体のシステムでさえ、いかなる政府にとっても最大の危機、つまり国内の不満と不安定とにより挑戦されているのだ。

第二次大戦が西欧文化を崩壊させる端緒となったことは充分に考えられる、あたかも第二次大戦がすでに史上最大の帝国を崩壊させる端緒となったと同じように。確かに、われわれの文化が存続できるかどうかは、現代生活のほとんどあらゆる分野でわれわれにおおいかぶさる空前の規模をもった挑戦が受け止められるかどうかということにかかっている。これら大半の挑戦は、少なくとも第二次大戦の遂行を通じて強化されたものです。

われわれはいまや、大国間における第三次の、いや、今次大戦よりもはるかに破滅的な戦争を目ざしているのであろうか。われわれは果してこのような大量殺人を回避する充分な人間関係の改善を実現できるのであろうか。人間同士の対立関係は果しなく続くというのが人間生活に固有なものである以上、私は、それらの対立点や諸条件を明確化することによってこそ人間関係が最もよく改善されると信じます。

この第二次大戦に関連した日記が過去の対立点や諸条件を明確化することに役立ち、それによって現在と将来の対立点や諸条件を理解する一助となることを願ってやみません。

そう、リンドバーグが観察者としての役割の格別な重要性を自覚していたことは明らかである。彼は一九三五年の冬、一家を連れてイギリスに移り住んだ。当然のことながら、リンドバーグ夫妻は間もなくヨーロッパの一群の指導者と親交を結ぶようになった。一九三八年の夏までに、一家がブルターニュの北岸から半マイル沖のイリエク島に移った時（アレクシス・カレル夫妻の住むサン・ジルダ島は指呼《しこ》の間にあったが）、チャールズ・リンドバーグはヨーロッパで戦争が勃発し、おそらく世界大戦に進展することは間違いないという確信を持つに至った。一九三七年に日記をつけ始めていたのであるが、それはいまや、イリエク島からロンドンへ、パリへ、ベルリンへと――あまつさえ三八年の夏に夫妻で飛ぶことになるモスクワへと旅したときの省察や活動の記録となるのだ。当時のリンドバーグ大佐には、ヨーロッパ諸国のほとんどの首都に駐在するアメリカ大使や武官と自由に面談できる権限があった。そのうえヨーロッパ列強の軍備の相関的な状況を観察するオブザーバーとして諸国間を自由に移動することもできた。この点では、彼には大使館付武官よりはるかに大きな自由があった。

一九三九年九月にヨーロッパで戦争が勃発した後、リンドバーグ大佐はアメリカの介入を唱導する一派とそれに反対する一派との政治論争に巻き込まれた。世に出てから初めて、彼は政治上の知名人となった。それは彼の政治的実践の真剣さを物語るものであった。長男を誘拐、殺害した犯人の捜査から公判までの間に発生する信じ難い出来事のあと――家郷や知人、日常的な利害関係まで捨てることにより――あれほど痛ましい思いをして確保したプライバシーさえ、そのために放棄したリンドバーグ夫妻である。祖国の戦争介入に反対した〝孤立主義者〟として、リンドバーグはついにロバート・E・ウッド将軍の率いる「アメリカ第一委員会」の指導的な代弁者となるのだ。この期間中にしるされた日記の所見はそれぞれ所期の目的を越えるものであった。当時のリンドバーグが公然と激しい攻撃にさらされていたせいである。現在のリンドバーグは次のように結論づける、自分の意見や行動を記録に留め置くのが大切だったとすれば、戦争前夜の新聞やラジオがよく伝播《でんぱ》した悪宣伝や極端な悪感情からそれを解放し、一つの客観的な状況説明として後世の役に立たせたいためであったと。伝記としてのこの戦時日記の重要性は自明であるように思われる。事実、インタビューに応ずる際の慎重さからも――それは一九二七年ごろの経験に発し、アメリカの戦争介入に反対する期間を通じて彼に加えられた新聞の攻撃により深められる警戒的な態度ではあるが――さらに長いあいだ家族のためにプライバシーを捜し求めたことからしても、また彼の最初の二つの著作である『ザ・スピリット・オヴ・セントルイス号』（一九五三年）と『第二次大戦日記』（一九七〇年）とに記述されていること以外に、そしてもちろん未公開の原稿や書簡に記述されていること以外に、より正確な〝第三者〟のリンドバーグ記録は世にあり得ないはずである。

アメリカ合衆国がいったん宣戦を布告すると、そしてリンドバーグが軍務につくことを志願したのち、多忙な日常生活のために日記を書きつける暇もない日々が生じて来る。爆撃機を造るためにヘンリー・フォードとウィロー・ランで過した期間中、あるいは後日、軍事顧問および戦闘要員として五十回にのぼる出撃の操縦桿を握った期間中、彼はその日その日の全面的な記入を続けることが出来なかった。多忙な一日の出来事の中にあってせいぜいメモを書きつけるのが精一杯の場合もあり、そのあとで、ときには二、三週間もたってから実際に書き上げたのだった。一九四五年までに、日記を書きとめておくという本来の目的は達せられた——最初は戦争を予測し、最後はその戦争に耐えて行く辛酸の歳月も終りかけていたので——彼はついに日記をつけることは中止した。その上、彼は『ザ・スピリット・オヴ・セントルイス号』の執筆に没頭していた。リンドバーグは今日、この本を書き上げるために(実際には一九三八年から書き始めたのであるが)、日記をつけることを「意識的に中止した」と述懐している。

日記はすべて小さな皮表紙の手帖に書きしるされた。手帖の文章は秘書たちの手で転写されねばならなかった。よしんば自分の生存中に日記が公開されるとは期待していなかったにせよ、日記が後日に至って書き改められたものではないと証拠立てるために、リンドバーグ将軍は明らかに特別の注意をはらった。ペン書きの日記原本とタイプライターで転写されたコピー一部とがさる大学の付属図書館に、また数部のコピーがさるカレッジと歴史研究団体にも預けられたのであるが、これらすべての機関はチャールズ、アン・リンドバーグ夫妻のあらゆる関係文書に適用される委託条件に基づき、当分だれの閲覧にも供してはならないという指示を受けている。

日記公刊の準備にあたり、リンドバーグはいくつかの個人的、あるいは編集上の配慮に直面したが、彼はそれを立派に解決したと思われる。その主たる配慮のうち、内密の個人的な内容の一部は著者の手で削除された。言及された人々の中には現存者がおり、公開されたために感情を害する恐れもあるからだ。また明らかに記述が重複する部分は削除されたし、日記全体の長さに付加し得るだけの重要性を持たないと最終的に判断された文章も省略された。原文はタイプライターで転写すると、三千枚にちょっと欠ける。本書はその三分の二に相当する長さである。

この『第二次大戦日記』は数千万の人々が同じ人間の手で悲惨な死に方をした七ヵ年の間に、一人のアメリカ人が、それも非凡で最も注目すべきアメリカ人がいったい何を考え、どのような発言を行ない、どのような行動を取って来たかという個人的な記録として一般読者に提供されたものである。この記録は著者がいささかの虚栄心も抱かずに、記録は残すに値すると自ら信じて書かれた。ここにそれを公刊するのは一つの重要で特異な体験を想起させるからである。それは一貫した物の考え方、性格的な率直さをもって語られ、また私たちは生者が罰を受けるという条件のもとに私たちの生をあえて取り返しのつかないもの、理解し難いものにすべきではないといったような示唆をもって語られているのである。

一九七〇年五月二十一日

ウィリアム・ジョヴァノヴィッチ

リンドバーグ第二次大戦日記　上

目次

大戦前夜――米本国で

大戦前夜——ヨーロッパで

第一章

大英帝国、老いたり――一九三八年

三月十二日　土曜日

船内新聞がドイツのオーストリア侵入を伝える。大見出し――「ドイツ軍、オーストリア領内に入る」。情報があまりにも錯綜《さくそう》しているので、正確な結論は下せぬ。イギリスとドイツとが協力する方法を見つけてほしいものだ。両国が協力すれば、ヨーロッパでは来たるべき長い歳月にわたり、大規模な戦争を行う必要がなくなるのだ。両国が再び戦えば、収拾のつかぬ大混乱が生ずるだろう。

三月十六日　水曜日

今日までは楽しい船旅である。ドイツ人の船員は極めてよく気がつくし、乗客からもほとんど煩わされることがない。これではドイツ人が好きにならざるを得ぬ。アメリカ人と少しも変らないかのようだ。彼らと協力すべきであって、事ある度に砲火を交えてはならぬ。われわれが戦えば、両国とも最優秀の人材を失うだけであろう。何一つ得るものはない。両国ともいかによく戦うかということを心得ているからだ。もっとも、当面はドイツの軍備の方がわれわれのそれよりもまさってはいるが。両国が万が一にも戦うようなことがあってはならぬ。

三月十七日　木曜日

午後六時ごろ、イングランド南部のサウサンプトン港に着く。ハチンソン嬢（秘書）がわが家のフォードを運転して埠頭に出迎えていた。スーツケースを積み込み、それから四人がどうにかして乗り込む。大桟橋の入口でモルガン商会ロンドン支店のグレゴリー氏を降ろしたのちわが家に向った。ウィンチェスターで一時停車し、最悪のタイプに属するイギリスの夕食をとり、真夜中ごろ、ロング・バーン（ケント州）に着く。月が出ていて、ことのほか美しい。

三月十八日　金曜日

午前八時、アン、ジョン（次男）[*2]にウェズリー嬢（育児係）、ハチンソン嬢と朝食をとる。食後、時間を節約するためにうっかりイギリスの電話を使うという間違いを犯してしまった。金輪際、通じたためしがないのだ！

アンと共に、車でジョンをトンブリッジの学校へ送り届けた——片道だけでも、十五分はかかる。ジョンは学校が楽しく、勉強もはかどっている。

三月二十七日　日曜日

反乱フランコ将軍、スペイン共和国政府の首都バルセロナに向けて進撃を続ける。

三月三十日　水曜日

アンの本に付ける序文を書き始める。ウィールドの女郵便局長がお茶を飲みに来た。お茶というものに抱いてきた〝中西部人〟の感情をなんとしても克服することが出来ぬ。紅茶を決った時間に飲むという慣習はいささか女々しく思われる。紅茶を口にするのも嫌だ。そのように躾《しつ》けられて育ったということ以外に、嫌悪の理由を説明するのは難かしい。お茶は社交婦人や〝東部の気取り屋〟にのみ供せられるものと考えて来たのだ。

ルフトハンザ航空のメルケル氏が来訪、共に一夜を過す。ドイツとヨーロッパ情勢について語り合い、ヒトラー治下の税制や経済政策に関する大量の情報提供を受けた。さらに航空問題、とりわけフォッケ・ウルフ・ヘリコプターについても語り合った。メルケル氏は最近、ナチに入党したそうである。

四月一日　金曜日

午前中は口述と考え事。夏と来たるべき冬の計画を考える。さらにまた、将来のことにも想いをめぐらす。ヨーロッパで大規模な戦争が勃発するだろうか。もし勃発すれば、アメリカは巻き込まれるだろうか。本国の大勢はどうなのだろう。イギリスの場合はどうなのか。このどちらともつかぬイギリスの大勢は何時まで続くのか。いったいイギリス人はどうしたのか。われわれアメリカ人にはどういうことが起るのだろうか。フランコの間違いない勝利はフランスで革命が発生するのを阻止し得るだろうか。フランス人はどうすれば、いま巻き込まれている混乱状態から脱出できるのか。一家の将来のために、自分はどのような生き方を選んだらよいのか。確実に分っている唯一の事といえば、子供たちに健康と経験と正しい教育を与えることだ。子供たちに大地そのものを理解し、愛するように教え込まねばならぬ。土と海と空との接触をたもてれば、生命が持ち得る限りのあらゆる価値が得られるはずだ。

子供たちは生き残るためにも、よく闘う方法を教え込まねばならぬ。軍事訓練が彼らにとって望ましいし、また不可欠である。男たちの間に交って生きぬく方法を教え込まねばならぬ。しかし、物質的価値により成功を測ってはならぬということも教えなければならない。さらに、われわれが築きつつある文明のために正気を失わぬような方法も教え込まねばならないのだ。

四月二日　土曜日

ロング・バーンで朝食。そのあと、車でレディングのウッドリー飛行場へ。モホーク機を一時間三十五分ほど操縦し、合わせて十二回の着陸飛行を実施する。F・G・マイルズがみずから設計した新型機を見せてくれる——モナークと、境界層制御翼を装備し、予備モニターを胴体に内蔵した実験機ペリグリンである。マイルズは優秀な技師であり、想像力も豊かだ。レディングの飛行機製作工場で、拡張計画にからむ多くの難問があるにもかかわらず、どうやら立派にやってのけているらしい。

イギリスの飛行機製作工場と、アメリカもしくはドイツの飛行機製作工場との相違というのは理解し難い。イギリス人はまったく、この分野で両国に匹敵するほどの能力がないかのように見受けられる。ああ！　次の戦争で、彼らはどのような代価を支払わされることか。この国は近代戦に必要な心構えも能力も持ち合せておらぬ。しかも最悪の結果として、ただ訓練と装備とを欠いていたばかりに、おびただしいイギリスの子弟が不必要な死を遂げることになるであろう。彼らは空軍の分野で立ち遅れているだけではないのだ。時たま思うことがある、歴史は結局、さしもの大英帝国がすでに峠を越したということを示すのではないかと。この国には将来がないと思われてならぬ。イギリス海峡の軍事的価値は、軍用機の日進月歩で過去のものとなりつつある。植民地は自前の原料により彼らの製品を生産しつつある。イギリス商品の質とても、いまは見劣りする場合が多い。おまけに、国民がそれに対応すべく変るという兆候も見当らぬ。彼らがイギリスの偉大さを持続させたければ、心をすっかり入れ替える必要がある。

四月二日　日曜日

フランコ将軍の進撃が続く。いまや地中海に達するまで、あとわずか二十五マイル。今朝のオブザーヴァー紙によると、百五十年ぶりに暖かい三月だったそうである。トルストイの『戦争と平和』を読み始める。アンの本に付ける序文の第一稿を書き上げた。

四月十三日　水曜日

夜、アンの原稿がさらに進む。よく書かれている。前の『北回りで東洋へ』よりもずっと出来がいい。

ようやく手に入れたブルターニュ沖のイリエク島は仕事をするのに素晴らしい場所だ。長く坐っているのに飽きたら、どの戸口や窓からも、筆舌に尽しがたいほどの美しさが垣間見られる。五分間、外を歩いただけで、都会地の公園を何時間も散歩するよりはるかにすがすがしい気分になれる。この島に移り住むまで、このような完全無欠さを一度も体験した例《ため》しがなかった。いかなる世俗的な願望も、この島の美しさを高めることは出来ないだろう。

四月二十七日　水曜日

駐英アメリカ大使館付空軍武官補スキャンロン大佐と約束があるので、正午の汽車でロンドンへ。イギリスの軍用機と一般的な再軍備計画について語り合う。同空軍武官リー大佐も加わって議論を続行。この国はどうしてこのように立ち遅れているのか。イギリス国民にいったい何が起っているのか。たとえイギリスがアメリカ合衆国から大量に最新型の軍用機を買い入れたとしても、それを活用できる能力があるのか。われわれはイギリスが好きだ。しかし、現在の状況と傾向とは実に嘆かわしい。この国はドイツに比べると、軍事力の点で見込みがないほど立ち遅れている。しかも最新型の兵器や近代的な軍事戦略はすべて、イギリス国民の気質やイギリス本土の古い地理的な優位性を乗り越えるものなのだ。

戦争が勃発した際の国力に関して、イギリスの新聞に示された考え方というのは事実に則しておらぬ。イギリス人には虚勢と虚栄とが結び付いており、こうした性向を熟知する敵に弱みをさらけ出しているのである。私見によれば、イギリス国民性の利点は能力よりも自信に、力よりも不屈に、知性よりも決意にあると信ずる。ところが、イギリス人に関してどのような結論を持とうと、それは絶えず生起する例外によりゆさぶられるのである。イギリスという国は、いくらか愚鈍で無関心な大多数と、非凡な少数グループとから構成されていることを認識すべきだ。後者にこそ、帝国とその声望とを帰すべきだ。彼らが指導し、征服している間に、大多数は指導者が勝ち取ったものを悠然と、半ば感謝するような態度で保持しているだけである。

しかし、これによって世界最大の版図を持つ帝国が充分に説明し尽せるものだろうか。それ以外の理由も他になければなるまい。その一つはイギリス海峡が過去に持っていた重要性や、それがイギリスに与えた戦争準備の時間的な余裕である。海峡は疑いもなく、帝国建設の不可欠な要因である。島国であるだけに、優秀な船舶を持つことになったし、それはあらゆる外敵から国土を防衛する一方、未知の世界を開く冒険心を力づけるのに役立った。イギリス本土は常に、失敗から後退できる安全な避難地であり、成功を目差す新たな試みの足場でもあった。イギリス人が安全に休息し、待機し、活気をとりもどして飛び立てる場所であった。

それに加えて、現在ではほとんど失われているイギリス工業の優位性というものがあった。イギリスの植民地やその他は、ひたすら製品が欲しいばかりに原料を提供してきた。ところが、植民地はいまや自ら生産できる工場を持つに至ったのである。

それにしても、イギリスの将来はどうなるのか。帝国は過去のものになりつつあると考えられる。現時点においてさえ、完全に衰亡の第一歩を踏み出している。もっとも、英語圏の諸国がすべて衰亡をたどりつつあるということではない。英語圏の諸国はあまりにも一般的な存在であり、歴史的にも若すぎる。とはいえ、イギリスの重要性をなんとしても増大させなければならぬ。現代の大きな転換期に、イギリス指導層の非凡な少数グループを以てしても、航空機がイギリス海峡に及ぼす影響や、工業と貿易の面で成長した植民地の影響力や、また帝国に対する民主主義的な思想のアンチテーゼを克服することは出来ぬ。

五月一日　日曜日

今朝、アスター夫人から電話があり、昼食と夕食、さらに同夜を共に過したいという招待を受ける。アン、マーガレット・モルガンと連れ立ち、車でクリヴデンへ。昼食。お茶の会が終ってから帰る。チェンバレン内閣の防衛調整相サー・トーマス・インスキップ[*3]ら十五人か二十人が招かれていた。昼食後、アスター卿と二人きりで一座をはずし、半時間ばかりイギリス、ドイツ、アメリカ合衆国の空軍力について話し合う。そのあと、アスター卿の案内で領内の酪農場、近代的な搾乳設備を見学する。百六十頭以上の乳牛がいるという。お茶の時間に再びアスター夫人の隣に坐る。夫人は政情不安定のフランスに対していかなる約束を与えることにも大反対だ。ドイツとの間により高い相互理解を望む。一座の大半の人たちがドイツに抱く感情を知って大いに力づけられた。彼らは大方のイギリス人よりも当面の状況をよく理解している。

インスキップの主張によれば、中国やスペインにおける爆撃は世人が期待したほどの効果を挙げていない。爆撃手は目標に爆弾を的中させるのに大して成功していないという。私は反論した。日本の空軍力は貧弱なので、彼らの爆撃ぶりだけからそのような判断は引き出せないと思う、しかし、スペインでは独伊両国から若干の最新型機や熟練した搭乗員が派遣されているはずだ、と。

インスキップはアメリカ製の航空機や潜在的な生産力などについて質問した。また必要が生じた場合に、大型爆撃機の渡洋爆撃が可能かどうかとも訊いた。イギリスの航空関係者はいまだに、ドイツの大きな航空生産力を充分に理解しているとは考えられぬ。ドイツは現有の施設だけで、おそらく大英帝国と合衆国とを合わせた以上の軍用機を生産できるのではないか。無論、アメリカ合衆国の生産力は、そうと決れば急速に拡大できるのではあるが。

五月五日　木曜日

アスター夫人の昼食会に招かれたので、アンと汽車でロンドンへ。子爵夫妻に加えて作家ジョージ・バーナード・ショー夫妻、[*4]ジョセフ・P・ケネディ駐英大使、ブリット駐仏大使の他タイムス紙の編集幹部、さらに名前がどうしても思い出せぬ客が二、三人。これまでに出席した昼食会のなかでも、最高に興味深い会の一つであった。絶えずいくつかの会話が交わされ、そのいずれにも耳を傾けたいほどであった。一時に交わされる会話が好みに合っているからではない。昼食や夕食に気を取られながら、そのような実のある会話が交わされるのは珍しいことだ。

ケネディは大いに私の興味を引いた。政治家とか外交官とかのありきたりのタイプではない。ヨーロッパ情勢に対する見方は聡明であり、興味深いもののように思われる。今後、彼としばしば会う機会を得たい。ジェリー・ランド（従兄弟の海軍少将）に言わせれば、知己を得るにふさわしい人物だそうである。食卓での話題、食後の雑談はあまりにも広い範囲にわたったので、詳しく書き止めておくことは出来ぬ。イギリス、アメリカ、ロシア、フランス、ドイツなど、すべて話題にのぼった。航空問題もまた、民間と軍事の両面、その現状と将来に関しても言及された。

五月十七日　火曜日

車でロンドンへ。リッツ・ホテルで着替えする時間を見ておく。アンと訪英中の母親モロー夫人とを連れ、アメリカ大使館の夕食会に出席するため。夕食会では隣席もしくは向い席の客と話をするチャンスしかなかった。食後、長編のトーキーが上映された——題して『テスト・パイロット』。このような作品を選定した大使館側の気が知れぬ。映写が終るや、客は一人残らずそそくさと引き揚げて行った。

夕食会の前に、チェンバレン内閣の陸相ホーア＝ベリシャ氏と、イギリス及びドイツの空軍力について数分間、語り合った。将来、イギリスは航空機の急速な生産力を持てるようになるだろうかと訊かれる。現在、イギリスの航空問題に存在する状況は実に憂慮すべきものだと答える。氏の意見によれば、イギリス現在の経済制度下ではドイツの飛行機生産力と競争するのは困難だ、当のドイツは再軍備のためにすべてを犠牲にしているという。夕食会の開会が告げられたので、せっかくの話も中断され、また後刻、話を続ける機会もついに得られずじまい。

五月二十三日　月曜日

アスター夫人の邸宅で夕食会。そのあと、舞踏会が開かれる。国王夫妻がお見えになった。ケント公夫妻や、そのほか一面識もない人たちが大勢。アスター卿はあいにく病気中で、姿を見せなかった。

エリザベス王妃はアンと十五分ばかり話をされた。後刻、御寝所侍従を通じて踊りの相手をつとめてほしいという申し込みあり！　生れてこのかた、一度もステップを踏んだことはありませんと申し上げる。ならば、王妃は踊りをお休みになるでしょうから、どっちみち大丈夫ですよ、という侍従の返事である。王妃は誰かと話しておられた。お待ちしている間、侍従は身に帯びている大きな金の鍵を指差しながら、その由来を説明してくれた。前任者たちが王妃の御寝所をお守りしていた時代の名残りだそうである。「王妃さまと侍女たちだけが入室を許されました。むろん、国王陛下も」

約二十分間、王妃と椅子に坐ってお話をする。これで二度目である。最初は一年前に、サー・フィリップ・サッスーンの邸宅でお目に掛った。ヘンドンで航空ショーがあった直後、サッスーンが自宅に招いてくれたのだった。夕食会があり（三十人ぐらいの賓客が列席していたろうか）、そのあと、芝生に出て花火を見物した。

王妃は立派なお方だ。たいそう自然に振舞われる。威厳がありながら、少しも堅苦しいところがない。イギリス王妃としての役割を果すために、非常な努力を尽しておられる。見事に役割を果しておられるのであるが、その重圧はよそ目にもたやすく察知される。王妃は航空問題について質問された。またダンスを休むと、ほっとします、とも言われた。いま世界が抱える難問にも言及され、ハースト系の新聞やアメリカの新聞一般についてお尋ねになった。私がお話し申し上げると、その都度ほっとされるご様子がうかがわれた。絶えず会話をリードしなければならぬという義務から解放されたいと願っておられるかのようだった。私は、そのような王妃がすっかり好きになり、と同時に心からの同情を禁じ得なかった。ほどよく正常な生活を送っておられた頃のご性格を失うまいと、必死の闘いを続けておられるのだ。お気の毒に。イギリスの王妃にとって、これは想像を絶するほどの勤めだと思う。この夜、王妃のご様子からうかがい知ったことからしても、私はいつまでも王妃を敬愛し続けるであろう。

午前二時ごろ、アスター夫人にお休みを告げて辞去する。

六月三日　金曜日

パン・アメリカン航空の会長ジュアン・トリップがニューヨークから電話をかけてきた。連邦政府が新設した民間航空委員会の初代委員長を受ける気があるかどうか、極秘裏に私の意向を打診するように頼まれたのだという。現状では家族を本国に連れて帰るのは賢明でない、従って、そのポストを受けられそうもないと答える。大西洋を越えての長距離電話では、それ以上の話も委曲を尽した説明もできぬ。最高首脳——つまり、ルーズベルトからの要請なのだそうである。その背後に隠された意図はいったいなんだろう。政治的ゼスチュアか。それとも、外部からの圧力か。私が受けそうもないという計算の上に立った申し出なのか。大統領がなんらかの圧力も受けずに、また主として政治的効果を考えずに、このような提案を行なったのだと素直に受け取る気持になれるといいのだが。非常な名誉には違いない。もっとも、私の気質にはぴったり来ない名誉の地位である。

任期は六カ年。多分これまでにないみじめな六カ年となることであろう。こうしたタイプの仕事を好み、最高の能力を発揮できる人たちがいる。彼らこそ、かかる地位に任用さるべきである。もし私が引き受ければ、大いに努力することで成功するかも知れぬ。しかし人間というのは、自分が最も大きな関心を持つ仕事においてのみ最善を尽せるものなのだ。私はどんな事務的な職場にも向いた例しがなかったし、また今後とも向くようなことは決してないであろう。私の精神、私の能力、私の人生はそれ以外の分野にこそあるのだ。

六月四日　土曜日

早朝の汽車でロンドンへ。アンの日記類も入れたスーツケースをモルガン・グレンフェルの金庫に保管した。バッキンガム宮殿で離国挨拶の記帖をする。

六月二十一日　火曜日

イリエク島に引越してから最初の朝を迎える。ほとんど風がなかったのに、夜通し波の音が聞えた。潮が満ちると、窓外の岩だらけの岸辺に波が寄せては返すのである。嵐の夜はさぞかし素晴らしいことであろう。

午前中の前半は、アンの原稿をチェックする作業で過す。原稿はほぼ出来上り、いつでもハーコート・ブレイス社宛に発送できる。私が読み返してしるしをつけた個所を、アンが点検するだけでよい。家の近くにある高い岩の上でアンの原稿を読む。仕事をするには、これまでにない理想的な場所だ。二、三章を読み終る頃にアンがやって来ては、私がしるしをつけた個所に眼を通す。

あとの時間は午後にかけて、『聞け！　風が』のチェックで費やす。仕上げると、原稿を密封する。アンは出版社宛に手紙を書き、同封した。やっと、やりとげたのだ——約二カ年に及んだ作業を経て。

夕食前に、徒歩でサン・ジルダ島を訪れる。ソー（シェパード）がついてきたけれど、待ちくたびれたせいか、ひとりでイリエクへ帰る——アンのもとへ。アンから離れていると、面白くないのである。

六月二十三日　木曜日

騒々しいパリの一夜であった。ニューヨーク並みだが、サン・ジルダやイリエクの平穏と静寂とを知った後だけに、ニューヨークよりもひどいような気がする。

ホテルの部屋で朝食をとる。食堂へ降りて行った方がよいのだろうが、新聞記者がいるかも知れないし、よしんばいなかったとしても、アメリカ人の観光客がいることはほぼ間違いない。部屋に留まり、爽快な気分で一日を始めた方がましだ。それに、部屋の窓からコンコルド広場が見降ろせる。車の往来が観察できるのである。驚くべき眺めで、乗用車やトラックがコンコルド広場の交差点を駆け抜けて行く。交通整理もない。右角度から疾走して来て激突しそうになるが、間一髪ですりぬける。あたかも複雑な機械の歯車がすべて外れていながら、なお噛み合っているかのようだ。

ブリット大使に電話をかける。アメリカ大使館に出かけて、二十五分ばかりブリット大使と、それから約一時間ほど大使館付武官と語り合った。ヨーロッパの一般情勢、特に空軍力を含めたさまざまな問題について論じ合う。空軍力の観点から見れば、フランスは想像していたよりも状態が一段と悪いようだ。諸条件がよくないのはつとに承知していたのだけれど。この国には、いざ戦争が勃発しても、こけおどしにさえ使えるような近代的な軍用機が充分にない。片やフランス、イギリス、ロシアでドイツと対戦した場合、ドイツはたちまち制空権を握るだろう。この二カ年内にフランスの現行計画が実現したとしても、実戦に役立つ機数はかなり小さな数字に留まるだろう。イギリスが惰眠をむさぼり、フランスがソヴィエトとの同盟に憂き身をやつしている間に、ドイツは巨大な空軍力を築き上げたのである。

フランス空軍には共産主義者が浸透しているかのように思われる。殊に高級将校の間ではそれが顕著である。一方のフランス陸軍は（当地で語り合った人たちの意見によれば）、依然として優秀な情況にあり、割合に共産主義の影響が少ないという。

正午ごろ、大使館を辞し、タウゼント・グリフィス大尉と昼食に出掛ける（大尉は私がブルックス飛行場で士官候補生だった頃の指揮官である。飛行場の指揮官ではなく、士官候補生の隊長である）。大尉はスペイン駐在の大使館付空軍武官から転勤したばかりであった。おそらく内戦に直接関係しなかった人たちと同じくらいに、スペインの航空戦を充分に目撃して来たのであろう。フランコ将軍は勝利を収めるだろうが、いま以上の苦戦を強いられるに違いないと予想する。双方とも軍用機を活用していないから、その結果から結論をいそぐのは危険であるという。爆撃は不正確であるし、パイロットも充分な訓練を受けていない。大半は訓練学校を出たばかりなのに、早々に実戦に送り出されているのだそうである。装備もまた千差万別――最新型から旧式まで、優良品から不良品まである。

グリフィスの話によれば、双方とも、搭乗機から飛び降りるパイロットを射殺している。パイロットに残された唯一の望みといえば、地上に接近するまで待ち、それからやおらパラシュートの開き綱を引くことだという。彼は次のような話も聞かせてくれた。数ヵ月前、ビルバオ付近で撃墜された政府軍機からパイロットが飛び出し、パラシュートで降下中をドイツのハインケル機に追い掛けられた。明らかに彼を射殺しようとしたのである。パイロットは拳銃を取り出し、こめかみに当て自殺したかのようにぐったりして見せた。ハインケル機はパイロットが死んだものと思い込み、飛び去ったというのである。

グリフィスの話によると、スペインの航空戦で最大の危険の一つは、味方の地上軍から撃ち落されることだ。軍用機の正腹部を空色のペンキで塗る習慣は放棄され、地上軍用に明快な標識を付けるためのあらゆる努力が払われている。地上軍からすれば、まず発砲し、しかるのちに標識を鑑別する方が身の安全だと信じられているらしい。アメリカ人のパイロットは一人残らず共和国政府軍から引き揚げたが、ロシア人のパイロットは大勢、いまなおフランコ軍と戦っている。グリフィスは対爆撃機の自衛手段としても、また地上攻撃用としても単座追撃機の熱烈な支持者である。

七月二日　土曜日

本日、母が出帆し、一週間以内に到着するという。母はランド（三男）をまだ見ていないし、ジョン（次男）にも一九三六年以来、一度も会ってはおらぬ——二年ぶりの再会である。

歩いてサン・ジルダ島にカレル夫妻をたずねる。ニューヨークから帰ってきたばかりのアレクシス・カレル博士は新しい著述にとりかかるそうだ。来年、ロックフェラー研究所で博士の所属する研究部門が閉鎖されること、博士のこれからの計画に関しても語り合う。定年とは馬鹿げた制度であり、研究所の役員や理事の無能ぶりを物語っている。三十歳で引退した方がよい者もいれば、死ぬまで働くことを許されてよい者もいるのだ。六十五歳だからといって天才を引退させながら、年が若いからといって四十人もの愚鈍な連中を抱えることの愚かしさ。もっとも、博士の定年退職の背後には、それ以上の隠された理由がある。研究所の多くの人たちは博士を毛嫌いし、また誤解している。カレルは自らすすんで友情を求めたことがない。そして一方、多くの敵を作ってきた。強い個性を持った人物にしばしば見られるところである。カレルが活発な研究活動を続けたがっている以上、それに応える施設が提供されるべきだ。なんとか彼を助けるいい方法を見つけたい。当面、新しい著述は彼にとって最も重要な仕事であろうが、しかし、まさか著述だけに余生を捧げるわけにはいくまい。立派な本を書こうと思えば、常に時間を掛けるべきである。一日に八時間も書き飛ばしながら、よいものを書こうと思っても不可能なことだ。

七月二十四日　日曜日

昼食後、ジョンと泳ぎに行く。カレル夫妻がたずねてきたが、すぐに帰る。母は大部分の時間をジョンとランドとを相手に過している。母は子供たちをかまいすぎる。が、いかにも楽しそうなので、母から彼らを取り上げるのは忍び難い。ランドが泣き出す度に抱き上げさえしなかったら。子供の躾《しつけ》にとり大切なお仕置からジョンを守ろうとしさえしなかったら。

夕食をすませたあと、徒歩でサン・ジルダへ出掛け、カレル博士に近着のアメリカの新聞や雑誌を届ける。

スターリンの空軍を見る

八月二日　火曜日

ロンドンのリー大佐から電報、八月十日から二十日までの間にソヴィエトへ行ってみないかという。（ソ連の航空事情を視察するのが目的。ヨーロッパ列強の空軍力を比較研究する大きな計画の一部であった）。

八月五日　金曜日

アンとモスクワ訪問の飛行計画を立てる。こんなに早く母を置去りにしたくはないが、母（高校教師）もそろそろ帰国しなければならない頃だし、おそらく冬にはアメリカできっと再会できるだろう。現在、この大陸が直面する問題を冷静に検討するためにも、ヨーロッパを存分に見ておくことが大切のように思われる。戦争が勃発した場合、その原因や予想される結果についてかなり確信のある知識を持っておきたい。ここ数ヵ月の間に、できるだけ詳しくヨーロッパ情勢を見聞するつもりだ。

八月八日　月曜日

ドイツが八月十五日に戦争を始めるという噂がしきりに流される——一ヵ月前は八月一日だという噂であった。

八月十一日　木曜日

人々はひっきりなしに戦争のことを話している。ヒトラーが八月十五日に再び行動を起し、ヨーロッパは全面戦争に突入するだろうという噂が執拗に流されている。日ソ間でシベリア国境（張鼓峰《ちょうこほう》）衝突事件の停戦協定が発表された。

朝食後、リー大佐と話し合うべくアメリカ大使館を訪れる。ソヴィエト側からはまだ許可が到着しておらぬ。査証《ビザ》を受けるべく、リーとポーランド大使館へ出掛ける。あすにも飛び発てるようになるだろう。いまや、モスクワからの許可を待つだけだ。

リー大佐の自宅に、スキャンロン大佐夫妻と夕食に招かれる。話題は決まって戦争勃発の可能性に及ぶ――今月か来月か、それとも来年か。われわれが前にヨーロッパに住んでいた頃に比べると、いまはヨーロッパ戦争を憂える声が一段と高い。フランス陸軍、イギリス艦隊、ドイツ空軍が強力な軍事力の単位だ。しかも、空軍力が地上軍や海軍力に及ぼす影響については誰も知らぬ。ドイツは未知数Xを持っている。

八月十二日　金曜日

昼食後、リー大佐をたずねたが、ソヴィエト側からはまだ何も言ってきていない。ソヴィエト大使館に電話を掛け、私たちがまずワルシャワに飛び、そこでモスクワの許可を待つのはどうかと持ち掛けてみる。大使館当局は明らかに、モスクワからの連絡なしで当地を発つことに責任を取りたくないような態度だった。

どこでも、明白な緊張感がうかがわれる。週末か来週中にも、何か異変が起きるのではないかと予想されている。イギリスにはまだ臨戦体制が出来ておらぬ。しかし、ヨーロッパで重大な戦争が勃発した際に、イギリスが果してよく不介入の態度を保っていられるかどうか、いまから予言するのは不可能だ。

八月十三日　土曜日

アンとスウェーデン料理のレストランに出掛け、昼食をとる。そのあと、ニュース映画を見る。たいそう安っぽい、退屈な中身であった。このような類いの内容が人々の関心を引きつけるとはがっかりだ。年毎に人間の生命は安くなりつつあるように思われる、イギリスにおいてもアメリカにおいても。無論、このような傾向が何時までも続くわけがないけれど、しかし、その結果としていったいどういう事に相成るのだろうか。

八月十四日　日曜日

ドイツ機（四発のフォッケ・ウルフ）、ニューヨークからのノンストップ飛行でベルリンに帰着する。

各紙の朝刊が「あす、ドイツの作戦開始か」という予測を伝える。ドイツ国内では、どうやらかなり広範な軍事的準備が行われているようだ。イギリスはようやく目覚めたが、それでも惰眠から完全に覚めてはおらぬ。イギリス国民が彼らの偽らざる姿に気付くまで一大痛棒が必要なのではあるまいか。ほとんどあらゆる兆候を見ても、イギリスの国力が衰退しつつあると示唆しているように思われる。軍事の面でも貿易の面でも、近来のイギリスは優勢な地歩を失って来ている。しかも、制空権に関していえば、イギリスは海上で優位に立ちながら、大空では劣勢なのだ。沿岸から数分間の飛行距離にあるロンドンは、巨大な国内航空網の開発には規模が小さすぎるし、また操縦士の訓練には天候が不順すぎる。国内の重要拠点を守ってくれるはずの霧も、各都市が空からの攻撃を一段とたやすく受けるようにさせるかも知れぬ。

問題の週末は過ぎ去ったが、戦争は起らぬ——というよりも、ヨーロッパでは今日も、また戦争が起きなかった！

モスクワのアメリカ大使館付陸軍武官フェイモンヴィル中佐から電報——ソヴィエト側の許可が降りたのだ。

八月十五日　月曜日

ロンドンのソヴィエト大使館に電話をしてみると、関係当局の許可が降りたという返事。タクシーで大使館を訪れ、大使と面談する。飛行地図やコースについて話し合った。大使から午後四時三十分にお茶の招待を受ける。

ヨーロッパ情勢の緊張が高まる——一触即発だ。イギリス艦隊に臨戦態勢の命令が出たという噂も流れる。スキャンロン大佐がドイツ大使館を訪れ、ドイツ上空の通行許可を求めたところ、武官のルドルフ・ウェニンガー将軍はフランスで休暇中とのこと。これまた、ドイツが軍事行動を計画している兆候かも知れないという。近頃、〝休暇中〟とか〝通常〟演習に参加するドイツ人が多すぎる。

昼食後に飛行地図を仕上げる。午後四時三十分、ソヴィエト大使のお茶の会に出席する。勿論、一九三一年と三三年にロシアを訪れた際の思い出が話題になる。大使は各国の航空事情に関して質問したが、何時の間にか話はドイツと日本とに及んでいた。

ドイツ大使館が六時にホテル宛、自由通行許可証を送付して来る。

八月十六日　火曜日

午前八時前に離陸。通関のため、いったんリムに着陸した後、ハノーヴァーに向けて飛ぶ。途中の飛行禁止区域を迂回する。途中はほとんど曇天で、局地的な嵐があり、ところによっては、靄《もや》が出ていた。雲が低くたれ、雪も降っていたベルギー上空が最悪。ハノーヴァーで燃料注入と通関のため、ほぼ一時間を費やす。ワルシャワに向けて離陸。またまた幾つかの飛行禁止区域を迂回した。

ワルシャワ空港に到着すると、数人の新聞記者やカメラマンに追いかけられ、いつものように予定を遅れさせられた上、不愉快な思いをさせられる。

万事うまく行けば、あすはモスクワだ。

八月十七日　水曜日

グリニッチ標準時（GMT）九時二十六分に、やっと離陸する。好天——部分的に雲が懸り、コース沿いに小さな暴風雨があった。上昇限度《シーリング》が稀に七百メートル以下となる。羅針方位に従いロシア国境へ向う。その後、ソヴィエト当局の定めたコースに従い飛行を続ける——ネゴロロイエ、ミンスク、モギリョフ、ロスラヴリ、メドィン、モスクワ。飛行地図ではついにネゴロロイエを見つけ得なかったが、国境を越えてから鉄路沿いに飛ぶ。ネゴロロイエが鉄道の沿線にあることだけは分っていた。ミンスクで給油の予定だった（ロンドンのソヴィエト大使館は英文の通行証をくれ、飛行コースや給油地としてミンスク、モギリョフが指定してあった）。が、ミンスクでは町の南西十三・五キロの着陸指定点には飛行場など見当らぬ。しかし、ミンスクの南西はずれに一つだけ飛行場があった。幾つかの格納庫はすべて出入口が閉っていたし、滑走路には機影もなく、飛行機が飛んでいる気配もなかった。飛行場の上空を旋回後、モギリョフに向うことにする。

モギリョフでは町の南西側に飛行場を発見。軍用であった。四つの格納庫の周辺に、最新型のソヴィエト製の追撃機が並んでいる。飛行場の上空を旋回した後、GMT十二時五十三分に着陸した。

飛行場の真中あたりに数人の将校がいた。どうやら飛行訓練の最中だったが、上空には一機も見当らぬ。彼らは手旗信号で、飛行場の中央部まで来るように合図をした。身振りやしかめ面からしても、明らかに不機嫌である。一人が乗機まで近づき、ロシア語でなにかわめいた。私は首を横に振ってみせる。将校たちの間にいくらか困惑の色が生じた。すると、彼らは乗機を赤旗の立ち並ぶ付近に誘導し、エンジンを切るように合図した。早速、飛び降りて、ロンドンのソヴィエト大使館がくれた書類や書状を手渡す。責任者の将校がそれらを点検する間に、ソヴィエトの軍用機が着陸を始めた——何らかの任務で出動していたのであろう。すべて低翼の戦闘機だ。実に速い。しかも、非常な高速で着地する。布張り翼、引っ込み脚、下げ翼が無く、星形空冷式エンジンだ。飛行場にいた間、十機から二十機くらい着陸した。格納庫にはそれ以上の機数が格納されていた。

八月十八日　木曜日

朝食後、駐ソ代理大使カーク氏のイタリア人運転手の案内で、一時間ばかりモスクワをドライブする。私どもが一九三三年に訪れた頃に比べると、市内は非常な変りようだ。外観はずっと明るくなった。街も建物もはるかによくなっている。市民の身なりもよい。自動車、トラック、バスの数がうんと増えている。しかし、市民の顔は楽しそうに見えなかったし、栄養を充分にとっていないような印象を与えた。最高に恵まれた人々は軍人か政府の役人であるらしい。

大使館で早い昼食。そのあと、車で航空ショーの行われる飛行場へ。私どもとフェイモンヴィル中佐は（クラブ・ビルの）屋根にのぼる特別切符を与えられた。そこは特別席で、ソヴィエト最高会議の面々がデモンストレーションを見物していた。ソヴィエトの各地から集まった人種の極めて興味深い見ものだった。中国人に似た者もいれば、インド人にそっくりな者もいる。他の人たちは難なくジプシーで通るくらいであった。男女とも、想像できる限りの色も多彩な民族衣裳をまとっていた――われわれの上院と下院に相当する立法機関の代表者たちである（われらが上下両院議員が同じような衣裳をまとったら、はたしてこれ以上の知的なグループに見えるだろうか）。

飛行場は群衆で埋まり、八十万の人出と推定された。群衆は飛行場の両側に分れ、中間地帯で飛行機の離着陸が行われた。

全般的に、ロシアの航空ショーはテンポがのろく、アメリカ合衆国やドイツ、イギリスより航空開発の立ち遅れを物語っていた。操縦術は悪くないが、大抵の場合は最高のものといえなかった。航空関係の分野で指導的な国家の飛行機に匹敵するものは一機も見当らなかった。

長いあいだ待たされた挙句に、やっとプログラムが開始された。政治指導者の大きな肖像画をぶらさげた十二個の風船が幾組もはなたれる。ついで、約七十五機にのぼる複葉の練習機が編隊飛行。「日中は工場で働き、仕事が終った後、飛行訓練を行う」練習生が操縦する。次は二十五人の練習生による単葉機の編隊飛行。ショーの合間にラジオの音楽が流され、英語で歌われるアメリカのジャズも聴かれた。

プログラムの中で最も興味をそそった催し物は、グライダーの曳航《えいこう》とパラシュートの降下であった。この二つに関する限り、ロシア人は他のいかなる諸国よりも立派にやってのけた。一機によって九つのグライダーが曳航され、約七十五人から百人のパラシュート兵が三機の大きな四発爆撃機（旧式）から降下した。二つの催し物は大いにショーを盛り上げたものの、実際的な見地からみれば、さほど航空技術の発展を誇示することではなかった。もっとも、それぞれ極めて立派に演じられたのではあるが。

また非常に優秀な個人技のアクロバット飛行や、〝レッド・ファイブ〟による――スペインの共和国政府軍が用いた低翼、単葉機の五機編隊と同じタイプの——編隊飛行と模擬空中戦とが披露された。これはドイツやイタリアの援助軍をさんざんてこずらせたものだ。

大使館で夕食をすませたのち、アンと野外バレエ『コーカサスの虜囚』へ案内される。公演終了後、主役たちに紹介された。バレエは見事に演じられた。ロシア人は確かに、この分野では天分がある。

八月二十日 土曜日

午前中、陸軍の試験飛行場を訪れ、ソヴィエト空軍が使用する各機種を見せられた。詳細に観察し、機内に入ることも出来た。飛行機が並ぶ列の端には、遠方からしかと望見できなかったものの、一機の複座機が認められた——低翼の単発機だ。

今ソヴィエトで一般的に使われている最新型の軍用機には、(どうやら)二つの主要機種があるらしい。単発の戦闘機、双発の軽爆撃機である。両機種とも、機内に入ってみた。戦闘機は単座の開閉式密閉操縦席、低翼(布張り)、木製のずんぐりした機体。着陸用の下げ翼《フラップ》が付いていたけれど、同型の機種がモギリョフに着陸したとき、それが用いられたのを見ていない。引っ込み脚の他プロペラ外の翼内に機銃二基を装備し、操縦席にはテレスコープと直接照準器を内蔵する。彼らは自発的に次のようなデータを教えてくれた。最高時速五百キロ、着陸時速百キロ、搭載燃料は二時間半ないし三時間分。ソヴィエト製サイクロン発動機。推察九百馬力。

軽爆撃機は低翼、全金属製のタイプ。翼桁の外面は滑らかな被膜でおおわれ、内側から頭部が円型のリベットで止めてある。着陸用の下げ翼《フラップ》と引っ込み脚とを装備。搭乗員三名。機首に爆撃手、単座の操縦席、後部に通信士。機首に機銃二基、後部に同じく二基。後部の一基は仰角用、あと一基は俯角用（胴体下に装備）。ドイツやイギリスで見た同種、同型の爆撃機よりも機銃防御がよい。フランスからライセンスを取ったイスパノ・スイザ九百五十馬力エンジン（二基）。ロシア人将校が提供してくれたデータは次の通り。最高最速四百五十キロ、上昇限度一万五百メートル、航続距離千五百―二千キロ。爆弾搭載量六百―八百キロ。

水平の爆弾投下室があった。この型は三年来、ロシアで装備されてきたという説明である。操縦席にはジャイロコンパスがあった。

複葉型追撃機の存在も認められ、おそらく相当数が生産されたのではないかと思われる。単座、開閉式の密閉操縦席、サイクロン発動機（九百馬力?）、操縦席に同時操作の可能な機銃が四基。速度は落ちるが、単葉型よりもはるかに操縦性が高いとのこと。

一般的に言って、これらの軍用機はアメリカ合衆国やドイツ、イギリス製の同じデザインの機種には劣るが、近代戦では充分に効果的に使える出来映えだ。

飛行場を往来する将校や兵士の顔が、これまで見てきた大部分のロシア人よりもずっと血色がよいのにいまいちど驚かされる。

濃厚なロシア料理をすませたあと――テーブルにキャビア、果物、あらゆる種類のワイン、ウォトカはもちろん肉の罐詰《かんづめ》、甘いものなど考えられる限りの御馳走が盛り沢山だった――航空アカデミーに案内される。よく見かける威圧的なばかでかい建物だ。製図版でいっぱいの部屋や階段教室、普通の教室を蜿蜒《えんえん》と歩かされる。生徒は大半が休暇中であった。

午後六時、フェイモンヴィル中佐のアパートでカクテル・パーティー。ロシア人とアメリカ人の客でたてこんだ――ロシア人は将校、飛行家、外交官である。ロシア人がアメリカ人のパーティーに出席したのは実に久し振りのことだという。最近の党最高幹部の粛清以来、彼らは外国人と一緒になりたがらないと説明された。

夜、アメリカ大使館で夕食会。イギリス大使やイタリア大使館員らが出席した。あるイタリア人の議論を小耳にはさむ。彼はイギリス大使に向い、イタリアはアンソニー・イーデン（チェンバレン内閣の外相）を嫌悪すると言い、こう付け加えて議論を結んだ。「世界がごたごたしているのは、主としてイーデンのような狂信者のせいだ」

八月二十一日　日曜日

朝、モスクワ郊外の第二十四機械工場を見学する。アメリカ製の機械で充満していた。あちこちに若干のドイツ製も認められた。ソヴィエトは航空用のライト・サイクロン発動機を製造するために、アメリカ合衆国から最高の高性能工作機械を含めた完全設備の工場一式をそっくり運んで来たように見える。ロシア製の工作機械はほとんど見当らなかった

——がらくた同然の旋盤が数台だけ。

この工場のエンジン生産能力を評価することは困難だ。アメリカの標準で考えれば、一日に二十台かそれ以上の生産能力だろうか。建物はよく設計されているとはいえぬ。機械類が詰め込まれているし、全般的に秩序を欠く、たとえ改善されつつあるという事実を考慮に入れたとしても。

われわれは鋳造から試験台《テスト・スタンド》に至るまで、工場内を隈なく見て回ったが、どうやら完全な生産単位をなしているようで、外部からの部分品補給はまったく必要としないか、必要としたとしても極く一部という印象は受けた。試験台も約十八台、数えることができた。職工はさほど高度に熟練していないかのように見えた。多くの女工が混じっていた。ロシアに移されたアメリカ式の工場が、ロシア人の職工により動かされているという典型的なケースだ。

またまた数時間も続くかと思われたほどの濃厚なロシア料理の昼食、午後はモーター実験研究所へ。さほど印象に残ったものはない。施設は大きいが、設備は貧弱だ(大部分の工具や試験機械は外国製品で——若干、最新式の機械も混じっていたが——大半がドイツ製である)。建物は老朽化していた——ナポレオンが使っていたものだという。

八月二十五日　木曜日

モスクワではニュースとの接触はないが、戦争への緊張感は依然としてヨーロッパ全土に高い。いまや、恐怖の日は九月十五日ということになっている。ドイツ国内の意味深長な事情に基づくのだけれど、恐怖の的がドイツであることはいうまでもない。

陸軍大学を訪問した後、空港へ出掛け、私どもの乗機の整備について指示する。自分で整備するつもりだったが、ロシア人の整備員は非常に有能である。ソヴィエト側は、このような点で私どもを助けようと非常な思い遣《や》りを示してきた。多くの機会に出会ったロシア人に自分は好意を持つ。だが、いまのようなシステムは絶対にうまく行くまい。革命以来、すでに大きな変化が起っているし、来たるべき長い歳月にわたり変化が起り続けるだろう。もし彼らが最も有能な人たちを処刑したり、追放したりしなかったならば、はるかに大きな進歩がもたらされたことであろう。

空港から帰る途中、アメリカ大使館に立ち寄り、ルーマニア、チェコスロヴァキア横断飛行の許可手続を依頼する。

八月二十六日　金曜日

午前十一時ちょっと前に飛行場に到着。多くのロシア人、アメリカ人が見送ってくれた。見送りをやめさせようにも、それが出来ぬ。しかし、彼らにはそれが余分の仕事となり、しかも、私どもには出発遅延の原因となるのだ。十一時十五分、モスクワを離陸。カーク氏と別れるのは残念だ。大方の見るところによれば、いささかエクセントリックな嫌いがあり、そして〝アンチ〟なあまり、ロシアの現体制にはいっさいの良さを認めることが出来ないのだという。長身、痩せており、四十そこそこにしか見えぬが、実は五十歳なのだ。口先だけの外交官生活を通じて、彼は興味深い独創的な考え方を貫いてきた。私どもが離陸するまで飛行場に立ち尽していた。

フェイモンヴィル中佐も見送ってくれた。私どものモスクワ訪問に当り、彼は最高の助力を惜しまなかった。おそらく大使館内で、ロシア側と誰よりも多くの接触を持っていたに違いない。ロシア人に好意を寄せるあまり、いささか盲目同然だったかも知れぬ。ロシア人に少しでも不利な議論になると、彼は決って反論した。事実、この地では誰も彼も極端な〃プロ〃か極端な〃アンチ〃であるかに見える。従って、冷静な議論を展開するのは困難である。

まずツラ、ついでオリョールを目差し、ハリコフに最初の着陸。三十分、休養したのち、ドン河畔のロストフに向けて直行する。航路はソヴィエト関係当局が定めてくれたもので、その通りに飛行しようと努力する。アメリカ合衆国内の自由飛行が懐かしい。

晴天、暑い。上昇視界、水平視界ともに無限。ハリコフ北東側の、小さな工場と格納庫とが幾つかある飛行場の上空を通過。遠くて細部は確認できぬが、工場の前には低翼、単発らしい機種の一団が認められた。格納庫は全部で九棟。南東の民間用飛行場に着陸した。飛行場の南側で建物が建造中、小さな飛行機製作工場のように見えた。

燃料注入は素早く、能率的に行われた。インツーリストの通訳を乗せた先導機が待機していた。燃料補給後、ハリコフを出発したのであるが、私どもは先導機が数分早く到着できるようにわざと減速したのだった。先導機など必要とはせぬが、選択の余地などなかった。旧式の単発機で――五百馬力、まるでスピードがなかった。

暑い天候のおかげで油圧が高い。油温が時には摂氏九十度を越える。電量計と電流計の針が激しく振動する以外は万事良好。イギリス人の整備員は、たとえばフィリップス・アンド・ポウィス社が私どもの使っているメナスコ・エンジンの代理業者でありながら、この計器をよく理解しておらぬ。そのせいで、整備が正しく行われた例《ため》しがない。イギリスの航空規則は飛行日誌や操縦免許証などの書類で大いに悩ませるが、優秀なアメリカ人の整備員なら、航空省の検査も含めたそれらの規則に匹敵する、いや、十倍もの価値があるのだ。自分は規則を守るためにのみ飛行日誌をつける。自分の立場から言わせれば、それにはなんらの値打もない。しかし、仮に墜落したら、関係当局は真の原因よりも記入洩れとか僅《わず》かな過重のせいにすることは疑いないのだ。

事故を、死んだパイロットのせいにする安易さは困ったものであるが、それは自分の覚えている限り、一つの風潮になってしまっている。危機に陥るような状況に出くわさなかったパイロットが果しているだろうか。その際、完全な判断は危地に赴かぬということであろう。ところが、そのような状況に陥った人間は彼の犯したエラーによってのみ判断され、はるかに悪い事態から脱出した回数はめったに賞賛されぬ。一番いけないのは自ら同じような状況に置かれながら、危機に陥らなかった他のパイロットから寄ってたかって責任を押し付けられることだ。危険を冒す決心がつかなければ、操縦桿を握らなければよい。

安全は危険を冒す際の判断力に存するのだ。かかる判断力は当人の人生観に基づいたものでなければならぬ。臆病者ならわが家で坐したまま、霧の山中に飛び込んだパイロットを批判することも出来よう。しかし、自分ならベッドの上より山腹で死ぬ方がはるかにましだ。勇敢な男が死んだとき、なぜ彼のエラーを詮索せねばならぬのか。彼の体験から学び取らない限り、その弱点を捜し回っても始まらないのだ。むしろ、彼の人生における勇気と精神とを賞賛すべきだ。冒険のない世界に住む人間とはいったいどういう人種なのか。冒険のために死んだ人間を責めねばならぬほど生命は惜しいものか。もっとましな死に方があるというのか。

午後七時一分、ロストフに着陸。市長、インツーリストの支社長、見学予定の飛行学校長も含めた一団の出迎えを受ける。モスクワから先行したスレプネフ大佐の姿も見えた。ソヴィエト側は出来るだけのことを尽そうとしている。当惑するくらいだ。こんなに迷惑を掛けるのはたまらぬ。スレプネフ大佐など、昨夜は一時間しか眠っておらぬ。ソヴィエト側の手厚いもてなしにまさる処遇を受けたことはかつてない。しかも一方、今度は打って変り、多すぎる約束事で日程を詰め込まぬように配慮されている。

八月二十七日　土曜日

アンと共に車で市外にある民間飛行学校に案内される。初歩的な飛行訓練では、民間と軍との間にさして大きな相違はないかのように見受けられる。まず〝二年生〟の女子飛行生徒が実技中の区域に案内された。私どもが到着したとき、待機中の女生徒は直立不動の姿勢で並んでいた。器量のよい顔ばかりで、明らかに十人並み以上だ。二十歳から二十三歳までの女性だけが飛行訓練を受ける資格があり、大半が飛行学校の卒業生と説明された。

滑走路から兵舎へ。六十人の女生徒が起居する寝棚の枕に刺繍が施しているのは、なんという不思議な眺めだろう。一室に一クラスだから、全校で百八十名の女生徒がいるに違いない。ほとんどが民間機パイロットとして訓練を受けているのである。もっとも、ソヴィエト空軍には相当数の女パイロットがいる。その一人にモスクワで会ったことがある。二十五歳ぐらいの恰好のよい娘――抜群のタイプだった。女性は男性と同様に、空軍要員に適していると説明される。彼女たちは性別の関係なく男性を指揮し、あるいは男性の指揮を受け、同じような任務等についているのだという。うまく行くとはどうしても考えられぬ。結局、男女間にはソヴィエト連邦とても根絶できぬ生れながらの相違があるのだ。

女子の兵舎から男子の兵舎へ。前者ほど清潔ではない。女子の兵舎の方がずっと几帳面で、きびきびした様子がうかがわれた。ついで飛行学校の本館へ。約六年制の飛行訓練学校だが、建物はロシアの大半のそれと同じように粗末で、古ぼけていた。床は抜けるのではないかと思われたほどで、事実、自分が踏みつけた一枚は抜け、体重が掛って折れてしまいそうになった。

学校では男子が女子より多いこと、男子は七時間ぐらいで単独飛行、女子は十時間から十一時間ぐらいで単独飛行を実施すると説明された。その理由については満足すべき回答は得られずじまい。女子は夜間飛行に適し、男子は計器飛行に適するという。私の発した多くの質問に明確な回答は得られず、またさらに多くの質問を発しないままに学校を立ち去ったのであるが、たとえばいったいなぜ女性を民間機のパイロットとして訓練するのか。人生の後半で彼女たちに幸福をもたらすとは考えられぬ。それから殊に、なぜ女性を戦闘用のパイロットとして訓練するのか。ソヴィエト連邦は男性の人的資源が豊富な筈《はず》である。歴史的な教訓が改められぬ限り、男性を訓練した方がはるかに効果的ではないか。無論、女性が空を飛んではならぬという格別の理由はない。が、職業として操縦桿を握るように奨励すべきではない。彼女たちは他の分野で、しかもより実際的でない方法により人間生活に最大の貢献ができるはずだ。女性が家庭から工場へ移されたとき、あるいは物質的効率の生活が最優先し、子供を産むことが三番目とはいわぬまでも第二次的になった場合は、そのような文明を果して〝高度なもの〟と分類できるだろうか。

アイスクリーム工場に案内された。第三者にスケジュール作成を任せると、常にこうした類いのことが発生する。どうして私どもをアイスクリーム工場に案内するのか。一時間の静かな読書か執筆の方がはるかにましだろう。とはいえ、アイスクリーム工場の内部を通り抜ければ、それだけでも土地柄がよく分ろうというものだ。実をいえば、工場見学はソヴィエト連邦の現状に対する私の一般的印象を確認してくれたのだった。この国では実に第一級品が少ない。ロシアの過去と比較して良くなったというだけの話である。私どもが一九三三年に訪ソして以来、事態は決定的に改善されている（モスクワや上空を飛んだ土地の一般的な様相から判断して）。が、当時の状況というのはかなりひどいものであった。もし革命前の状況がもっとひどかったとすれば、まさしく耐え難いものであったに相違ない。

アイスクリーム工場はさほど清潔ではなかったが、私どもの見てきた大半の所よりもはるかにましだった。ハエはほんの僅かしかいなかったし、あちこちの手摺やテーブルにはハエ採り紙が置いてあった。機械装置はあまり円滑に動いていなかったし、アメリカの工場のそれとは比すべくもなかった。しかし、製品だけは一級品のように思われた。一度も見たことのないような特製の甘いチーズがあった。美味だった。家で作れたらとしきりに思う。アイスクリームはイギリス製よりも平均してうまかった。勿論、私どもが食べきれる以上の量をどっさり出されたのであった。

まったく不思議な国だ。彼らは必要に応じた財産分配の教義を説く。大きな貧困状態があり、時として事実上の飢餓状態が発生する。にも拘《かかわ》らず、たとえば私どもの出席した昼食会や夕食会などで食物が大量に浪費されるような光景を見たこともない。ソヴィエト・ロシアでは持てる人々は持たざる人々のことをさほど案じていないように見える。財産分配、平等、国有化の政策がそういつまでも続けられるとは信じられぬ。好機いたれば、社会的な各階級は過去のそれと同じような進展をとげるだろう。その兆候がすでにパーティーや夕食会、婦人の服装、装飾などに表われているのである。早くも、サラリーや地位の異なる人たちの特権に大きな差が生じていることは断わるまでもない。

フェイモンヴィル中佐から来電あり。オデッサ付近の地点でルーマニア国境を越える許可が降り、それ以降の飛行コースにはなんらの制約も無いという。

八月三十一日　水曜日

航空関係の諸施設を見学して、チェコにおける空の守りはさほど良くないとの結論を得た。追撃機の速度は遅くてスピードのあるドイツの爆撃機には効果がないし、反撃に出ようにもスピードのある爆撃機は若干しかない。ソヴィエトから買い入れたものだ。ドイツ製ほど優秀ではないが、充分に機動性が高いから実戦的効果はあろう。当地で製造中のフランス型、チェコ型の爆撃機についていえば、近代戦用としてはスピードが無さすぎる。チェコはソヴィエト型の爆撃機を製造し始めたが、着手したばかりである。一機も年内に間に合わぬのだ。高速の追撃機も生産を開始すると説明されたが、これまた着手したばかり。チェコの主要な対空防衛力は、昔から評判の高い機銃や対空兵器に依存することになるのだろう。

九月四日　日曜日

パリまでずっと好天。ル・ブールジェに着陸する。ホテルに到着した途端に、新聞社か

九月八日　木曜日

ら電話が掛ってきたが、目下のところ、それ以外の騒ぎは起きておらぬ。

九月九日　金曜日

午後、ブリット大使が夕食に招いたので、出発はあすに延期する。アンと散歩に出掛けようとしたところ、どの出入口にも記者とカメラマンが張り込んでいた。

やっとタクシーをつかまえたが、四、五台の新聞社の車に追い掛けられたので、早々にホテルへ帰る。新聞社の車が郊外まで追跡してこないようにとアメリカ大使館を通じ、ブリット大使の市内にある公邸で車を乗り換える手筈をつける。

午後六時二十分、クリヨン・ホテルを出る。玄関で群衆とフラッシュを持ったカメラマンが大勢。眼と鼻の先にカメラを突きつけられ、フラッシュで眼もくらむ思いがする腹立たしさ！　平手打を食ったような感じだ。マッカーサ氏の車に乗り、ブリット大使の公邸に乗りつける（一九二七年に泊ったヘリック大使の公邸と同じだ）。玄関先からはいって裏口に出、別の車に乗り換える。郊外にあるブリット大使の別荘に到着。

ダラディエ政権の航空相シャンブル氏も招かれており、独仏両国はじめヨーロッパ諸国の航空事情を語り合った。フランス空軍力の状況は絶望的である。たとえドイツに追い付けるにしても、ここ何年もの間は不可能だ。フランス軍用機の月産高は四十五機か五十機ぐらい。ドイツの場合は最も信頼すべき推定によれば五百機から八百機だ。イギリスは月産七十機に近い。フランスは一九四〇年四月までに二千六百機の第一線機を保有したがっている。ドイツはおそらく三ヵ月か四ヵ月毎にそれだけの機数を生産しているだろう。ドイツの空軍力は全ヨーロッパ諸国のそれを合わせたよりも強力だという結論を出さざるを得ぬ。

シャンブル氏は明白に、この厳しい現実を認識しているようだ。フランスはさらに、対空兵器の面でも不充分だ。しかも、パリ市民はまだガス・マスクさえ装備しておらぬ。にもかかわらず、フランス軍はドイツがチェコスロヴァキアに侵入すれば、どうも旧西部戦線に攻撃を掛ける覚悟のようである。まさに自殺行為だ。東方に対するドイツ支配の拡大を阻止する好機は早くも数年前に過ぎ去っている。現時点であえてそれを行うのは、ヨーロッパを大混乱に陥らせることだろう。第一次大戦よりもはるかに悪い結果を生み、多分ヨーロッパの共産化を招来するに相違ない。

九月十八日　日曜日

朝、イリエクで執筆、プラトンを読む。カレル夫人がボートで訪れ、午後、サン・ジルダに来てほしいという。お茶の時間に出掛け、いったん徒歩で引き返した後、アンと連れ立って再びサン・ジルダへ渡り、カレル夫妻と夕食。冬の計画を語り合った。カレル博士は十月一日ごろ、渡米する予定だ。潜在的生命の再生と血液による全面還流散布の実験が可能だと考える。この冬、子供たちをどこへ連れて行ったら一番よいか、アンも自分も確信が持てぬ。ベルリンはどうか、その有利な点、不利な点を論じ合う。カレル博士の話によれば、パリの友人たちは危機が去り、年内に戦争はないと見ている由。どうやら誰も彼も楽観的なようだ。

ヒトラーは強気だ

九月二十一日　水曜日

ケネディ大使が午後一時十五分、私とアンを昼食に招く――場所はプリンセス・ゲイト十四番地の公邸。ロンドンの典型的な秋の一日だ。霧雨が降り、大気には煤煙が認められる。

大使夫妻と昼食（食事の前に、六人の子供たちに紹介された）。食後、大使と一時間ばかり話し合う。ヨーロッパの政治的危機、航空事情、一般的な軍事情勢について論じ合った。大使館内は憂色に包まれている。ヒトラーはどう見てもチェコ侵略の用意が出来ており、すでに兵力を国境地帯に配置ずみ。ケネディの話によれば、ヒトラーはチェンバレン首相に向い、必要ならば世界大戦も辞さぬと啖呵《たんか》を切ったそうである。よしんば準備態勢が出来ていなくとも、イギリスは戦う覚悟だとケネディは指摘する。この際、ドイツと戦端を開けば破滅的な影響をもたらすので、チェンバレンは何とかそのような大戦を回避したいと必死に努力している。ケネディによれば、イギリスの世論はチェンバレンを戦争に追い詰めようとしているのだという。

空恐ろしいことだ。イギリスは戦争をやれるような態勢にはなっておらぬ。彼らはこれから対決しようとする事態をよく理解してもおらぬ。今日まで、彼らは常に自分たちと敵との間に艦隊を置いて戦争というものを考えて来た。彼らは航空機がもたらした変化に気づいていないのだ。これは大国イギリスの終りの始まりではないだろうか。イギリスは〝熊蜂の巣〟かも知れぬ。しかし、もはや〝ライオンの檻《おり》〟ではないのだ。

昼食後、アンとホテルへもどる。後刻、大使館に旧知のジョンソン参事官をたずねる。三十分間、要談。そのあと大使が加わり、さらに三十分間、話し合った。チェンバレンは再びヒトラーと会談するという。ヒトラーがいま以上の要求を持ち出せば、イギリスは宣戦を布告するだろうというのが当地の空気だ。その結果、どうなるのか誰にも見当がつかぬ。チェンバレンはチェコとズデーテン問題でヒトラーに譲歩し過ぎたと、以前から批判の声が高かった。

アンと二人きり、ハンガリア料理店で夕食をとる。ホテルにもどり、ケネディに提出するヨーロッパ各国の航空戦力の報告書を作り始める。

九月二十二日　木曜日

ケネディ大使に提出する報告書の下書を仕上げる。タイプしてもらった後、大使に渡してくれるようジョンソンに託す。状況は日増しにいよいよ悪化しつつある。チェコ内閣が総辞職した。

午後、再び大使館に立ち寄る。ケネディはイギリスの高官連に話をしてほしいという。

九月二十三日　金曜日

イギリス情報部の推定によればソヴィエトは一時、年産五千機に近い生産力を持っていたかも知れないが、現在はそれ以下ではないか。最近、顕著な生産低下が認められるというのである。しかし、搭載機銃は優秀だ――一分間に千八百発から二千発まで発射できると信じられている。一方、飛行機の速度は彼らが主張するほど速くはない（決して不自然な主張ではないが）。爆撃機の推定速度は二百四十マイルから二百五十マイルまで（ソヴィエト側の主張は二百七十マイル）。低翼追撃機のそれは二百四十マイルから二百六十マイルまで（ソヴィエト側の主張は三百マイル）。後者の操縦性は極めて悪いという。

朝、モルガン・グレンフェル社に出掛け、五百ドルの小切手を現金化する。万が一の事態に備えて一定の現金を手元に置く必要があるだろう。五百ドルだけではそう遠くまで行けぬが、数日間の旅には間に合うだろう。町では戦争の話題で持ちきりだ。通りすがりにそんな立ち話が聞えるのである。

ホテルから街角を曲ったピカデリー・サーカスにARP（防空対策本部）のガス・マスク配置所が設けられている。ロンドンの真只中でガス・マスクが似つかわしくなるとは。

午後一時、カールトン・グリルでサー・ウィルフリッド・フリーマン（空軍元帥）と昼食。イギリスとヨーロッパ諸国における飛行機の生産設備や一般情勢について語り合う。

サー・ウィルフリッドとアダストラル・ハウスに出掛け、航空省の高官連に一、二時間ほど話をする。一高官によれば、ドイツの航空戦力に対するイギリスの情報活動はなっていないという。捕まえられたら首を斬り落されると分ったときに「考え直す」ようなものだとも言った。

リー大佐の家で夫妻と夕食。

食事中、大佐は緊急報告を受け取った。チェンバレン首相を筆頭にイギリスの全代表団が明朝ドイツから帰国する、しかも交渉は決裂したのだと（従って、新聞報道はこと程さように信頼できぬという次第と相成る）。

情況はますます悪化しつつある。イギリスは戦争をやれるような状態にはない。ところが、一般のイギリス人はこの現実を少しも知らないのだ。いま仮にフランスとイギリスとがドイツを攻撃すれば、その結果は大混乱を生み、民主主義の破滅をたやすくもたらすような羽目になるだろう。ヨーロッパ文明の崩壊を招来するのではないかと恐れる。

九月二十四日　土曜日

今朝のニュースはもっと悪い。チェンバレン、飛行機でいそぎ帰国。チェコ、総動員令を発す。フランス、一段と強硬な態度に出る。フランスはどんな手を打つつもりか。旧西部戦線に攻撃を掛けるのか。当局の発表によれば、フランスは九万の兵力を召集したという。ドイツはチェコスロヴァキアに対して最後通牒を突きつけたと伝えられる。

夜、ニュースはいくらか明るくなった。ドイツ軍がまだチェコ領内に侵入しておらぬという事実は希望を持たせる兆候のように思われる。依然、年内に戦争は無いだろうというもっともなチャンスがあるように考える。ヒトラーは特異な立場にある。彼が仕掛けない限り、誰も戦争を始めないだろう。従って、彼は危険を冒さずに望み通りの威嚇《ブラフ》ができるのだ。おそらく掌中に世界の運命を握り、さぞかし楽しんでいるに違いない。とりわけ先の大戦後、世界がどのようにドイツを取り扱って来たかという事情を考えればなおさらだ。ヒトラーがフランスやイギリスをいくらかはらはらさせたとしても、彼を一方的に責めるわけには行かぬ。彼が当面の情況によってヨーロッパを大戦争に巻き込むとは到底信じられぬ。狂人でなければ、そのような真似が出来るはずがない。ヒトラーは神秘的な狂信者である。が、過去の行動とその結果とに徴してみれば、彼が狂人だとは信じられぬ。チェコスロヴァキア国境、閉鎖され、ヒトラーは、六項目の提案を行う。チェコがドイツの脅威となることを終らせる案であり、同国に対するドイツの軍事的、経済的侵略の途を開こうとするものだ。イギリス、フランスの世論は硬化しつつある。明らかに、これ以上の譲歩は許せぬといった趨勢《すうせい》だ。当面、すべてはヒトラーの胸三寸にある。

リー大佐の話によれば、ロンドン市内のハイド・パークでは塹壕《ざんごう》が掘られたそうである。アンと一夜クリヴデンで過すようにと、アスター卿夫妻から招待される。身の回りのものをひとまとめにして、パディントン発午後六時八分の汽車に乗る（市内の建物にはドアや窓に砂袋を積んでいるところがかなりあった）。

夕食会が開かれる直前にクリヴデンに到着。アスター卿夫妻はじめ保守政界の実力者トマス・ジョーンズ氏[*5]、アスター一族の人たち、それから二、三人の客が姿を見せていた。誰も彼も沈痛な面持だ。あたかも既に戦争が始まったような空気である。アスター卿もジョーンズ氏も、ドイツがチェコに侵入すればイギリスは戦う必要があると感じているようだ。アスター夫人と息子とは、この際、戦争を行うべきでないと反対した。戦端を開く前に、まず軍備を整える必要があると私は主張した。いくら議論をしたところで、もはや意味がない。感情ばかりが先走っているからだ。アスター母子を除けば〝軽装旅団〟の玉砕精神が支配していた。ここでもまた、イギリス人は原則のために戦おうとしているのである。あとは野となれ山となれで、いってみればヨーロッパ文明それ自体のはるかに重要な問題など、どうでもよいのだ。ここでもまた、行動を起すのが遅きに失したのである。議論はもっと冷静な時期が来るまで待たねばならぬ。幸いにも、まだ何日か残っている。まだまだ望みがあるのだ。当面、依然として戦争を回避できる可能性があると信ずる。そしてもっと時間があれば、それだけ希望は増える。イギリス人が戦争に必要な準備をする意欲に欠けていながら、こうも簡単に戦争に突入しようとする態度を見せつけるとは驚くべき話だ。

ヒトラーは午後八時に演説をした。一同、客間に移ってラジオ放送に耳を傾ける。アスター父子、私、来訪中の二人のドイツ青年が居残り、おしまいまでヒトラー演説を聴いた。ドイツ青年はメモをとり、重要な点を英語に翻訳してくれた。ヒトラーは聴衆を自家薬籠中のものにしていた。聴衆は少しでもチャンスがあり、またヒトラーが何かひと言でも言おうものなら、直ちに歓呼の声を上げる気分にあった。彼はゆっくりと演説を開始したが、しばしばわめき、怒号した。演説が終ると、大歓声が沸き起った。一時間以上もまくし立てたろうか。ゲッペルスが前座をつとめた。演説を聴いて、戦争は回避されるかも知れぬという希望がかなり持てるように思われた。イギリスでは、多くの人たちがヒトラーは演説中に宣戦を布告するのではないかと予期していたようだ（つまり、この三月オーストリア侵入の際と同じように、今度もまたドイツ軍がチェコ領内を進撃中と宣言するのではないかと思われたのだ）。ヒトラーは確かに、少なくとも差し当り〝門戸を開いて〟おいたようである。

演説が終った後、夕食会が開かれた。緊張はいくらか減ぜられた。またもや軍備を考慮する積極的な姿勢と、宣戦布告かどうかの選択とが論ぜられた。ところが、ヒトラー演説の前までは、これらの問題を論じ合っても意味がなかったのである。

アンと〝綴織の間〟に泊る。朝、窓からの眺望が美しいのだ。夜霧が上るところで、蛇行するテムズ河がどうにか見えた。この前、一泊したときと同じ部屋である。

九月二十七日　火曜日

アスター卿、トマス・ジョーンズ氏、アスター卿の息子、アンらと九時に朝食。今朝はもっと希望の持てる雰囲気だ。卿は私にロンドンの友人たちに話をしてほしいと言い、電話で約束を取り付けようとしたものの、全線がふさがっていた。やむなく車でロンドンのアスター邸（セント・ジェイムズ・スクエアー四番地）へ。

私たちの通り掛った公園や空地の大部分には塹壕が掘ってあった。やはり通り掛りのARPセンターには、ガス・マスクを求める長蛇の列が出来ていた。セント・ジェイムズ・スクエアー四番地で待つ間、拡声器を付けた車が二台も通り掛り、ガス・マスクを受け取るために最寄りのARPへ出頭するようにと呼び掛ける。陸海軍の販売店に電話をしてガス・マスクを売っているかどうか尋ねたところ、「売っております。しかし、売切れで、少なくとも六週間ぐらいは注文に応じられません」という返事だった。

トマス・ジョーンズ氏と、氏の知人らとクィーン・アンズ・ゲイト十六番地で昼食。食後、一般情勢を語り合う。彼らは大英帝国の軍事的な立場に関してすこぶる誤った知識を持たされている。ボールドウィン元首相が他の人たちと同じくらい、このような状況に責任があるようだ。

昼食後、セント・ジェイムズ・スクエアー四番地にもどり、アスター卿の車で約束の四時半にロイド・ジョージ元首相を訪ねるべくサーレイへ。

七十五歳のロイド・ジョージは客間におり、部屋の入口まで出迎えてくれた——なかなか活動的で、ほどよい長さの見事な白髪をしていた。どう見ても、イングランド人の血統ではない。自らお茶を入れてくれた。典型的なウェールズ風のテーブルが置かれ、菓子類が盛り沢山に並べてあった。戦争と軍備について語り合う。彼はいまや、戦争は不可避だと見ている。私は少なくとも先に延ばさなければならぬと、彼を説得しようとした。ロイド・ジョージは現政権の弱体と、これまで犯して来た一連の間違いを指摘する。後からだが、彼はアメリカの参戦により勝機をつかんだ第一次大戦、一九一八年の体験にも話をもどした。また何度か〝民主主義の威信〟を口にし、エチオピア、スペイン、オーストリア等でしてやられたあと、さらに退却できるものかどうか疑問だと言った。いま戦争が起れば、フランスやイギリスが実力を出しきらないうちにドイツはチェコで電撃的な勝利を挙げるだろうとも言った。そのような事態に立ち至れば、イギリスもフランスもチェコスロヴァキアを奪回するため立ち上らないだろうと言った。この点に関する限り、また彼が指摘したそれ以外の点についても、ロイド・ジョージの理屈はたいそう明快なものではないように思われた。成功する見込みのない戦争で、どれほど民主主義の威信が高められるだろうかと、私は反論した。

ロイド・ジョージはイーデンやチャーチルに寄せる信頼と、チェンバレンに対する不信を公然と口にした。

彼はまた、ベネシュ大統領こそチェコがいま巻き込まれている紛争に責任がある、そしてまず何よりも、チェコ＝ドイツ国境が正しく策定されなかったことが問題だ、この辺りの事情をいま本に書いているが、戦争になれば陽の目を見ないかも知れない、現行のハンガリア国境よりズデーテン地方を国境にした方がはるかに妥当性があると言った。

ロイド・ジョージに言わせれば、現在の民主主義諸国は指導者に欠けるし、ナチ体制はソヴィエト体制と同じくらい悪なのである。イギリスにとって、ヨーロッパ型ドイツとアジア型ロシアとの同盟はさほど重大な意味を持っていないと、彼は認めているかのように思われた。ロイド・ジョージは明らかに、ヨーロッパ文明へのアジア的な影響を懸念していないようだ。

彼はなんどか、もはや戦争は阻止できぬという感想を吐露してみせた。ヒトラーは力の支配者であり、こけおどかしや取引をやったりするような人物ではない、またムソリーニの場合もそうだという。

午後六時ごろ、ロイド・ジョージ邸を辞す。車でギルフォード駅に行き、ロンドン行の汽車に乗り換えた。さらにタプロー行に乗り換え、車でクリヴデンへ。誰も彼も沈んでいる。刻一刻と希望が失われていくように思われてならぬ。かかる状況下で全面戦争を起せば、ヒトラーはまさしく狂人だ。戦争が終ったら、ヨーロッパで最優秀の血が死滅していることだろう。先の大戦はわれわれが失い得るよりも、それ以上のものを奪い去った。

九月二十八日　水曜日

一夜まんじりともせず、イギリスが爆撃された場合のことを考え続ける。

午前九時五十五分の汽車でロンドンへ。アメリカ大使館に直行する。アンはクリヴデンに残ったが、後刻、アスター夫人と共に到着する。

大使館の前には行列ができていた。後刻、アメリカ入国の査証を待つ人たちだと教えられた。ジョンソン参事官に会う。アメリカ合衆国陸軍のガス・マスクが船便で到着したばかり。ハーシャルが二つ手配してくれた。ケネディ大使がちょっと顔を出して「そいつはいらないかもしれないね。何かいい知らせが入って来るぞ」と言う。しかし、その〝いい知らせ〟が何であるかを話し合ったり、突き止めたりする時間はなかった。

ホテルに帰ると、マスクを調整してテストする。アンとマスクを着用し、仕舞い込む練習をした。いちばん時間を要したのは仕舞い込むとき。バンドを調整した後はかなり簡単に着用できる。

新聞特報の大見出しによれば、ヒトラーとムソリーニはチェンバレンとミュンヘンで会談することになった。事実ならば、ケネディ大使が口にした〝いい知らせ〟とは、このことに相違ない。アスター夫人からアンに電話があった。会談は事実である。従って戦争は多分、少なくとも当面は回避されるだろう。驚くにあたらぬが、やはり心からほっとする。トマス・ジョーンズ氏を訪問。アンと車で同氏をたずね、半時間ほど語り合った。話題はもちろん、戦争回避の情勢変化だ。このような経験を経たのち、イギリスが果して目覚めるかどうか論じ合う。いまにして目覚めなければ、もはや希望はない。トマス・ジョーンズは英独間のよりよき友好関係のために努力して来たが、政府当局からはわずかな支持しか得られなかった。現在の多くの困難についてはボールドウィンとイーデンとに責任があるように思われる。

九月二十九日　木曜日

午前十一時十五分、ケネディ大使を訪問する。万事が一段と良好にみえる。ケネディはヒトラー、チェンバレン、ムソリーニ、ダラディエ[*6]らの会談の開催に大きな役割を果して来た。イギリス人は彼に好意を寄せており、アメリカはやっと自国を代表できる真の人物を派遣したと言っている。彼がアイルランド系のカトリック教徒だという点で非難がましい声を耳にしたことはない。ケネディは数日来、極めて活発な活動を行なって来た。彼は主として対独効果を狙い、アメリカの巡洋艦数隻をイギリスに派遣してもらった。ある日など、公用でチェンバレン首相を訪問したが、その後、格別の用事もないのに再びチェンバレンのもとへ駆けつけている。アメリカ大使が当面の危機に関し、一日のうちに二度も相手国の総理大臣を訪問したという事実を誇示するためだったに過ぎぬ。

昼食前に大使館から電話があり、パリ駐在のブリット大使に公用優先の電話で連絡をとってほしいと言われる（一般用の電話は、このところずっと話し中だったので）。十分間で電話が通じ、ブリット大使は明朝、パリで開かれる会議に出てもらいたいと言い、私が一九二七年に泊った大使館の部屋で滞在してほしいとも述べた（一九二七年以来、その部屋には一度も泊っていない）。

西部戦線、異状あり

九月三十日　金曜日

午前十時、パリに到着。汽車は乗心地がよかったが、夜行は途中でひっきりなしに停車した。ブリット大使の秘書官が駅に出迎えてくれ、車で大使館へ。到着すると、大使が玄関口まで出迎え、部屋に案内してくれた。一九二七年に泊った部屋に久しぶりに入って行くのはなんとも奇妙な感じだ。時のヘリック大使が招待してくれたのだが、段々に当時のたたずまいが記憶に蘇ってくる――正面の中庭、階段、そして角の客間。部屋の模様はすっかり変っていたが、いまなお目覚えのある品々がたくさん残っている。十一年前、私が眠ったベッドの上に真鍮《しんちゅう》の記念プレートがはめこんである。アグネス・ヘリックが取り付けたものだ。

ブリット大使の話によれば、私をパリに招いたのはカナダに飛行機製作工場を建設する計画の検討会議に出席させるため。フランスに軍用機を供給するのが目的だ。フランスは充分な機数の生産能力を持たないので、アメリカから購入すべきだというのが大使の持論だ。が、アメリカの中立法により外国は直接アメリカからの軍用機購入に依存することは出来ぬ。にもかかわらず、ドイツを除けば第一級の軍用機を大量に生産できるのはアメリカ合衆国のみ。従って、ブリットの考え方によれば（新味のあるアイディアではないが）、国境を越えたカナダ側に飛行機工場を建設すべきだというのである。工場の機械設備や工作具はアメリカ国内から補給すれば、よしんば戦時下になっても、中立法の制約を受けずにアメリカ設計の軍用機が生産できるわけだ。

ブリットは既に航空相ギ・ラ・シャンブルにその計画を話していた。大使は計画立案と工場建設の具体化に参画してほしいというのである。まったく相変らずだ！　誰も彼も航空事業に関して何か素晴らしいアイディアを思いつくと、この私の一生をそれに捧げた方がよさそうだと考えるのだ。といっても（他の多くの計画とは異なり）、この計画にメリットがないとはいえぬ。複雑な要素は数えきれないほどある。しかし、軍事的な観点からいえば、敵の爆撃圏外にあるカナダに軍用機の補給基地を持つのは非常に有利であろう。

ブリットはフランス第一級の財政専門家[*7]ジャン・モネ氏を信頼してひそかに機密を打ち明け、当のモネ氏もまた、私どもが大使館に着いたとき、別室で待機していた。ブリット大使は航空相を昼食に招いていた。大臣が到着しないうちに、大使はモネと私の三人で計画を検討したかったのである。

ブリットとモネの見解を聴かされる。が、その場で自分の意見は述べない方がよいと思われたし、そのうえ新しい計画でもあったから、一人になって考える時間がほしかった。即座に浮かんだ感想は、イギリスやフランスからすれば特に空軍力を増強するのは重大事だろうが、それ以上に緊急を要する当面の問題が他にあるということだった。なかでもまず第一に、国民が並み外れた精神力を持つこと、第二には戦争を将来とも回避したければ、対独政策を絶対に変えなければならぬということだ。

力は国民性にとっても、また生き残るためにも必要である。しかし、力は黄金などで一時的ならともかくそう簡単に得られるものではない。たとえそのような方法で手に入れたとしても、後日に大きな士気阻喪をもたらす危険性がある。力というのは国民の中にある固有の特質だ。外国製の軍用機を山と積んでも、フランスが望むような安全を保障しはすまい。力は国民の間にのみ見出されるものだ。アメリカで飛行機を買い入れるために巨額の資金を費消するよりは、腐敗し、沈滞した国家に活力を取り返すべくフランス国内で使った方がはるかにましだ。海外で飛行機を購入するのはいわば傭兵《ようへい》の代案に過ぎないだろう――滅亡しかけている国家が藁《わら》をも掴《つか》もうとする最後的なあがきだ。外国機の買入れを口にする者はヨーロッパを表面的な問題で捉えているに過ぎぬ。われわれにとって必要なのは人材だ。機械ではない。指導者が必要なのである。工場などではない。

ブリット、シャンブル、モネの三人で昼食。例の計画を話し合う。資金の調達法や計画の組織法、またイギリスの出方や、克服すべき度量制の相違をどうするか。度量制の問題を持ち出したのは、シャンブルがカナダに建設されるのと同じような工場をフランス国内にも造りたかったからだ。最初のうち度量制は末梢的な問題と思われたが、しかし、これは極めて重大な基本的問題である。インチ単位で造られるアメリカ製の機械類は、フランスで重大な支障を来たさずには使用できない。

モネ氏と、カナダでの年産目標一万機について論じ合う。ブリットは五万機にすべきだと主張する。現在のアメリカの生産量はおそらく年間二千機あたりではなかろうか（自分で調整をしたわけではないから確信は持てぬ）。

昼食後、モネと少しばかり話し合い、一時間後に再び話し合うことにする（一人になって考える時間がほしかったので、自分の方からそのように提案したのである）。

昼食後、モネ氏に持ち出した話はフランスがいま直面している諸問題だ。カナダで軍用機を生産したところで、さほど大きな影響を与えぬ深刻な危機が訪れるような気がしてならないと、私は言った。現行の民主主義がフランスで長持ちするかどうか疑問である。巨額の資金を投じて海外から兵器を買い入れたとしても、国内の崩壊を早めるに過ぎないし、それは外国製の兵器が守護すべき政治形態が失われるという結果を招くだけであろう。現にフランスはいい加減きわめて深刻な政治的、財政的危機に陥っているのではないか。

モネと午後四時十五分に再会し、ともども五時に航空省を訪れ、シャンブルと第二次会談を開く。

十月一日　土曜日

モネ氏、午前九時四十五分に来訪。連れ立って航空省へ。午前中、シャンブル大臣、財務担当官オプノ氏らと会議。必要な機数、カナダの工場で製作しなければならぬ機数、機種、工場建設のコストなどを論議する。

フランスがドイツの生産設備から推定したところによれば、ドイツは年間二万四千機の製造が可能だという。またフランス情報部によれば、ドイツ空軍の最新型機は六千、それに旧型機を加算すると、おそらく八千か九千機にのぼる。最新型機のうち約千五百機の戦闘機、約二千機の爆撃機が第一線に配置され、約千五百機（戦・爆両機種）が予備戦力として残してある。

フランスの軍用機生産力は月産約四十五機（爆撃、追撃、観測など各機種を含む）。フランス当局は一カ年以内に生産力を年間五千機から六千機まで上げられるだろうと考えている（フランスの国内情勢からすれば、これはあまりにも楽観的な見解だと思われる）。われわれはイギリスの軍用機生産力が一カ年間で年産一万機に達するだろうと推定した。イギリスは約二千機の第一線機を擁し、そのうち七百機は多分あらゆる機種を含んだ最新型の設計であろう。

とすれば、ドイツ現在の推定生産力（二万四千機）に対してフランスの希望的生産力（五千機）とイギリスの推定生産力（一万機）とを加算すれば、一年間で英仏側は約一万機が不足するという勘定になる（イタリアの空軍力は計算に入っておらぬ）。この大雑把な推定に基づき、会議の論議はカナダにおける年間一万機の生産計画に集中された。

私は以下の諸点を指摘した、まず第一に、カナダでは十二カ月以内に年間一万機の生産能力を持つ見込みがないこと、第二によしんば年間二万五千機の生産能力を持ったとしても、その結果はドイツ現在の推定生産力に追い付くだけである、しかも、英仏両国の生産活動が展開されている間、ドイツは決して拱手《きょうしゅ》傍観していないという点をむろん認めなければならぬと。

フランス側はまた、一九三九年七月一日までに一千機の外国製爆撃機をいかにして入手するかという問題を提起した（少なくとも一千機は必要だと、彼らは思っているのである)。一千機の爆撃機を生産することは別として、来年の七月までにカナダで工場設備を完成し、生産を開始するのは明らかに不可能な話であろう。従って、もし来年の七月までにアメリカから所要の爆撃機を買い付けるということになれば、現存の生産設備からそれを買い付けなければならぬ。しかし、現在のヨーロッパ的水準から測れば、アメリカ合衆国の総生産力はさほど大きいものではないのである。

アメリカの陸海軍は現生産量の大半を吸収しており、また民間航空(国内航空とパン・アメリカン)が軍の発注を受けていない生産設備の大部分を吸収している。加えて、軍用機と民間機とに対する外国からの発注が多い。最近イギリスは二百機の双発ロッキードと、二百名のノース・アメリカン訓練要員を発注したが、両社とも目下のところ、それで手一杯なのだ。二百機(あるいは三百機?)のカーティス追撃機(P36型)を求めたフランスの発注は、カーティス社の過剰生産設備まで取り上げてしまった。しかも、フランスはさらに二百機のP36型を追加注文すべく手付金を支払ったとか。以上のような情況を考慮に入れるなら、アメリカ合衆国は現時点から来年の七月までに軍用機の大きな追加発注に応じられないことは明白だ(フランス航空省で小耳に挟んだ話によれば、つい最近のこと、イタリアは軍用機の売込みを申し入れて来たという)。

むしろ、ドイツから爆撃機を買い付けたらどうかと、私は提案した。勿論、テーブルを囲む一同は唖然《あぜん》とした。しかし、思ったよりも冷静に受け止めてもらえたのである(最初は、この提案をジョークだと思い、爆笑が湧いた)。しかしやはり、論議は間もなくカナダの計画にもどった。

このアイディアは発展させてみるつもりだ。フランスがドイツの軍用機を買い付けるに当り、両国間に取決めができる可能性だってあるかも知れぬ。さらに、このような手続に従い、それ以外の多くの問題も解決できるようになるかも知れぬ。このことはドイツが将来に抱く意図、またその意図に関連してフランスやイギリスが抱く態度に大きな信頼が寄せられるかどうかにかかっていると思う。ドイツ軍用機の買付は関係諸国すべての利益になるかも知れぬ。それは相互間にささやかな通商関係を開くきっかけとなり、また勢い軍備制限の方向にむかうことになるだろう。ドイツにとっては空軍を維持する負担の軽減となるに違いない。その結果、ヨーロッパの一般情勢を鎮静させることにもなるであろう。

一方、もしフランスやイギリスからひたすらドイツとの軍備競争を続けようとするならば、われわれは必然的に来たるべき全体戦争の方向に進むことになる。双方とも、戦争によって得るものは何一つない。戦争も時には必要である。が、ヨーロッパの現状では悲惨を意味するだけであろう。ヨーロッパを、その意に反して分裂させてはならないのだ（イギリス軍当局の推定によれば、イギリス本土を空襲から守る適正な手段は五千台の探照灯、一万二千基の対空機関砲、十万の防空要員である。現在のところ、いずれも大いに不足しているといわれる）。

会議は正午ごろに終る。

午後三時、車でヴィラクーブレ飛行場へ。フランス最新型の軍用機を見せられる。

約二十分、新型の戦闘機モラン406型を飛ばしてみる（八百六十馬力。イスパノ・スイザ・エンジン。低翼、全片持ち翼、単葉機。引っ込み脚。下げ翼。高度四千メートルで最高時速四百八十七キロ。着陸時速百二十四キロ。単座。開閉式操縦席。全金属製。航続時間二時間）。

高速の最新型機を操縦したのは初めてだ。フランスとアメリカとの操縦装置や計器類が異なっているだけに、一段と興味深い試乗であった。たとえばフランスの絞り弁はアメリカのそれとは正反対の方向に働く。これは機械に慣れるまで、身動き一つにも意を用いねばならないし、機械訓練の飛行は欠かせぬということだ。

飛行中の操縦性は良く、着陸も容易であった。が、二回目の着地に入ったとき、下げ翼はぴくりとも作動しない。やむなく飛行場の上空を旋回。次の着地でも、何度か制御レバーを動かしたにもかかわらず（圧搾空気で作動する装置だが）、さっぱり効かぬ。数百フィートほど上昇して、制御レバーに対する圧力を充分に加え続けたら、下げ翼も正しく作動することが分った。

私のために各種の軍用機が——最新型の爆撃機と戦闘機とが共に飛ばされた。モラン406戦闘機に加えて、そのルノー型ともいうべきモランの小型戦闘機もあった。空冷式発動機、四百馬力から五百馬力。最高時速四百六十キロという（すっきりした飛行機だが、近代的な戦闘機にしては小ぶりすぎる）。

そのほかに双発の追撃機があった。正面に二基の機関砲を装備（操縦席が三座の低翼機)。ポテーズ社の製作だ。

フランスの設計はかなりよいが、高馬力の発動機を欠いているために生かされておらぬ。半ばエンジン設計の立ち遅れと、半ばアメリカ合衆国で用いられる型のエンジンを使用した場合に必要な最高品質の燃料を充分に確保できそうもない事情が原因だ。ドイツの爆撃機は大半が最高時速五百キロぐらいは出るだろう。従って、五百五十キロ以下のスピードしか出ない追撃機の製造はあまり意味がない。依然として速度に大きな利点を持つことが望ましい。

しかし、何よりも驚くべき点は、もし戦争が先週はじまっていたならば、フランスはパリ防衛のために使える近代的な追撃機を一機も持っていなかったという事実だ! フランス側は最新型のドイツ爆撃機と同じくらいに速い戦闘機をかつて一機も持ったこともなければ、いまなお一機も持っていないのだ! 近代戦の観点からすれば、フランス空軍はほとんど存在しないのと同然である。それでいながら、フランスでもイギリスでも、多くの人たちが自国政府に宣戦布告を迫っているような始末だ。

ヴィラクーブレから航空省大臣室に引き返す。モネ氏も来ており、われわれは早速カナダ計画の論議を再開した。

十月三日　月曜日

フランス情報部、八月のイギリス軍用機生産高は百八十機と推定す。

朝食後、邸内で短い散歩。後刻、ブリットと二度目の散歩をする。それから彼と共に車でパリへ。九時四十五分、大使館に着く。途中、カナダ計画について論じ合った。このような計画を立てる場合の通例だが、最終案というのはカナダで工場一棟もしくは数棟を建てるための青写真となる。平時の生産能力は一交代制の年産千五百機、エンジン四千台で、戦時下ならば三交代制の年産五千機、エンジンも五千台。これは確かに貴重な戦力を構成するが、ドイツを強く印象づける数字ではない。

ブリットとモネは同計画の調査と交渉とを開始するため、私に即刻アメリカ合衆国へ発ってもらいたいという。当面のヨーロッパ情勢は最も重大な段階にあり、差し当りヨーロッパから離れたくないと考えていたので、私は来週ドイツを訪問する予定になっており、何時アメリカへ発てるかはっきりしないと答えた。

十時三十分ごろ、モネと航空省にシャンブルをたずねる。会議をすませたのち、大使館に引き返すと、ブリット大使が姿をあらわし、ダラディエ首相が到着するまで話し合った。ダラディエは常にフランス語しか使わないが、チェンバレン、ヒトラー、ムソリーニとの会談や、ゲーリングについてもそれぞれの印象を語った。ヒトラーは際立った個人的な魅力の持主であり、ゲーリングも面白い人物で、明らかに才腕があるとダラディエは言う。

客間に運び込まれた小さなテーブルを囲んで昼食。論議は続けられた。昼食後、カナダ計画の検討を再開する。モネが要点を通訳してくれ、どうにか論議に加わることが出来た。ダラディエは興味を示し、計画を承認するかに見えた。彼は質問した、ブレリオを筆頭に著名な飛行家や飛行機設計者を生んだフランスがいったいなぜ航空開発で目を覆うような状況に立ち至ったのか、と。ブリットはフランスが独立した空軍を持っているという事実を指摘しながら、これは否定すべからざる重大な要素だと考えられると述べた。シャンブルは飛行機産業の国有化が及ぼした破滅的な影響や、フランス国内に現存する混沌とした労働事情をあげ、またフランスは数種の模型を作るだけに満足し、そのいずれも量産に移さなかったのが原因であると答えた。シャンブルは立派な人物であり、フランスの航空事情は彼の指導下で大いに改善されることだろう。

会議は緊急の軍需と、来年の夏までに飛行機生産を開始できるほど速やかに工場建設は実施できぬという点に移った。私は再び、ドイツ爆撃機の買入れ計画を持ち出した。ダラディエはべつだん驚きの色も示さなかった。明らかに、このアイディアを積極的に考慮する姿勢がうかがわれた。

私はダラディエに、ドイツ航空機の買入れは他の諸問題の解決を助ける可能性があること、両国間に通商関係を開くきっかけとなり、ひいては軍備制限協定に達する呼び水ともなること、また軍用機生産の継続的な競争はただ後日ヨーロッパの破壊をもたらすに過ぎぬ、経済的崩壊をもたらすことも必至だと説明したのである。

話題はフランスの政治情勢にも及び、議会がいつ、いかにして解散されるかという点も話し合われた。ダラディエ首相は近く信任投票に訴えるつもりのようだ。どのような名目で議会を解散するかが論じられた。新しい財政政策の必要性によって解散するか、それとも当面の国際危機によって解散するか（フランスの財政状態は極度に悪化しており、長い間もっと深刻な新しい財政危機が予言されて来た。どうやら、それが目前に迫っているようだ）。

ダラディエはシャンブルと午後三時ごろに引き揚げた。モネ、ブリットと私の三人でカナダ計画を論議し合った。ブリットは他に約束があって中座し、私はモネと論議を続行した。カナダ計画のようなアイディアを持つのは願ってもない結構な話だ。しかし、いざそれを具体化し、軌道に乗せることは複雑な問題である。ブリットもモネも、ヨーロッパ平和の方向を目差して実施できる最も重要な一歩と考えている。目下のところ、このような議論に則しながら彼らについて行くことは出来ぬ。自分たちのアイディアを実行に移すため、人がせっかく立てた冬の計画をあきらめさせ、早々に次の船で帰国してもらいたいという彼らの感情にはいささか腹立たしくなった。実のところ、これはブリットのアイディアであり、彼がモネにその第一義的な重要性を納得させたのだ。

ブリットの話したところによると、彼は数カ月前から英仏両国に軍用機を補給する工場を米加国境に建設できないものかどうか示唆して来たのだそうである。彼がロンドンの私のもとへ電話を掛けて寄越す数日前に、シャンブルはどうやら、私とフランスの航空事情やその改善策について話し合いたいとブリットに申し入れていたようだ。シャンブルはアメリカ合衆国での軍需品買付に信頼のできる人物とぜひ話をしたいというのであった。

私はモネに、カナダ計画が巻き込む個人的な問題に加えて、同計画が必要とする最大の注意力と熟慮とについて説明した。戦争が勃発すれば、計画の責任者が大きな功績があったとして認められることは断わるまでもなかろう。しかも、それ以上に重要な点は彼がフランスの国家目的に偉大な貢献をしたということになる。また無論、いかなる状況下に置かれようと、フランス国内には政治的な反対勢力が存在し、毎度のことのように汚職や腐敗が行われたと申し立てるだろう。一方、五千万ドルから一億ドルまでの間を支出する計画にあっては（将来の操業コストを勘定に入れない純然たる工場建設費として）、汚職の発生を回避するのは困難であろうし、これがまた野党の非難を力づけるに違いないのだ。もし戦争にならなかったら、そのときは、フランスの巨額な資金を海外で費消した計画の参加者は政治家と同様に世論からも悪口雑言の限りを浴びせられるであろう、たとえばカナダにおける飛行機工場の存在が戦争防止の大きな要素になったとしても、だ。

換言すれば、フランスに軍用機を補給するカナダ工場の建設に参加した人々は、戦端が開かれた場合においてのみ成功したとみなされるであろう。従って、成功はヨーロッパ文明の破壊にかかっているということになるわけだ。

非常事態の場合は、そうした個人的な問題や欲望は二の次にせねばならないかも知れぬ。にもかかわらず、私の立場からすれば、カナダ計画は極めて大きな困難をはらんでいるのである。まず第一に、私たちはアメリカ合衆国に帰るべき家を持っていない。もしだしぬけに帰国したとすれば、あらゆる心配事をともなう取材騒ぎが展開されるであろう。アンと子供たちには耐え難い困難な事態となるに違いない。

この冬、子供たちはイリエク島で寒さに耐えきれまい。冬を過すためにヨーロッパ大陸の都市に移り住む計画をたて、ベルリンをその候補地として考えているのである。カナダ計画のために帰国すれば、出発する前に冬の仮住まいを整えておく余裕もないだろう。アンはやってのけるだろうが、一人きりでは難かしい仕事であろうし、秘書のハチンソン嬢とても経験が充分でないからあまり役には立つまい。

またカナダ計画に着手すれば、今冬、心に期していたヨーロッパ研究もできなくなる。ここでどれだけの勉強ができるのか、自分にもよくは分らないが、ヨーロッパ戦争を回避させるために自分に出来ることがあるとすれば、それはヨーロッパ情勢の直接的な観察の上に基づいたものでなければならぬと思うのだ。

十月九日　日曜日

午前七時十分、パリに到着。タクシーでクリヨン・ホテルへ。一泊の部屋をとる。午後一時半、モネ氏が来訪、同氏のアパートで昼食の御馳走になった。食後、カナダ計画と私の意志決定について論じ合う。自分は帰国しないことに決め、また工場建設の組織にも参加しないと決めたのである。意外にも、彼は私の決定と、すでに手紙で知らせておいた諸点についても同意してくれた。

デトロワイヤ夫妻が五時に訪れ、フランス、ドイツ、イギリス三国の空軍力について話し合った。デトロワイヤはイギリス空軍の戦闘機スピットファイアを操縦している。アマチュアには操縦が難かしいということであった。離陸がとくに厄介だ――エンジン回転が多すぎて、機体が揺れがちになる。従って方向舵を正反対に向けたまま、ゆっくりとエンジンを始動させねばならぬ。スピットファイアの最高時速は五百五十キロだが、五分間以上は持続できぬという。平均最高時速は四百九十キロ、モラン（四百八十七キロ）とほぼ同じ速力である。スピットファイヤは着陸させやすいが、全般的にモランのように扱いやすくはない。デトロワイヤによれば、ドイツの新型メッサーシュミット爆撃機（110型）は高度飛行で時速六百キロ出ると聞いているそうだ。

さらにデトロワイヤの話では、先週行われた〝極秘〟会議や討議の一部が早くもいろいろな人たちの間に伝わっているとのこと。

午後六時、デトロワイヤは車でモネ氏のアパートへ送ってくれた。モネ氏と散歩しながら、カナダ計画について語り合う。彼は今週アメリカに向けて出帆し、到着次第ブリットと、それからおそらく合衆国大統領にも会うつもりだろう。アメリカの航空業界で、絶対的な信頼をもってカナダ計画の相談に乗ってもらえる人物はだれかと訊かれる。勿論、経験とすぐれた判断力とを持つ人物を見つける必要があろう。私はガイ・ヴォーンの名をあげた。ガイは非の打ちどころがないほど誠実な人物であり、経営者としても技術者としても抜群の能力を持つ。パターソンにあるライト飛行機会社で頭角をあらわし、現在はカーティス・ライトの社長だ。

さらに、ヴォーンほどよくは知らぬが、全幅の信頼を置ける人物としてグレン・マーティンとも話し合ってみたらどうかとすすめる。マーティンは世界でも最優秀の飛行機を造っており、業界では最古参の一人である。

ロジェ・オプノ氏が八時に来訪。モネ氏のアパートで夕食（モネ夫妻、オプノ氏に私ども夫妻）。食後、モネ、オプノの三人で十五分ばかり、カナダ計画を話し合った。同計画の下準備に参加しないのが一番よいと、オプノが賛意を表してくれたという事実は再び自分を驚かせた。モネからは無論、オプノからも強い批判を覚悟していたからだ。

アンとタクシーでホテルへ。モネに渡すガイ・ヴォーン、グレン・マーティン宛の紹介状をしたためる。ゆうべは夜行の中だし、あすは一日がかりでベルリンへ飛ぶ予定なので、早々に就寝。

ナチスがくれた最高勲章

十月十日　月曜日

雨。ル・ブールジェ気象観測所を呼び出し、飛行予定コースの気象報告を求める。パリ—ベルリン間は悪天候だ（アンが電話で問い合せてくれた——フランス語で）。午後一時か二時ごろになれば、天候は良くなるという。ドイツの全山間部は霧に閉じられ、ストラスブール経由のコースは飛行禁止。が、カレーに出てオランダの海岸線沿いに飛べば、ハノーヴァーを経てベルリンに着けるだろう。

荷物をまとめ、タクシーでル・ブールジェ飛行場へ。午後二時半に飛び発つ。ヨーロッパではやたらと形式ばった規則や通関手続が多いので、せっかく飛行時間を稼いでも、その大半が飛行場のお役所仕事に食われてしまう。

最初、ブリュッセルに着陸する予定だったが、いざ同市に近づいてみると暗雲がたれこめ、濃い霧が懸っていた。再び針路を北に変え、一夜を過すべくやっとロッテルダムに着陸する。ベルリン大使館のスミス空軍武官に電話をかける。午後、クリヨン・ホテルから打った電報が五時までにベルリンに届かず、スミスや一団のドイツ軍将校が飛行場へ出迎えに行ったのだという。彼はそれをすこぶる気さくに話してくれた。またモスクワのフェイモンヴィル中佐が、ロンドンの新聞に私が礼儀をわきまえぬ表現でソヴィエトを批判した談話が引用され、非常に心配しているとも言った。

早速、真相を質《ただ》そうとロンドンのリー大佐に電話をかけてみた。僅《わず》かな発行部数しか持たぬ〝品の悪い〟週刊誌が、私の談話と称して次のような記事を掲げたのだという。(1)ソヴィエト航空事情は混乱状態にある。(2)私はソヴィエト民間航空の最高責任者となるように誘われた。(3)ドイツ空軍はソヴィエト、イギリス、フランス三国の連合空軍を相手にしても一蹴できる。記事の正確な紹介でないかも知れないが、それに近い内容だとリーは述べた。ソヴィエト側は多分、この記事を載せた週刊誌とザ・タイムス紙との評判の違いを知らないのだろうとも言った。

週刊誌の記事によれば、これらの談話はクリヴデンとトランスポート・ハウスとで私がロイド・ジョージに語ったものだというのである。勿論、このようなことを口にした覚えはない。もっとも、ソヴィエト空軍の弱点はその非能率さと不適当な組織にあると考えると言ったし、またドイツの空軍力はヨーロッパ全土の空軍力を合わせたより強力だと言ったことはある。これら二つの指摘は、記事に引用された話と同じくソヴィエト側を強く刺戟するに違いない。ソヴィエト民間航空の最高責任者に誘われたという話は事実無根である。

リーの話によれば、この記事がモスクワの新聞に転載されたため、フェイモンヴィルは深刻なショックを受けたとのことだ。リーは航空便でフェイモンヴィルからの電文の写しをベルリンのスミス気付で送ることになっている。電文の写しを見るまでは手を打たないことにする。

十月十一日　火曜日

外は空がきれいに晴れ上っている。いろいろな報道機関から電報が舞い込み始めた、週刊誌に報じられたソヴィエトに関する私の談話をコメントしてほしいと。無論、ノーコメントだ。報道記事をいちいち否定し始めたらかえって一大事になる。

アンと部屋で食事をとる。ホテルのロビーには記者やカメラマンを含めた小さな一団が待ち構えていた。いつものように、すべてのインタビューを断わる。トルーマン・スミスに電話をかけて、GMT二時（中部ヨーロッパ標準時三時）にテンペルホーフ飛行場に着陸できる手配を頼む。

ＧＭＴ十時三十六分に離陸。コース沿いはほとんど曇り空で、うすい靄《もや》が懸っていた。ＧＭＴ三時にテンペルホーフ飛行場に着陸する。スミス中佐夫妻、ヴァナマン少佐夫妻はじめ各兵科のドイツ軍将校らが出迎えた。飛行場はよく管理されていた。車でスミス中佐のアパートへ。軽い昼食。午後五時、車でアメリカ大使館へ。大使夫妻とお茶。

ウィルソン大使、スミス中佐、ヴァナマン少佐らと車でポツダムへ。午後七時から新宮殿で開かれた夕食会に出席する。宮殿はふだん博物館として使われている。会場は大きな部屋で、おびただしい蠟燭《ろうそく》がともされた。ドイツ空軍を再建した航空省次官ミルヒ[*8]将軍の隣に坐し、ドイツの航空計画について語り合った。顔見知りが大勢いた——デトロワイヤやアメリカの飛行機設計者シコルスキー[*9]、アメリカ海軍のテスト・パイロット、トムリンソン、それから大半のドイツ航空界の面々だ。

ミルヒは有能で聡明な軍人である。将来、三国（英仏独）軍縮協定の可能性があるかどうか話し合った。ドイツは年内にズデーテン問題を解決しなければならぬ、来年に持ち越せば戦争無しでは片付かないだろうから、とミルヒは言った。

十月十二日　水曜日

午後、ベルリン市内と近郊をドライブする。一年前に来たときよりも、ベルリンは一変してしまった。万事につけて一段と活気を帯びている。ビルが続々と建ち、交通量はものすごくふえて、店頭はいっそう人目につくようになった。事実、ベルリンは一九三六年ごろに感じた緊張感も失せ、いまは健全で多忙な近代都市の姿を見せている（もし〝健全〟という表現が近代都市に当てはまるならば、だが）。

鳥人会館で歓迎の夕食会。数百人が出席。ドイツ航空界が打ち揃って姿を見せたように思われる。グロナウ会長夫人とリオッタ夫人（イタリア大使館付空軍武官の妻）との間に坐らせられる。アンはミルヒ将軍の隣に。夕食後、アンは何度か踊った。

十月十五日　土曜日

エスプラナード・ホテルでの昼食にシコルスキーを招待する。アンとスミス夫人とが相伴《しようばん》した。何年も前からアンにシコルスキーを会わせたいものだと願ってきた。最初は飛行機のこと（飛行艇、ヘリコプター、大陸間飛行など）、次いで母国ロシアのことを語り合う。シコルスキーは現在の政治体制が「もしかしたら一年以内に、あるいは一世代のうちに」崩壊すると予想している。正しい見方だと思う。ソヴィエトの内情は悪すぎて永久に持ち堪《こた》えられぬし、現在の体制ではうまく行くはずがない。せっかくの才能を殺しているからだ。このような傾向を生む政治体制にとり、これは致命的だ。シコルスキーの推定によれば、先の大戦からこの方、ロシアで数百万の人間が処刑され、また革命の結果、三千万から四千万の人間は命を落したと断言する。彼の知っているある強制収容所ではいまなお、一日に百人ずつ処刑されているということだった。この情報の出所は明らかにしなかった。

午後六時、アンを連れてウィルソン駐独大使夫妻が開いたお茶の会に出席する。アンともども、このような催しは好まぬ。しかし、私どもが到着する前に、スミス夫妻が招待を請け合っていたのである。ミュンヘン危機のために、郵便で訪独の細かい手配が出来なかったのだ。

ヴァナマン少佐のアパートで婦人抜きの夕食会。二十人くらい出席したろうか。スミス、シコルスキー、トムリンソン、メルネル、フォン・マッソー（フランコ支援のため出動したドイツ空軍のリヒトホーフェン飛行中隊）、そしてドイツ空軍総司令部のウェントラント大佐といった面々。話題はソヴィエトの国情から追撃戦術に至るまでの万般に及ぶ。フォン・マッソーは私に言った。「そいつが誰だかは申し上げられませんが――メッサーシュミット109型（戦闘機）で二十分間のうちに四機のマーティン爆撃機を撃墜したやつを知っていますよ」

「本物のマーティン機ですか、それともマーティンをモデルにした爆撃機のことですか」

「マーティンをモデルにした爆撃機です」と彼は答えた。マーティンのモデル型はスペインで〝共和政府側〟が使っていたソヴィエト製のツポレフ爆撃機だ。フォン・マッソーはここ数カ月来、ベルリンから姿を消していたので、フランコ軍のためにスペインで戦っていたということかも知れぬ。彼が知っている〝やつ〟とは、もしかしたら自分のことなのだろう。

十月十七日　月曜日

車でオラニエンブルクにあるハインケル社の飛行機製作工場へ。一行はウィルソン大使、ウェントラントに私。大使はかねてからドイツ航空機製作の近代的な工場を見学したいという希望を表明していたのだ。

十時ごろ、工場に到着し、午前中は製作現場の見学に費やした。立派に設計され、建造された近代的な工場である。従業員の福祉のために細心の注意が払われている。工場はいくつかの独立した建物からなり、空襲の被害を最小限に留めるように設計してある。それぞれの建物には〝爆撃防護装置〟が付いていた。防空壕は良く出来ており、毒ガス攻撃を受けた際の装置もある。

工場はハインケル111型の爆撃機を製作していた。おそらく日産二機に近いであろう。明らかに一交代制の生産力である。われわれのために最新型機のデモンストレーションが行われ、また地上の一機の操縦席に入ってみることも許された。操縦士は通常飛行の場合はすっぽり身が隠れてしまう。機首を通して、しかも計器盤の下方から前方を見やるのである。風防がない点からも、機首部の構造は完璧な流線型だ。悪天候に飛行するとき、操縦席は、操縦桿もろとも迫《せ》り上げることができ、機体の真上から広い視界が得られる（操縦席の真上にはハッチがあり、折畳み式の小さな風防がお望みどおりのときに開閉できて、無蓋座席《オープン・コックピット》の利点も得られる）。これは抜群の軽爆撃機だ。疑いもなく、現存機の中では最高傑作の一つであろう。

飛行機製作工場（そしてドイツ方式）の興味深くも重要な特徴は、少年たちを工員に養成する付属学校があることだ。四ヵ年の課程を経れば、彼らはしばしば年長者や経験者よりも優秀な工員になるという。工場で会社幹部と昼食。そのあと車で、テンペルホーフ飛行場へわれわれを運んでくれるフォッケ・ウルフ200型（四発、低翼、単葉――数週間前にアメリカへ飛んだ同型機）が待機中の飛行場へ。

トムリンソンもフォッケ・ウルフに同乗した。彼は別のグループとハインケル工場を見学していたが、昼食後に合流したわけ。彼と交代で十分間ずつ操縦桿を握り、いろいろとエンジンを連動させることにより同機の安定性や飛行特性をテストしてみた。

テンペルホーフ飛行場に着陸後、トムリンソン、メルケル（フォッケ・ウルフに同乗）、ウェントラントの四人で、ウィーンから到着するJU90型を待つ。JU90型はユンカース輸送機（四発、定員四十名、全金属製、低翼、単葉機）の中でも最新、最大である。到着後、われわれのために飛んでくれる手配が出来ていた。しかしJU90型は時間に遅れ、夜間照明灯がついてから到着した。乗客が降り、点検が終ったころには夜。にもかかわらず、われわれは離陸し、ドイツ人の操縦士が同機を灯火の光り輝くベルリン上空に上昇させた。私は離陸のとき、副操縦席に坐った。約千五百フィートの高度に達すると、パイロットは同機の安定性を披露し始めた。そのあと、五分間ばかり私が操縦桿を握る。傾斜飛行と上昇飛行を試したあと、トムリンソンと交代する（彼はアメリカ設計の最新、大型陸上輸送機をほとんどテストしていた)。

トムリンソンが操縦している間、私はその後方に立っていた。操縦桿の些細なテストをいくつかやった後、彼は機を左に傾斜させ(さほどの急角度ではないが)、操縦桿をぐっと手前に引いたままにした。突如、彼が操縦桿を激しくゆすっているかに見えた。後刻、彼は激しく振動する操縦桿を止めようとしたのだと説明するが、その瞬間は彼が意識的にそれをやっているとしか見えなかった。数秒間、機全体が震動した。ドイツ人のパイロットはウェントラント大佐に向い、トムリンソンが操縦桿を振動させるのを止めてほしいと訴える。その時になって初めて、トムリンソンに責任がないことが分った。しかし、パイロットが発動機の回転数を減らすと、たちまち震動はやんだ。トムリンソンは断然、最高のスリルを味わったと言える。なぜなら、事のけりがつく頃までに、他の者は一人としていったい何事が起ったのか見当もつかなかったからだ。

操縦桿の振動はフレトナー方式の設計に起因しているのではないかと思う。最新型のJU90で改良されたばかりなのである。通常飛行では発生しない難点だが、かかる危険な特性を持った飛行機は旅客を乗せて飛ぶべきではないと考える。この間、われわれはベルリン上空を高度五百メートルで飛んでいたのだ。メルケル氏を入れて十名から十五名の人たちが客席にいただろうか。無論、なにか変事があったと気づいたに相違ない。今度はドイツ人のパイロットが操縦席につき、いくつかの操縦性能を見せてくれたあと、テンペルホーフ飛行場に帰投した。

十月十八日　火曜日

デトロワイヤ、ヴァナマン、ウェントラント大佐らと車でマグデブルクにあるユンカース社の発動機製造工場へ。巨大な工場で、ユンカース210型エンジンの製造を211型に切り替え中。この工場ではプロペラや、プロペラ裁断機を含めた工作機械も造られている。六台のプロペラ裁断機を見学したが、一台で同時に二枚のプロペラを裁断する。最新型の工作機械がよく揃った工場だ。発動機は軌道の上で組み立てられ、組立用の軌道が二つあった。ドイツ軍将校の話によれば、エンジン一台が六十五分毎に軌道の上を送られて行くという(210型エンジンの場合)。一作業時間に210型エンジンが二台近く製造される勘定になる。工場には二十四のテスト台があった(十二のテスト台が稼動していた)。工場は立派に建造され、設計されている。オラニエンブルクのハインケル工場と同じように、設備のよい工員養成の付属学校があった。

工場見学をすませたあと、車で飛行場へ。ユンカースJU52型でデッサウへ飛ぶ(われわれの乗ったJU52型は空軍省の専用機で、われわれを輸送する特別の任務が課せられていた)。

デッサウにあるユンカース工場でハインリヒ・ケッペンベルク博士らの会社幹部と昼食。食後、工場内を見学する。三機のJU90型が製作中であった。その一機には双発のプラット・アンド・ホイットニー社製の発動機が組み込まれるところであった。この輸送機は外航用に使われるのだと説明された。十五分間、JU90型の製作ぶりを見学する。またユンカース87型急降下爆撃機の組立作業も見学した。工場の外にはその87型が十五機も並んでいた、さらにJU86型爆撃機もいくつか。ユンカースのデッサウ工場は、私が見学した他の工場と同じような活発な操業を行い、急ピッチに飛行機を製作しつつある。

ユンカースのデッサウ工場見学はこれで二回目。第一回目は一九三六年のことだった。再び工場付属の博物館をのぞいてみる。ユンカース発展の素晴らしい歴史を見せてくれる。

輸送機でデッサウからベルリンに帰る。

夕刻、アメリカ大使館で催された男性だけの夕食会へ。大使館に到着したとき、ウィルソン大使夫妻が在館していた。夕食会が始まる前に大使夫人は座を外した。客はゲーリング元帥、ミルヒ将軍、[10]ウーデット将軍、イタリア、ベルギー両国大使、飛行機設計技術者の[11]ハインケル博士や[12]メッサーシュミット博士、スミス中佐、ヴァナマン少佐（アメリカ大使館付海軍武官）、ドイツ航空省のボイムカー技術研究部長の他ドイツ軍将校やアメリカ大使館員らといった顔ぶれ。テーブルは二つ。一つの上座にウィルソン大使、あとの上座には私が坐った。

勿論、最後に到着したのが他ならぬゲーリング元帥である。私は部屋の後方で佇立《ちょりつ》していた。彼は一同と握手を交わした。赤い箱と数枚の書類を手にしているのが認められた。私のところへやって来ると、彼は握手を求めてから赤い箱と書類を手渡し、ドイツ語で何か言葉短く言った。「総統《フューラー》の命により」最高勲章の一つである鷲《わし》十字章を授けられたと知った。

夕食会の席上、ミルヒ将軍と航空に関連した無数の問題をあれこれと語り合う。なぜベルリンで冬を過さないのかと訊かれ、考慮中だと答える（アンとの間で、この冬をベルリンで過すべく頻繁に話合いを続けている。ベルリンは素晴らしい観察基地になるだろう——非常に興味がある）。

食事がすむと、食堂から出て小グループに分れる。最初の半時間は、とても夕食会の招待が受けられぬとイタリア大使を説得するのに苦労した。当時はドイツ航空省が手配した視察旅行に出掛けねばならないし、これはどうあっても取り消せないのだと。

後刻、ゲーリングがやって来て、隣室で語り合おうとほのめかす。ウィルソン大使が通訳として付いてきた。ゲーリングは、この前に会った時よりもいくらか痩せて見える。われわれは部屋の片隅にある椅子に坐った。ゲーリングが最初に口にした質問は、さる八月と九月に私どもが行ったソヴィエト旅行のこと。大使が元帥の質問と私の答えを通訳した。そして（賢明にも）いきなり椅子から立ち上ると、いちばん身近にいたドイツ語をよくする大使館員に向い、「ミスター・ガイストの方が通訳がうまい。かわってもらいましょう」（と言ったような意味のことだったと思う）。この処置により、われわれは内外の政治状況の真只中に置かれることになった。ウィルソン大使は座を外した。ソヴィエトに関するゲーリングと私の会話に加われば、アメリカ合衆国大使を窮地に追い込むような羽目になるかも知れないからだ。ガイストに交代を命じたのは、たまたま彼が身近に立っていたからに過ぎぬ。

ゲーリングは質問した、私どもがなぜソヴィエトを訪問したのか、ホテルはどのような状況だったか、ロシア人が大勢とまっていたか、ロシアの都市は西欧のそれと比べてどうかと。そのほか、彼はいろいろと質問した。私はロシアで見聞したこと、旅行中に得た印象などを率直に話して聞かせた。私どもはソヴィエトで最高のもてなしを受け、大勢の好感の持てるロシア人に会った、この目でソヴィエトの現状を見るのが目的であり、興味深い旅行であることが分った。ソヴィエトのホテルは西欧のそれと比べて施設が良くない、また都市は西欧の生活や環境と根本的に異なるのでドイツ、フランス、イギリスのそれとは比較のしようがない、少なくとも自分はロシアの現状が全面的に良いとは思えなかったし、民衆も腹いっぱい食べ、幸せな毎日を送っているとは考えられなかったと。

ソヴィエトの事を訊いた後、ゲーリングは航空問題やドイツの航空計画、その成果に話題を転じた。現行の軍用機の性能、生産量にも言及し、最新型のユンカース88型爆撃機はいかなる現行機種をもはるかに凌《しの》いでおり(われわれの知人で88型を目撃した者はまだ一人もおらぬ)、ぜひお見せするように手配しようとも言った。ゲーリングの話によれば、ユンカース88型は時速五百キロをマークし、しかも〝雑誌の水増し数字〟ではなくて実力の五百キロなのだ。近い将来、最速八百キロの飛行機を製作するつもりだとも言った(八百キロとは危険速度である)。

ゲーリングはドイツ飛行機製作工場の付属学校や、過密企業から労働力を引き揚げて再訓練する方式について語った。その挙句、過去の経験にとらわれず、いかなる問題にも挑戦する人間の能力に話が及び、専門家はしばしば責任者として最低だという厳格たる事実が存在するのに、一つの問題に通じようとすれば、その前に専門家とならざるを得ぬという考え方が多すぎると述べた。ゲーリングは財政問題の処理に当った自分の経験を一例に挙げた。財政の知識がほとんどなかったので、自分の懐ろ具合さえ算段がつかなかった。彼はヒトラーに、宗教対策を除けばどんな問題とも取り組む用意があると進言したそうである。宗教問題の解決法はさっぱり見当がつかぬと言うのである。

こうして話し合っている間中、ゲーリングは部屋の片隅にある大きな肘掛椅子に坐っていた。いっとき喋ると背をもたせかけ、通訳が行われている間しばしば眼を閉じて、それから再び口を開くのだった。彼は空軍の青い制服を着ていたが、後刻、それが新しいデザインだと教えられた。ドイツ空軍将校の中には、初めて眼にする制服だったので笑い出す者さえいた。どうやら、ゲーリングは意表を衝いて新しい制服姿を見せる癖があるようだ。二年前、彼に会ったときは金モール付の制服を着込んでいた。

ゲーリングが引き揚げたあと、数分間ほどあとに残ってから、スミス中佐と共に彼のアパートへ帰った。

十月十九日　水曜日

デトロワイヤ、ウェントラント大佐、ヴァナマン少佐らと車でシュターケンへ（シュターケンはベルリンの北西にあるドイツ空軍基地)。JU52型に乗り、アウクスブルクのメッサーシュミット工場へ。メッサーシュミット博士も同行した。ベルリン上空は曇っていたが、ドイツ南部は快晴。強い向い風に出くわして、気流は異常な流れ方。ほとんど安全ベルトを締めたままだった。機体がエアポケットに落ち込むと、翼の先端がその都度二フィートも上下するかに見えた。

アウクスブルクに到着してソーセージとサンドイッチの〝朝食〟をすませた後、工場内の見学を開始する。メッサーシュミット博士が付き添い、製作過程を細部にわたり説明してくれた。まだ年若く、おそらく四十歳くらいだろうか。疑いもなく、飛行機の設計にかけては世界最高の一人だ。表情は自信にあふれ、誠実な眼差しをしている。興味を引く、好ましい人物だ。

メッサーシュミット109型と110型の翼や機体が組み立てられる部屋を通り抜けた。メッサーシュミットは美しき線と高性能とを単純な構造に結合させる能力を持ち合せている。109型はドイツ空軍の標準戦闘機だ。110型は長距離戦闘機の最新型である。将来、爆撃機の護衛用として使われるのであろう。両機種とも全金属製、全片持翼の単葉機。109型は単発。110型は双発だ。これら最新型はユンカース211型エンジン(約千二百馬力)を使用している。

109型は平面ハッチの単座戦闘機。二基の連動機銃に加え、機関銃も装備できる二基の翼内機銃を持つ。メッサーシュミットの説明によれば、ユンカース211型エンジンを搭載した標準109型機は最速六百十一キロの公式記録を出し、限界速度の時速七百五十キロくらい出せる性能があるという。翼桁は一本だけ、三つのポイントで機体に結合される。引込脚の操作は簡単だ。

工場見学を終えたあと、歩いて飛行場に行き、109、110型機の飛行演技を見せてもらう。無論、109型の速度と機動性とがもっとも印象的だった。小型機は常に大型機よりも速く見え、機動性も俊敏である。それだけに、双発機が小型機並みのアクロバット飛行をやってのけるのは驚嘆のほかなかった。

デモンストレーション後、メッサーシュミット108型で二回、試乗飛行をやってみる。全金属、低翼、単葉の（失速防止用）隙間《スロット》下げ翼、引込脚付の小型機である（109、110型ともにスロット、下げ翼付）。最初、自分は109型を試乗する予定になっていたが、ドイツ側はフランス空軍の操縦士であるデトロワイヤに試乗させたくなかったし、またその点を本人に伝えないままで私を109型に乗せたくなかったのだ（デトロワイヤが108型を試乗するのに異存はなかった）。従って109型は今日の日程が終ったあと、レヒリンで試乗することになる。

108型は、これまで乗ったこれら機種のうち、抜群に最高の飛行機だ。制御性能は優秀である――操縦桿も方向舵の荷重も軽い。二百四十馬力のアルゴス・エンジンで、高速時には時速三百キロを少し上回る。まずドイツ側のテスト・パイロットが最初の試乗を行い、そのあと自分が操縦桿を握った（一、二回とも十分間の飛行）。

デトロワイヤは（ドイツ人将校も混った）われわれに、スペインで捕獲された109型をテストしたフランス人パイロットもいると言った。ユンカース211型エンジンを搭載し、時速四百六十五キロを出したと言うや、誰も彼もどっと笑った。

このことはフランス側の航空界でもドイツ側の航空界でもよく知られている話なのだ。フランス側はどうやら109型の飛行性能に非常な感銘を受けたらしい。

遅い昼食をすませたあと、ＪＵ52型でミュンヘンに向い、車でホテルへ。メッサーシュミット博士はアウクスブルクに残った。

モスクワのフェイモンヴィル中佐宛にあらたに電報を打つ。私どもの訪ソに関連して彼が迷惑を蒙《こうむ》ったのは非常に申し訳ないが、新聞の論争に加わったところでなんの得にもならぬ。良い結果をもたらすどころか、大概の場合は事態をますます紛糾させるばかりだ。モスクワの新聞にどんな声明を発表しようと、おそらく間違いなく誤用されるだけであろう。ソヴィエト側はほとんど名もないイギリス週刊誌が掲載した無責任な記事に注目し、しかも喧伝することで、このような事態を自ら招いたのである。自分の意見として引用された内容は一言も口にした覚えがない。しかし、最近の危機に直面して率直に発言する必要があった場合、私はロシアとロシアの空軍とについて私見を述べて来たし（自分の意見は正しいと思うが）、それは引用記事の引き起した騒ぎよりも一段とロシア人を困惑させたことは疑いない。

十月二十日　木曜日

デトロワイヤ、ウェントラント、ヴァナマンらとホテルで朝食。そのあと、ＪＵ52型と同じ乗務員とが待機する飛行場からフリートリヒスハーフェンにあるドルニエ社の飛行機製作工場へ。うす靄が出ていた以外は快晴、素晴らしい飛行であった。

全金属製飛行機の開拓者ドルニエ博士は病気中だった。博士の息子と会社幹部が出迎えた。滑走路には数機のＤＯ17型爆撃機が認められ、フランス製を含めて各種の発動機が使われていた。若干のＤＯ17型がユーゴスラヴィアの発注により製作されており、ユーゴ側がフランス製発動機を希望したとの説明を受ける。従って、イスパノ・スイザやノーム・ローン型の各エンジンが搭載されたわけ。

ＢＭＷ（バイエリッシェ・モトーア・ウェルケ製）の発動機を使ったＤＯ17型がわれわれのために飛行実演を行う。次いで工場内を見学し、飛行艇の組立格納庫にたどり着く。フロート付が数機あった（単発、高架翼、単葉機）――ギリシャからの発注だ。串型エンジン付飛行艇の実演飛行が披露された。引き続き植民地の軍用機としてオランダ政府が発注した三基エンジン付飛行艇の実演飛行も。デモンストレーション後、ランチに乗って飛行艇の着水を見学する。デトロワイヤ、ヴァナマンと共にテスト・パイロット同乗で飛行艇を試乗する。デトロワイヤと五分交代で操縦桿を握った。操縦性は良好で、民間機として立派に役立つであろう。

昼食後、ツェッペリン工場へ。飛行船の設計者エッケナー博士は留守だった。まず博物館を見学してから最新型のグラーフ・ツェッペリン号（ヒンデンブルク号の姉妹船）を繫《けい》留《りゅう》した格納庫へ。数人の人影しか見当らず、作業員の不足が目立って認められた。清潔そうに光り輝く真新しい巨船は悠然と繋留索に浮遊していた。それを眺めやりながら、気重にならざるを得なかった。一見、生命力と行動力とを秘めながら、不可解な圧力によりひっそりと繋がれている姿。この飛行船は、多年にわたる「空気よりも軽い物体」開発の成果である。かつて権勢を誇った名家の最後の一員という感じがしてならなかった。

飛行船には未来というものはない。もともとスピードが無さ過ぎる——飛行機の約半分である。気球には汽船と飛行機の間に割り込む余地がない。まだ数年間くらいの命はあろうが、それ以降はおそらく横帆船やお茶輸送の帆船よりも確実に絶滅するであろう——なぜなら、いまや汽船で横断する海となっても、帆船はスポーツとしてしか存在できないからだ。とはいえ、風船も小型飛行船も、大西洋横断の未来は可導気球にあると思われた時代をしのぶ縁《よすが》として人々の思い出に生き続けるだろう。

グラーフ・ツェッペリン号の中に入ってみる。客室を通り抜けて狭い通路沿いに操縦室へ。見事に設計、建造されているように思われる。客室は居心地がよいし、四十人の乗客が自由に行動できるスペースがたっぷり取ってある。が、それにしても、これほどの巨船に四十人しか乗れないとは。これほどの規模を持つ飛行機なら、四十名以上の人たちをもっと遠方まで、それも二倍の速さで運び得るであろう。もっとも、飛行船ほどにゆったりしたスペースがとれないのは事実だ。

三十分間、飛行船内を見学したあと、ＪＵ52型でベルリンに帰る。曇り空の日没や、下界の家々や町に灯がつく夕景を眺めやった。

十月二十一日　金曜日

朝、ウェントラント大佐が連れに来る。ヴァナマン少佐と共に車でシュターケンに行き、JU52型でレヒリンに飛ぶ。私は副操縦士をつとめた。ドイツ側の搭乗員は同じ顔触れだが、レヒリン行には機内に爆撃懸吊架《けんちょうか》（昇降式）を装備するJU52型が使用された。尾部に一基の機関銃を装備している。

着陸後、一列に並ぶ四機の場所へ案内された。JU88型、メッサーシュミット110型と二機のメッサーシュミット109型だ。ドイツ人（そしてもしかしたらイタリア人）を除けば、おそらくわれわれはJU（ユンカス）型を見た最初の外国人であろう。翼から機銃の銃身が突き出たところはやや奇異の感を与えるが、高性能を秘めているように思われた。中架翼、全金属製の単葉機。安定板に連結した後縁下げ翼付——下げ翼が三十度以下に下ったとき、安走板が自動的に作動する。勿論、引込脚だ。外観のもっとも注目すべき特性の一つは発動機整流覆《エンジン・ナセル》にある。88型は最初、空冷式エンジンを搭載しているかに見えたが、近づいてよく観察すると水冷式である。機関覆《カウリング》は円型で、空冷式エンジンを想起させるが、開口部は油と水とのラジエータが充塡してあった。爆撃機の内装がまた、従来のそれとはまったく異なっている。搭乗員三名（新しく製作される88型は定員が四名になるだろうと説明された）。搭乗員の座席は一カ所に集められ、各人とも坐ったまま、他の二人に触れることが出来る。操縦士、通信士兼機銃手は背中合せに坐し、爆撃手は操縦士と並んでスライディング・シートに坐る。また腹這いになり、後部の下方に向って射撃できる場所もある。

ヴァナマン少佐と私は、われわれがユンカース88型を見せられたという事実を口外しないように求められた。

次に見学したのはメッサーシュミット110型。次いで私が試乗することになっていたメッサーシュミット109型を見る。操縦席に入っている間、ドイツ空軍の将校が計器類や操縦装置を説明してくれた。何よりも複雑な点は離陸、巡航、降下の際にプロペラ・ピッチを調整せねばならぬことだ。それから下げ翼、引込脚の制御法も。また二千メートル以上の高空操縦法や尾輪の安全操作法、そして最新型の追撃機に必要な一般的装置がある。操縦席をつぶさに調べた後、いったん機外に出てパラシュートを身に付ける。その間、整備員がエンジンを始動させた。滑走地点までゆっくりと誘導されたあと大空へ。操縦性は素晴らしかった。十五分ほど計器や操縦装置になじんでから、さらに十五分くらいさまざまな飛行法を演じてみる（横転、降下、宙返りなど）。三十分後に着陸して再び発進を試み、飛行場の上空を旋回、二度目の着陸を行なって最初の位置に乗機をもどした。109型の離着陸は飛行と同じように容易だ。

レヒリンでドイツ側の将校と昼食を共にしたあと、ベルリンへ帰るべくＪＵ52型に搭乗する。シュターケンまで私が操縦桿を握った。古い型だが、非常に安定性があって、計器飛行にも安全である。まだ数年間は使われるに違いないが、軍隊や旅客輸送という本来の目的を達するためにも、より優秀な飛行機が設計されるべきだ。無論、ドイツは軍用機ばかりに熱中し、民間機の開発は無視しているのだが。

十月二十二日　土曜日

午前、ウェントラント大佐と車で〝ゲーリング連隊〟を訪れる――ベルリン郊外に常駐する対空兵器部隊だ。指揮官が見学の案内をしてくれた。この連隊は、これまで見たなかでも最高の居住区を持っている。典型的なベルリン松林の間に建てられ、指揮所にも兵舎にも、アメリカ陸軍の平均的な駐屯地が夢にも見たこともない家庭的な雰囲気がある。建築と植樹に最大の注意が払われ、簡素が基調となっている。

この〝連隊〟は対空兵器部隊の二個連隊から成り、一連隊は攻撃部隊、あとはゲーリング元帥の護衛部隊である。現在は三千五百名の兵力だが、近くあらたに一連隊が加えられ、兵力は七千名に増強されるという。

設備のよく整った兵舎ではあるが、居住室（平均して約六名の定員）は内装にもっと注意を向けるべきだろう。食堂は殊に人目を引くところがあった。大きな野外プールと小さな室内プールとがある。体育館は申し分なく、設備も行き届いている。指揮官は体育館の一つからトラックが藁床《わらどこ》を運び出す作業を指差して、最近の国際危機で大きな部屋が予備部隊を収容するのに大いに役立ったと述べる。体育館の床に藁を敷き、その上に毛布を拡げたのである。

対空兵器が仕舞ってある格納庫を見学する。二時間の事前通告で、全連隊は出動できるだろう。また去る三月には、ベルリンからウィーンまで「一睡もせずに」六十二時間で進撃したと、指揮官は語った。

重装備の部隊は四基の88ミリ高射砲、それを掩護《えんご》する二門の20ミリ砲から編成されている。88ミリの垂直射程は一万メートル以上、一分間に二十発の弾丸を発射できる。20ミリは一分間に三百発。20ミリの最新型は一分間に五百発を発射できるそうだ。軽装備の部隊は十二門の20ミリ機関銃から成っていた。37ミリ機関砲の部隊もあった。攻撃部隊は空輸により移動できるように組織されている（当面、JU52型で輸送されるとのこと）。

アメリカ大使館でウィルソン大使夫妻と夕食。私どもがこの冬をベルリンで過すかも知れぬと大使に打ち明ける。

十月二十五日　火曜日

午後三時十五分、アメリカ大使館にウィルソン大使をたずね、今冬ベルリンで過す私どもの計画を説明した。大使館の立場からすれば、私どもの計画に反対するなんらの理由もないとの返事（私どもの計画がいかなる面でも、大使の直面するさまざまな問題を複雑化する心配はないかと訊いたのである）。

この国についてもっと多くのことを知りたい。ドイツ人は偉大な民族だ。彼らの繁栄はヨーロッパの繁栄と切り離せないと思う。ヨーロッパの将来は、この国の力いかんに掛かっている。戦争という手段にでも訴えない限り、その力は抑圧できまい。そして再びヨーロッパを戦火がみまえば、すべての人々にとり災厄となるだろう。われわれはわれわれの未来を力の上に築かねばならぬ。弱さを深めるだけの勢力均衡の上に求めてはならぬ。

十月二十七日　木曜日

トルーマン・スミスが、ドイツの夕刊誌に載っている私に関連した記事を読んでくれた。私が再びロシアの領土内に足を踏み入れたら直ちに逮捕せよという命令をソヴィエト政府が出した由。しかも、私を〝ソヴィエト連邦の人民の敵〟に指定したというのだ。

十月三十一日　月曜日

アンと、イリエクに持ち帰るための買物。ギ・ラ・シャンブル航空相に電話して自宅訪問の約束をとりつけた。一時間ばかり、コンコルド広場の周辺とチュイルリー公園内を散歩する。

午後二時四十五分、シャンブルをたずね、ドイツについて説明をした。勿論、極秘に打ち明けられた話や見せられたものを話題にしないように注意を払った。ドイツを訪問してみてはどうか、君のためにもなるだろうと勧める。シャンブルはぜひ行ってみたい、ダラディエ首相に相談してみるが、答礼としてゲーリングを招待せねばならなくなるし、フランス国内で彼の身の安全を保証できるかどうか心配だと答える。突発的な事件が発生する危険さえなければ、喜んでゲーリングを迎えたいとも言った。

ギ・ラ・シャンブルと二人きりで話し合ったのは今日が初めて。国外に軍用機の生産工場を建設するため、莫大なフランを投下する勧告案に疑問があると、私が態度を留保した理由を説明する一方、フランスの国力を増強させる最良の方法は国内情勢を立て直すこと、しかもそれ以外はどれも上滑りの方法でしかないとの私見も述べる。もしフランスが内政的に弱体化していれば、いくら莫大な資金を軍備用として海外に投下してもなんら価値はないと。

それから共々、私が数週間前から考えてきたフランスによるドイツ軍用機の購入計画について検討を加えた。シャンブルの意見によれば、それは可能性のある話で、自分としては出来るだけ早い期日までに二千機か三千機の戦闘機を持つ空軍力を建設したい、またフランスには充分な馬力を持つエンジンがないので、飛行機そのものよりはエンジンを買い入れたい、それにドイツから飛行機そのものよりもエンジンを買い入れた方がさほど政治的な困難を伴わないだろうという。私は出来るだけの助力を惜しまないつもりだ、自分としてはヨーロッパ戦争を回避させるための一助ともなればよいのだと答える。全面戦争のもたらす破滅的な結果についても少しばかり話し合った。

十一月十三日　日曜日

ロンドン・タイムズ紙がドイツ国内のユダヤ人問題で長い記事を掲げている。ドイツ人の側からユダヤ人に対してあのような乱暴狼藉《ろうぜき》を働くとは解せぬ。それ以外の面におけるドイツ人の遵法精神や知性とはあまりにも対照的だと思う。彼らが困難なユダヤ人問題を抱えていることは疑うべくもないが、いったいどこにユダヤ人を不当に取り扱わねばならぬ必要があるのだろう。ドイツ人への敬愛は、絶えずこのような途方もない石塊により打ち砕かれるのである。ユダヤ人迫害の目的はなんだろう。ドイツ人はこのようなやり方で、たとえばドイツ大使館員フォン・ラットの暗殺未遂といったような事件を阻止すべく全ユダヤ人を充分に恫喝《どうかつ》できるとでも感じているのか。さもなければ、これはドイツに加えられたユダヤ系圧力に対する反撃なのか。もしくはユダヤ人問題を表面化させてドイツ系ユダヤ人の国外移住を余儀なくさせることにより、国際的な反ユダヤ主義運動を打ち出そうとしているのか。またはただ単にドイツ人固有のユダヤ人嫌い――少なくとも現政権の面々に認められるユダヤ人嫌いの表われに過ぎないのか。多分、これらの要因や他の条件が複合したものであろう。

十一月十六日　水曜日

午前七時十五分ごろ、パリに着く。タクシーでクリヨン・ホテルへ。入浴（イリエクには浴場というものがなく、濡れた布地で体を拭くだけ。従って、とくに夜行で過した後など、浴槽は気分を一新させる）。ジャン・モネに電話をかけ、正午に面会の約束をとりつけた。タクシーでモネのアパートへ。昼食前に（モネと私の二人きりで）セーヌ河畔を散歩、彼の訪米成果について語り合った。彼はルーズベルト大統領と会談したが、われわれがブリット大使とあれほど検討し合ったカナダ計画の成否に関してはほとんど調査をしていなかった。世の中にはよくあることだが、モネに言わせれば「どこかへ出掛ける理由というのは、自分が帰ってくる頃には別ものに変っているものだ」（といったような主旨の発言であった）。明らかに、彼は航空関係の調査よりも、フランス財政事情の話合いに多くの時間を費やしたようである。カナダ計画は関心の対象となった時と同じくらいの速さで消え失せたかのように思われる。

独仏密約を策す

十二月十日　土曜日

ジャン・モネから電話あり。今日、クィーン・メリー号で渡米すると言う。計画が突如として変更されたのだ。フランス政府はどうやらアメリカからもっと多くの軍用機を買い入れることに決めたらしい。政府は（賢明にもと私は思う）カナダに工場を建てる考えは断念したが、架空の工場をカナダに設けて、米仏間の直接取引よりもカナダを通じての間接取引という形式をとるようだ。その方が世論対策などの面から困難が少ないのである。民主主義の営みは、さほど深刻なものでなければ面白い見世物になるだろう。

十二月十三日　火曜日

アンと共にシャンブル夫妻の自宅で昼食。シャンブルは依然として、ドイツがフランスに最新型の発動機（ユンカース211型）を相当数、売ってくれるものかどうか私に打診してほしいと望んでいる。ドイツ側が応じてくれるなら、フランスの立場からしても極めて建設的な方策であり、国益に添うものだと思うし、このような方策は両国間の親善関係を促進するために重要な第一歩として大いに活用できるだろうとシャンブルは言う。数週間前の度重なる会談で自分が提案した路線に沿う発想である。ただ私は軍用機と、できれば航空用エンジンの買付を提案したのに対して、シャンブルは主として関心をエンジン買付に向けているだけである。彼の意見によれば、フランスはエンジンよりも飛行機をたくさん生産できるし、また（フランスの政治的な観点からすれば）軍用機よりもエンジン買付の方が交渉しやすいというのだ。彼の考え方は間違っていないと思う。ここでもまた、民主主義なのである。人々の精神を支配しているのは現実的なものより目先のことであり、事実よりも名目なのだ。シャンブルの話だと、ダラディエ首相はドイツ製エンジンの買付案を支持し、彼（シャンブル）もドイツ側が合理的な取引条件を提示するなら数百台のエンジンを発注する用意が出来ているという。私どもはフランスの国内情勢を語り合った。シャンブルの感触ではダラディエ政権の立場は強固で、近い将来に交代させせられる心配はないとのこと。

昼食後、いったんアパートに帰り、トルーマン・スミスに電話をかけてベルリン行きの打合せをする。十五日の夜か十六日朝の列車でパリを発つつもりだ。

十二月十六日　金曜日

ちょうど夜半前にベルリン到着。それまではフィッシャー（ロイド・ジョージ内閣の文相）の『ヨーロッパ史』を読みふけったり、デトロイトにある祖父の家のことをメモにしたり、あるいは大陸の早い日没が景物をすべて闇に包み込むまで窓外を眺めやったりして一日を過した。

ドイツ国境で、税関吏と出入国管理官とが車内に乗り込んできた。私服の秘密警察が私の目的地を問いただす。万事が慎重である。一見感じのよさそうなタイプの若いドイツ人管理官は、たまたま旅券を開いてソヴィエト政府の査証に気づいた。彼は長い間それを凝視していたが、ついにひと言も発しなかった。すべて秩序立ち、能率的であった。規律と几帳面さとを示す態度は、ベルギーやフランスの呑気さ加減と好対照をなしていた。

ベルギーで昼食、ドイツで夕食をとった。

駅にはトルーマン・スミスが出迎えていた。車で彼のアパートへ。今夜は彼の厄介になる。

十二月十七日　土曜日

ヴァナマン少佐と三十分間、彼の帰国旅行について語り合った（少佐はアメリカから帰任したばかりである）。ヴァナマンの話によれば、本国では均衡のとれた継続的な計画を慎重に考慮もせず――（新聞に報道された通り）陸海空三軍にわたる――巨大な軍備拡張計画の世論工作が行われているという。概略の説明ぶりはいかにも典型的なワシントン政界流に、あるいはルーズベルト政権流に聞えた。

十二月十九日　月曜日

航空省次官ウーデト将軍と彼の母親と夕食。ウーデトはかねてから私を射撃競技に誘っていた。しかし、二人きりで話し合う好機は初めてのことなので、彼に会うなりひとまず腕競べは後回しにしてもらい、ドイツ側がフランスに航空機エンジンを売る可能性があるかどうか話し合った。そのような打診をする自分はなんら公的な資格を持たぬが、もしドイツにエンジン売却の意思があれば、フランスの買付はお膳立できると思う、しかし、自分にはそれを保証することが出来ないし、また自分としてはエンジン売却を要請しているのでもない、フランスにしてもドイツが彼らの申入れを拒絶しないということが前もって分らない限り、公式な問合せをしたがらないのは当然だ、自分としてはエンジンの実際的な価値より政策の方がはるかに重要であると思う、この取引は両国間の一段と緊密な親善関係を促進させる第一歩として利用できるのではないかと、私見を述べたのである。

ウーデトはたちまち興味を示し、計画の重要性を察知して、これはどうやら少なくともゲーリングのもとまで持ち込まねばならぬ問題だと言った。個人的な意見としては、将来の独仏間に協力関係が生ずるのは非常に望ましいと言い、明日ミルヒとの会談を取り計らおうとも約束してくれた（ミルヒと、この問題で話し合いたいとウーデトに申し入れたのである）。まだ決定的な政策が樹立されていないのであれば、これはヒトラーの決断を仰がねばならぬ問題だと思う。

　そのあとで、われわれは射撃の腕競べを始めた。彼は中くらいの大きさのアパートに住んでいる。部屋はあらゆる種類のトロフィー――飛行機競技や狩猟などのそれで埋まり、どれ一つを取り上げても、旅行や野外活動の人生をしのばせる。ある一室の壁という壁は飛行士や友人たちの写真で覆われ、また彼が前大戦中に撃墜した飛行機[*13]――イギリスやフランス軍用機から採取した布切れも飾ってあった。彼はたしか撃墜王リヒトホーフェンに次ぐ戦果を収めたと聞いている。別のところは、一年か二年前に墜落事故を起こした搭乗機メッサーシュミット109型の折れた操縦桿が陳列してあった。それから、彼が射撃競技大会で得たカップや楯、メダル類など。隣室に入ると、一つの壁には美人の写真がずらりと並び、ホールにはライフルやショット・ガンを収めたガラス張りのキャビネットが置いてある。ベッドの頭上には身を横たえる裸女の油絵が掛けてあった。もう一つの小部屋はいわば第二のホールといった造りで、彼が撃った豹《ひょう》などを含む獲物の頭部の剝製がかかげてあった。雄鹿の角もかなりあった。ある小部屋の片隅はアフリカやアメリカ南部の木彫が山ほど積んであった。

最初に入った部屋は、写真やトロフィーの真ん前にあるテーブルの上に小さな金属製の標的箱が置いてあった。発射弾が標的箱を外れると、背後にある写真を撃ち抜くことは必定だ。ウーデトは明らかに名射手であった。彼は、キャビネットから手造りの22口径のライフルを取り出した（貼視《てんし》孔《こう》照尺付）。私がまず三発の試射をしたあと（全弾、標的の黒点に命中）、競技を開始した。標的射撃を最後にやってから何年にもなるが、これでもウィスコンシン大学の新入生になったとき、ピストルとライフルの射撃チームの選手に選ばれたほどの腕前だ。幼い頃から銃と共に育ち、初めて自分のライフルを与えられたのは六つのときだ——小さな22口径である。

最初に私が五発、ついでウーデトが五発（全弾、立射）。私が最初の三回戦にストレート勝ちした。次いで各十五発ずつの三回戦に移り、二回ベスト・スコアを出した者が勝ちということで争った結果、私が三回戦のうち二つを失い、敗れた。ウーデトは勝ったものの、総合得点では私の方が上だった。そのうちにまた腕競べをやろうということになった。

十二月二十日　火曜日

ウーデト、ミルヒと約三十分にわたる会談を持つ。私は再び、ドイツのフランスに対する航空エンジンの売却が可能かどうか、その概略を述べた。それはゲーリングのもとに、おそらくはヒトラーのもとまで持ち込まねばならぬ問題だろうと、ミルヒは言った。彼はフランスが最初から買付の意思がなく、ただドイツ側の意向を打診しているに過ぎないのかどうかと訊く。そうだとは思わぬと答えた。ならば、早速ゲーリングと連絡をとってみようと、ミルヒは言ってくれた（自分は出来るだけ早くパリに帰りたいと、ミルヒに断わっておいた）。ゲーリングと連絡がとれ次第、電話をかけるとのこと。

われわれは暫く話を続けた。ミルヒは明らかに、エンジン売却の話に興味を抱いたようである。私は言った。自分としては独仏両国の立場から建設的でない問題に首を突込みたくはないが、両国間の相互理解は非常に望ましいことだし、何よりも西ヨーロッパでの戦争勃発は悲惨なものになるだろうと。ミルヒは西ヨーロッパで戦争が起るとは思わぬと言った。この発言は、ドイツが西側に対して待機作戦をとりながら、東に影響力を拡大し続けるだろうという自分の感触をいよいよ確認するものだ。

ミルヒの話によれば、最近の反ユダヤ人運動は「ゲーリングが指示したのでもなければヒトラーが指示したのでもない」そうで、これはゲシュタポ長官ヒムラーや宣伝相ゲッベルスに責任があるという意味なのであろう。ベルリンの一般的な空気では、ゲーリングが最近の反ユダヤ人運動に強く反対し、ナチス党内の〝穏健派〟を率いているとのことである。ドイツ人は確かにユダヤ人嫌いだが、最近の反対運動に示された暴力行為を恥じ入っている。

タクシーでアパートにもどるや、追い掛けるようにしてウーデトから電話があり、午後六時までに航空省へ来てもらえるかどうかと言う（われわれの間では電話で重要問題を話し合わぬこと、また交渉が成立しなかった場合、だれにも迷惑が掛らぬように何事も最高の相互信頼によって運ぼうという合意が出来ていた)。すぐさまミルヒの執務室へ引き返してみる。ミルヒは、私と別れて早速ゲーリングをたずねたところ、ゲーリングはヒトラーに呼び出された後で(ヒトラーはなんの前触れもなしにゲーリングを呼び付けたらしい)、一日か二日はゲーリングと連絡がとれないこと、しかも、クリスマスが過ぎるまではどんな新しい問題もすべて受け付けないようにと秘書に言い残して出掛けたというのだ。

ミルヒの意見では、クリスマス過ぎまでは無理押しをしない方がよい、また(ウーデトを通じて)すぐ電話をかけたのは、私が明日にでもパリへ帰りたければ帰れるようにしたかったからだとのこと。クリスマスが過ぎれば、ウーデトと連名で夕食会の招待状を出すか、ベルリンで適当な口実を設けてあなたを招くことにしよう、それまでにはゲーリングと話を付けておけるし、もし必要ならばヒトラーの決断も取り付けておこうと、ミルヒは提案した。

その場で自分は思った、これは回答を回避するためのゼスチュアではないかと。が、ミルヒの表情や眼色からはそのような印象が得られなかった。彼はまさしく事実を述べたのであり、正直に自分の意向を述べたものと思う。今日までドイツ人将校と接触した限り、私に嘘をついたり、まんまと裏をかいたりした者は一人もおらぬ。無論、常にかかる可能性を念頭に置かねばならぬことは当然だが。

十二月二十二日　木曜日

ベルリン滞在中、ユダヤ人問題に関連してドイツ人の心をもっとよく理解しようと努めたつもりだ。ドイツ人はすべて反ユダヤ的に見えるが、それぞれ程度の差がある。私が口をきいたドイツ人で、最近の反ユダヤ人デモにおける自国民の無法ぶりや無秩序を恥ずかしく思わぬ者は一人もいなかった。だが、いま用いられている方法に反対ではあっても、ユダヤ人にドイツから出ていって欲しくないと考えるドイツ人は一人もいなかった。彼らによれば、ユダヤ人は前大戦後の内部崩壊や革命に大きな責任があったというのである。戦後のインフレ時代に、ユダヤ人はベルリンなど大都市にある財産の大部分を掌中に収め——一番よい邸宅に住み、最高の自動車に乗り、最も美しいドイツ娘をわがものにしたといわれる。

汽車は午後三時三十分ごろ、パリに到着した。

十二月二十三日　金曜日

シャンブル航空相に電話をかけ、午後二時十五分に面会の約束をとる。アンと連れ立ちブローニュの森を散策。その後ジョンとランドのためにクリスマス・ツリーを買いに車で出掛ける。

二時十五分にシャンブル邸を訪れ、航空エンジンの買付に関する調査のあらましを報告した。勿論、ドイツ側の関係者の名は一つも挙げなかった。自分はベルリンの〝友人たち〟に話をしたが、彼らはクリスマス前に望むような接触がとれず、数日後でなければ回答は得られないだろうと言った。

また自分が話を持ち込んだドイツ人たちはフランスとの相互理解を深めたいと強く望んでいるように思われ、自分の感触ではいまほど独仏間の相互理解を持つ好機はないのではないか、そして独仏両国の協力関係が可能になれば、西ヨーロッパの平和は永久に保たれるはずだと、私はシャンブルに訴えた。この意見に彼は同感したように思われたが、無論、イタリアがこのほどフランスに突きつけた南仏沿岸割譲の要求をドイツはどう考えているのかと、彼は訊いて来た。この件に関する限り、自分には何らの手掛りも得られなかったが、私見を言わせてもらえば、ドイツがこれらの要求を支援するためにあえて大きな戦争を起すとは考えられぬ、しかし、ある程度まではイタリアを支持するに違いないと、私は答えた。

シャンブルはそれでもドイツの航空エンジンを手に入れたがった。フランスがそれを必要としており、また自分と同じように、この取引が親善関係への第一歩として利用できるかも知れぬと考えていたからだ。私は言った、ドイツ側からそれと匂わせるような発言がなかったので、仏伊紛争は果してドイツの対仏エンジン売却をさまたげることになるだろうかと。シャンブルは、イタリアがフランスに航空エンジンを売ってやろうと申し入れて来たばかりだと打ち明けた（ヨーロッパの舞台裏をのぞくのは実に興味が尽きぬ。そして現実の動きを、世間はいかに知らな過ぎるか！　新聞の大見出しを読むと、仏伊両国はまるで開戦前夜を思わせる。にもかかわらず、カーテンの裏側では両国間で航空エンジンと燐酸肥料を交換する話がひそかに進められているのだ)。私はドイツ側の回答を得られる手掛りがあり次第、ベルリンへ出掛けるつもりだと、シャンブル航空相に言った。

第二章

戦争か平和か　帰国——一九三九年

早くもスパイ説

一月七日　土曜日

各紙の朝刊がヨーロッパの航空事情に関連して私がアメリカ本国に書き送った手紙の一部をとりあげ、記事にしている。ニューヨーク・ヘラルド・トリビューン紙のパリ版に掲げられた記事の見出しは『リンドバーグ、米国に独空軍の資料を提供か』と。新聞記事がそうであるように、これまた不正確な記事ではあるが、誤った記述の中に、記事が自分の手紙に基づいて書かれたと確信させるに足る正しい内容が充分に盛ってある。ルーズベルト初め国務省次官ウェルズら当局者は否定談話を出しているが、情報が外部に洩れ、どこかの記者がそれを手に入れたことは明らかだ。自分がとにかく後ろめたさを覚えるようなことは一行たりとも手紙に書いておらぬ。しかし、極秘情報が一様にワシントンの官辺筋から報道機関の手に渡るのは驚くべきことであり、迷惑この上ない。機密保持に関する限り、国務省にも陸軍省にも信が置けぬ。それは両省との間にすでに経験ずみのことだ。また政府の機密情報を明るみに出せばさまざまな困難が発生するにもかかわらず、それをあえて公表できる言論の自由があるとは何とも奇妙な話だ。

ベルリンのトルーマン・スミスに電話を入れ、アメリカの新聞が私の述べたことに関して誤った記事を掲載していると航空省に申し入れるよう依頼する。何としてもドイツ側に誤解してもらいたくないのだと彼に言った。四時間後、次のような電報が届く。『要望通りウーデトニ電話「独側ハ気ニシテオラズ」航空省ハ国内ノ新聞ニ取リ上ゲザルヨウ要請セリ——スミス』

実のところ、ドイツ側に読まれたくないようなドイツ観を述べた手紙は書いていないと思う。しかし、新聞が私の発言として引用したいまとなっては、事情がまったく異なって来る。アメリカとドイツとがある種の了解に達するのは一大重要事項と考える。事実、西欧文明の将来の繁栄は主としてドイツの国力と、西ヨーロッパでの戦争回避とにあると、私は信じている。いまのような状況では、新聞はさながら、この私がアメリカ空軍の大拡張計画を勧告し、しかも、その責任は主として私にあるといわぬばかりの印象を与えようとしている。また、この空軍拡張計画がドイツを目標にしたものだと思わせようとしているのである。

実のところ、自分は長いあいだ強力な陸軍と空軍とを持つべきだと信じて来た。しかし、ヒステリカルな軍備強化、たとえばいま提案されているようなそれは、よい結果よりも、むしろ容易に大きな実害をもたらすであろう。議会は将来、必要な予算措置により計画の実現を裏打ちするような気配も見られない。均衡のとれたより小規模な軍備計画の方が、窮極的には遥かに大きな圧力を生み出すだろう。国内で唱導されている現在の軍備拡張計画は空軍の増強に最重点を置いている。慎重に検討しなければ、われわれは半ば時代遅れの軍用機と、人事や軍需の面で将来のわれわれを困らせる〝瘤《こぶ》〟とを大量に抱え込むことになるだろう。
もしどうあっても武装したければ、われわれの国力を保持するための武装でなければならぬ、あたかも人間が体調をととのえ、健康保持のために身体を鍛練するかのように。しかし、とくにドイツや日本を目標に武装するのは、われわれに戦争回避の意思すらないのであれば、これは重大な過ちだ。なかんずく最も気になる点は、われわれと同族の北方民族がいがみ合い、武装し合っているということだ。イギリスとドイツとが敵味方に分れて新たな戦争に突入すれば、西欧文明はその結果として崩壊するしかないだろう。

一月十一日　水曜日

朝刊に、連邦上下両院の〝秘密〟合同委員会で行われたケネディ、ブリット両大使の軍事問題に関する証言が掲載されている！　記事の内容は見出しに要約されていた、『ケネディ、ブリット共に欧州情勢の将来に悲観的な見解を述べる』と。この背後には、(1)ルーズベルトの望む再軍備予算の獲得、(2)開戦になれば合衆国もヨーロッパ戦争に介入するだろうとの印象をドイツにあたえる、といった一種の策略が隠されているように思われる。ミュンヘン危機の最中に、ケネディもブリットも（極秘裏に）イギリスとフランスとに対して、合衆国はヨーロッパの戦争に介入しないだろうと言い続けてきた。一方、ウィルソン（駐独大使）は（これまた極秘裏に）ドイツに対して、合衆国はおそらく戦争になれば介入するだろうと言い続けて来たのに。このような外交上の駆引きはうまく行けば効果がけだろう。しかし、うまく行かねば新たなムソリーニ流のエチオピア的状況に追いやられるだある。

このごろ、毎日のように少しずつ自叙伝の下書きを書きためている。いつの日にか仕上げたいものだ。出だしとなる数章の大雑把な草稿を書き上げた。暇を見つけては書いて行くつもりだが、完成を見るまでは数年を要するだろう。

一月十六日　月曜日

午前八時二十五分ごろ、ベルリンに到着。断わっておいたにもかかわらず、トルーマン・スミスが出迎えてくれた。車で彼のアパートへ。朝食を共にする。

到着して約十分後に電話が鳴った――ウーデト将軍からだ。六時に航空省でミルヒ次官らと会えないかどうかと訊く。五時半だった。十分後に大使館を出てミルヒの執務室へ。ウーデトも来ていた。まず第一に、ミュンヘン危機の際にとった私の言動などに関するアメリカの新聞報道に関して話し合う。私はミルヒとウーデトとに、新聞記事のために生じた誤解を是が非でも避けたいこと、この点に関して質問があればどんな質問にも喜んで答えたいと言った。自分たちは少しも気にしておらぬ、新聞の無責任な一面をよく承知しているからという返事だった。

新聞はあらゆる種類の不必要なトラブルをひき起す。責任のない、完全に自制心のない新聞は民主主義にとり最大の危険の一つと考えざるを得ぬ。完全に統制された新聞が、これまた危険であるのと同じことだ。ウーデトは先週の日曜日付エキスプレス紙（ロンドン）の第一面をポケットに忍ばせていた。紙面いっぱいにドイツ空軍に関する大見出しが出ている。記事はドイツ軍用機の作りは粗悪で、事故がおびただしい件数にのぼり、しかも装備は悪く、イギリスの軍用機に劣っていると述べてあった。こうした類いの記事のいったいどこに建設的な価値があるだろうか。イギリス人を誤り導き、ドイツ人を怒らせるだけである。より大きな誤解を生む要素は、世に沢山あるものだ。

ミルヒは次に、フランスに対する航空エンジン売却の件を持ち出した。私は、この問題を無理押ししたくないし、ドイツ側に交渉を進める意思がなければ、これ以上なにも言う必要がないと述べた。ところが、ミルヒはドイツがフランスに航空エンジンを売る意思があると答え、ドイツ側はダイムラー—ベンツ一二五〇馬力エンジンを売ってもよい、その数量と価格は今後の交渉で決定しようと答えたのである。ただし、条件は交渉が進展しているあいだ両国政府ともそれを極秘に付しておくこと、支払いは物資ではなく現金で決済すること、ドイツ側は必要物資との交換で、たとえば石炭といった原料と交換できるのだが、エンジンのような工業製品の代価には現金を要求できる立場にあると彼は説明した。

ミルヒはさらに、取引に関するあらゆる意思伝達の方式は偵察機一機の売買交渉とし、決して航空エンジンを口にしてはならぬと提案した。そのような表現をとれば、航空エンジンの売買だということは自分たちにもわかると言った。ミルヒは、現時点における航空エンジンの対仏売却は由々しい政治問題と化すからとその理由を指摘した（勿論、当然の話である)。

ミルヒとの話では主として英語が用いられたのは勿論だ。英語が通じなくなると、ウーデトが通訳として助け船を出してくれた。

一月十八日　水曜日

トルーマン・スミスとタクシーでテンペルホーフ飛行場へ。GMT九時四十七分に離陸。曇り、強い向い風だが、上昇限度も視界も良好。南方の山岳部に雲が出ているのが報告されたので、まず北方のハノーヴァーに向けて飛び、しかるのちケルンに針路を変えた。同地点で許可された回廊を通り抜けて国境を飛び越え、パリに向う。

予報されていた雷雨は軽く、霧も生じなかった。GMT三時四十二分、ル・ブールジェ飛行場に着陸。飛行中、向い風が吹き続けたが、申し分のない飛行であり、三カ月ぶりに操縦桿を握るのはさすがに気分がよかった。長い地上生活のあと、空に飛び発つのは、息詰る部屋から出て来て新鮮な空気を胸深く吸い込むようなものだ。

一月十九日　木曜日

午前九時三十分、シャンブル航空相を私邸にたずね、ドイツ側が航空エンジンを売る意思があると報告し、彼らの提示した条件も同時に伝えた。シャンブルは非常な興味を示した。ドイツ側の回答が好意的なものになるとは夢にも期待していなかったと言う。一刻も早くダラディエ首相と連絡をとると言い、二時半に電話をくれまいかとも言った。ダラディエが間違いなく交渉に入ることを望むだろうと、シャンブルは確信していた。われわれは、目的達成のためにドイツに派遣すべき最適の人物は誰かという問題を話し合った。シャンブルはベルリン駐在の大使館付武官をほのめかす。彼はドイツ側からも非常に好意を持たれている立派な人物であり、ドイツ語も達者だ、それに航空省からじきじき使節団を派遣すれば秘密厳守を期し難いとシャンブルは言った。彼は私と同様に、この交渉が冷静に処理されるならば、これ以上の重要な問題への第一歩として利用できる可能性があると感じている。

シャンブルは序《つい》でながら、次のように述べた、現在のアメリカ製爆撃機はフランスの必要性からみて速度が遅すぎるが、それよりも高速の爆撃機が七月に生産される予定であり、フランスはそれを買い入れる優先権が与えられたと。ルーズベルト大統領もこれに同意し、必要な手続も終っているということであった。すると、自分がこれまで疑問を抱いてきた遠回りのカナダ計画は不要と証明されたわけだ。着手していなかっただけでも幸運である。

午後二時三十分、シャンブル航空相に電話。ダラディエ首相は非常に喜び、商談を進めるように命じたそうである。シャンブルはベルリン駐在の大使館付武官に即時帰国を命じたと言った。明朝九時十五分、シャンブルと再度会談することになった（無論、電話の会話には細心の注意が払われたものの、意味するところは明白だった）。

一月二十日　金曜日

午前九時十五分、シャンブルを私邸にたずね、ミルヒ将軍宛に出すべき書簡のあらましを伝える。フランスにとり特許を得た上イギリスのロールス・ロイス・マーリン・エンジンを製造した方が得策か、それともドイツのダイムラー—ベンツ・エンジンを製造した方が得策かと、シャンブルは訊く（イギリスはフランスに数百台のマーリン・エンジンを売りたいと申し入れたとのこと）。自分には両エンジンに関して的確な判断を下すべき充分な知識がないし、そのような決定は専門家による両エンジンの慎重な研究に任せるべきだと私は答え、そして決定を下すに当り、フランス国内で量産する場合にイギリスの度量衡が持つ利点を考慮に入れるべきだと私見を述べておいた。

シャンブルは次いで、フランスがドイツから航空エンジンを買い入れた場合にアメリカの反響はどうかと訊いた。おそらく主として交渉の打ち出し方によるであろう、仏独間の親善関係を意図した交渉として、またヨーロッパの平和を見込んだ改善策として打ち出されるならば、おそらく反応は好意的なものであろう、しかし、アメリカ国内には強い反独感情を抱くあまり、実際に戦争を望み、仏独間のいかような親善関係にも反対する人たちが相当数いること、しかも、ユダヤ人勢力が必ずや後者を支持するに違いないと私は答えた。しかし、もしわれわれがこのような態度をとったとすれば、果してヨーロッパの平和が期待できるだろうか。せっかくの好機に恵まれながら、もし独仏間に友好的な交渉が望めないのであれば、われわれは不可避的に戦争を、しかもあらゆる人々にもたらす荒廃を覚悟せねばならぬ。この意見にも、シャンブルは同意した。

アパートにもどると、早速ミルヒ将軍宛の手紙を書き、昼食前にブローニュの森へ半時間ばかりの散歩に出掛ける。

一月二十二日　日曜日

気象報告によれば、ロンドン行きのコースは少なくとも午後一時までは飛行可能という。アンとただちにアパートを出て飛行場へ。格納庫から搭乗機を出すのに少し手間取ったあと、離陸した。GMT十四時十六分、レディング飛行場に着陸。フィリップス・アンド・ポウィス飛行機製作の新しいビルがまたまた増えていた。

格納庫に機を入れてからタクシーで駅へ。ロンドンに着くと、またもやタクシーでブラウンズ・ホテルへ。数人の友人たちに電話したところ、ほとんどが市外に出て留守。

一月二十五日　水曜日

きょうもどんよりした一日。ねばっこい雪が降りながらも、街やタクシーのフロント・ガラスを覆い尽すまでには至っておらぬ。

ケネディ大使夫人と長男ジョー（一九四四年に戦死）が来訪、三十分ばかり話して帰る。大使は数週間は帰任しないとのこと。

ケネディ母子が引き揚げたあと、駅に電話したところ、パリ行の夜行は予約席がすべて売り切れたという。あすの朝の汽車で発つことに決める。中華料理店で夕食をとってから映画『大地』を見に行く。パール・バックの原作に忠実で興味深く、演技も見事だ。一見の価値があった。

ヨーロッパ情勢が再び険悪化しつつある。アメリカの国内情勢も！

一月二十八日　土曜日

午前九時十五分、シャンブル航空相から電話。ベルリンの大使館付武官から手紙があり、この月曜日、〝偵察機〟に関する書簡をミルヒ将軍に送ったという。大使館付武官の報告は〝外交官行嚢《こうのう》〟で到着し、手紙を書いたときはまだミルヒの回答を受け取っていなかったのだ。

二月六日　月曜日

霧の深い朝で、通りの反対側にある街並木が見えないほどだ。ブローニュの森で長い散歩。霧のために万物が青みがかって見え、街頭から人込みやざわめきを閉め出している。イアンと共にアメリカのコラムニスト・ミラー夫妻の昼食会に招かれる。中国のリン・ユイタン（林語堂）夫妻、彫刻家ジョー・デイヴィドソンも招かれていた。非常に興味深いいっときだった。昼食後、デイヴィドソンは自分のスタジオに案内し、絵画や彫刻を見せてくれた。

二月七日　火曜日

アメリカ大使館で夕食会。シャンブルに会った。ベルリン駐在の大使館付武官はドイツ航空省から手紙を受け取り、ウーデト将軍がトリポリ出張から帰国するまでは話合いに入れぬということだった。これはドイツ側の心変りを意味するのだろうか。なにせ最後にベルリンを訪れて以来、多くの事が次々と起きているのだ。

二月二十四日　金曜日

午後四時、車でクリヴデンへ。雑踏したロンドンの街をそろそろ走り出してから約一時間の道のりだ。日没前に、アンと領内の散歩に出掛けた。美しい木立。古き良きイングランドの平穏と安定とが、すべてここにある。ロンドンや今日的な情況とは雲泥の差である。

アスター卿、財政通の下院議員ブランド氏と共に夕食。アスター卿は、もし私が総理大臣だったらどんな政策をとるか、またドイツと空軍縮小の協定を結ばねばならなくなったときにどんな手を打つかと訊く。

二月二十五日　土曜日

アンと三十分間、クリヴデン領内を散歩する。その間に、昼食のために早くも賓客が到着し始めていた。トマス・ジョーンズや帰国中の駐米大使ローシャン卿ら。夕刻までに城館はお客で一杯になるだろう。警察の護衛官が総理大臣（ネヴィル・チェンバレン）の到着に備えて配置される。

お茶の時間の前に、アンと雨の中を散歩する。客が続々と到着する。前政権の最高顧問ライオネル・カーティス、ケネディ大使、それから名も知らぬ人々だ。大使はマドリードにいる息子ジョーからの手紙を読んで聞かせた。フランコ新政権内の状況が極端に悪化していると書いてある。手紙の朗読が終って間もなく、総理大臣が到着した。驚くほど若く、健康に見える。六十歳以上とは思えぬくらいであったし、イギリス史上最も困難な一時代を切り抜けようとする人物とは信じ難いほどだった。

夕食会に臨んだ客は約三十名。実のある会話を交わすためには人数が多過ぎる。やかましすぎたが、それでも同じ人数のアメリカ人の集まりに比べたらずっともの静かであった。いつものイギリス的な慣習に従い、食事がすむとご婦人方は出て行き、男たちは一時間ちかくテーブルの回りに残った。会は真夜中まで続いたが、私どもが部屋に引き揚げたときも、総理大臣はまだ突っ立ったまま話をしていた。

指導者が正気を失えば

二月二十六日　日曜日

午前九時、アンと朝食のために階下へ降りて行ったが、召使たちの他はまだ人影もなかったので、ポーチに出て散歩道へ降りてみる。陽は輝き、積雲がいくつか見える以外は晴れ渡っていた。青色のとがった帽子に外套姿の警察官が城館の一角に立ち、私どもが向きを変えてゆっくり日向に引き返すと、反対側の角にもう一人の警察官が見えた。最近、アイルランド人が爆弾騒ぎを起して以来、総理大臣の身辺警護は厳重を極めている。九時半ごろ、アスター卿が食堂に降りて来た。数分遅れてチェンバレン首相が姿を見せる。クリヴデンでは、朝食はいつもセルフ・サービスだ。サイド・テーブルには果物、自家製のクリーム、料理を温める保温器などが置いてある。素晴らしいシステムであり、これ以上によく料理された食べものはないだろう。イギリスではなかなかうまい料理にめぐりあえぬが、クリヴデンは例外である。昼食には再びテーブルが満員になる——約三十名——昨夜、帰って行った人たちと入れ代る新しい顔触れも見えた。

昼食後、数分ほど総理大臣と話をした。午後遅くビル・アスター、ライオネル・カーティス、アーノルド・ロレンスらと車でエリク・ケニントンのアトリエを訪れ、巨岩からかのT・E・ロレンス（″アラビアのロレンス″）の横臥《おうが》像を彫り出す光景を見学した。ソールズベリ大聖堂に奉納されることになっている。その構想といい仕事ぶりといい、非常な感銘を受けた。ケニントンは何年にもわたり、この仕事に打ち込んでいる。初老、いくらか内気で、非常に好感の持てるイングランド人だ。

クリヴデンに帰って間もなく、チェンバレン首相は引き揚げた。総理大臣と共に領内で警備中の警察官も姿を消した。

お茶の時間にアーノルド・ロレンスと語り合う。考古学者で、シリアから帰国したばかりだ。フランス国内の古城地をいくつか空中写真に収めたがっていた。シリアの古城と比較研究するためである。彼が渡仏したとき（四月の予定）、たまたま在仏していれば、飛行機に乗せて古城地の上空を飛んで差し上げようと約束する。

夕食後、しばしローシャン卿と語り合う。アメリカから一時帰国したところで、イギリス人にしては殊のほかアメリカをよく知っている。年内に戦争があるかどうか論じ合った。大抵の会話の主題なのである。彼は私と同様、年内に全面戦争は起りそうもないと見ている。また⑴ドイツに通商と影響力行使の合理的な機会を与えぬ限り、⑵ドイツ指導部が権力と神意との激情に圧倒されて狂気に駆られるならば、恒久的な平和は望み得ないだろうとも言う。私は彼よりも、ドイツの指導部の正気にいま少し信頼を持っているように思う。何よりも心配なのは双方の愚かな動きが合致した場合、お互いが狂人に見えるように仕向けられた時であろう。ドイツの現状に関していえば、ドイツ人に責任があると同じようにフランスにもイギリスにもアメリカにも責任があるという点でお互いの意見が一致する。

ここでは誰も早寝をしない。十二時前に失礼させてもらうのは一種の闘いである。誰も彼もクリヴデンに来て楽しい。アスター卿夫妻はともども、客に居心地よくさせ、心から楽しめるようにする才能を持っている。クリヴデンは百年前のイギリス封建時代に立ち返ったような感じを与える。絵画や綴織、鎧甲《よろいかぶと》などで充満した数々の大きなホールや暖炉は近代世界に属しているものではない。この城館はときたま、現在まで生き延びた恐竜を思わせ、新しい時代の人々に古い時代の生活を味わわせる機会を与えているかのように思われる。しかし、イギリス自体もそれと同じような状況にあるのではなかろうか。いつの日かジョンやランドがクリヴデンを訪れたとき、城館は博物館として一般に公開され、いま私どもが使っているベッド、椅子、テーブルなどにフェルト張りのロープが張られ、好奇心にみちた手をさえぎるのではなかろうか。それとも、時計の振子はデモクラシーや平等からも、またいま行われつつある平均化運動からも大きくあと戻りしているのであろうか。

二月二十七日　月曜日

いつものように午前九時に朝食。その直後、客たちは車や汽車で続々と帰り始めた。アンと荷物をまとめ、十時二十分にライオネル・カーティスと車で出発し、十一時四十分ごろ、セント・ジェイムズ・スクエアー四番地に到着した。

ケネディ大使および娘たちの一人とプリンセス・ゲイト十四番地で夕食。ケネディが好きにならずにはいられぬ。政治家と実業家とが比類なく結合した人物である。彼は立派な家庭を作り上げたと思うし、自分の人生の中で子供たちに重要な場所を与えていることは明らかだ。この性格的な一面に心から敬服する。うぬぼれが強い一方、才腕がある。新聞を嫌っていながら、それでもなお心を惹《ひ》かれているように見える。たしか広報係まで抱えていたように思う。時代の脚光を浴びているのが楽しいのか、それとも現状ではただやむを得ないと考えているのか、確かなことは分らぬ。おのれの分をよくわきまえた人物とは思えぬが、いわゆる当世風の世界では建設的な影響力を持った人物の一人に数えられよう。ケネディは年内に戦争があるとは予測していない。彼はチェンバレンがかなりよく情況を処理したと感じている。ヒトラーとムソリーニとが次にどのような手を打って来るか、確信を持って予測できないようだ。誰にも見当はつかぬらしい。当のヒトラーやムソリーニにも分っていないのではないか。自分としては、ドイツが（軍事的な観点からみれば）高価な代償無しにフランスやイギリスに対して効果的な行動はとれないような気がする。イギリス艦隊とマジノ防衛線《ライン》、それからフランス陸軍とは克服し難い結合力を形成している。

もしイタリアがチュニス、ジブツ、コルシカで譲歩を要求してきた場合にフランスがはねつけたとしたらどうなるか。イタリア陸軍はフランス陸軍に対して行動を起すだろうか。そのような事態が発生するとは到底信じられぬ。が、もしかかる行動がとられた場合に作戦地域はいったいどこになるだろう。イタリア軍がリビアから侵入するチュニスか。アフリカで兵力を保持する前に、まず地中海の制海権を握らねばなるまい。それ自体がいささか大問題である。イタリア軍が北イタリアからフランス本土内に侵攻する可能性はまずないだろう。空軍はまだ直接フランスに効果的な打撃を加えられるほどの状況にはない、たとえ地中海では非常な効力を発揮し得たとしても。いや、フランスはまださして大きな困難もなく、イタリア軍に対して自衛できるほどの力を持っている。イタリアはドイツが支援しない限り、攻撃を加えて来ないであろう。

もしドイツがイタリアを支援したとすれば、その場合の動きは？　イギリスがまさしくフランスと共に戦うことは間違いない。地中海はイギリスの船舶に対して封鎖されるだろう、きっとそうなるに違いないと思うが、しかしイタリアの船舶にとってもアフリカ向けの航行は危険なものとなることは必定だ。ドイツはどう出るか。イタリアに地上部隊を派遣するだろうか。多分、軍事指導官や兵器を送るに違いないが、まず戦闘部隊は送らないだろう。ドイツはフランスを攻撃するか。マジノ・ラインを突破して世界最強の陸軍の一つに立ち向うか。それは考えられそうもないことだ。オランダかベルギーに侵攻するか。その代価にふさわしい利得は得られないように思われる。ドイツ空軍はパリやロンドンを爆撃するだろうか。爆撃は確かに可能である。が、それによっていったいなんの益があろう。アメリカ合衆国の参戦を、これ以上に早める理由は他にない。

そうとも、いま差し当り考えられる全ヨーロッパ戦争は、ドイツがついに復讐心から戦争を欲した場合だけである。そして、自分はかかるケースはあり得ぬと考える。彼らの野望にとりドナウ河流域と東方とが開け放たれているとき、なにもわざわざ大きな犠牲を払い西へ向かう必然性はない。自分はむしろ、ドイツが西部国境で塹壕《ざんごう》に隠れ、東方拡大政策を続けるのではないかと見る。イタリアの出方はドイツの政策に従うだけである。

以上、あらましをケネディに説明したあと、これ以外にドイツがとりそうな動きが考えられるかどうか訊いてみた。これ以外の出方は考えられるが、もしドイツがヨーロッパ戦争を望めば気が狂ったとしか考えられないだろうとケネディは答えた。

大使の話によれば、本国では関心の九十九パーセントまでが国際問題に向き、一パーセントしか内政問題に向いておらぬが、国民の立場からすれば後者の方がはるかに深刻であり、重大であるという（自分も同感だ）。いま何年間も失業にあえぐ若者たちのことや、そのような問題がやがて祖国に実質的な影響を及ぼさずにはすまぬことなどを語り合った。

二月二十八日　火曜日

アン、ローシャン卿の三人でセント・ジェイムズ・スクエア一四番地に出掛け、夕食を共にする。アメリカ及びヨーロッパの諸情勢を論じ合った。ローシャン卿は現在のヨーロッパ情勢が民主主義にもたらす危険性を語り、その民主主義を守るためにアメリカの参加が不可欠であり、イギリス一国の力だけでは代価が高すぎて背負いきれないために持ち堪《こた》えられなくなると言った。彼は民主主義諸国による一種の連合組織を提唱したが、私は、このような時代に力の同盟の必要性は認めるが、全世界に及ぶ民主主義体制が望ましいとも可能だとも思わぬと反論し、いかような組織が作られようとも、それは西欧民族に限定されるであろうし（アメリカをも含むという点でも）、そのような組織作りの実現は非常な困難を伴うだろう、自分としては民主主義の危機が国内にこそあれ国外にはないように思うと付け加えた。

午後八時十五分、クィーンズ劇場に着き、ちょうど『ディア・オクトパス』（サミュエル・フレンチ作）第一幕の開演に間に合う。演技は素晴らしく、劇もかなり良く書かれていた。しかし自分が心から楽しめるような類いの芝居ではなかった。やや退廃的なイングランド人の一家庭が生きんがため、あともう一世代の子供たちのために生活と闘うという印象を与えた。不思議にも憂鬱にさせる芝居だった。あまりにも今日的なイギリス人の生活を思い出させたからである——根性、希望、活気の喪失だ。それを漠然とながらも意識するどころか、いわば目くるめくような自己満足でもって偉大な時代の終末を迎えようとしているのだ。やることなすことすべてが手遅れだった——結婚も出産も生きる実感も。それから遅れを取り戻して失われた好機を回復しようとする試みも。またそのようなゼスチュアによりうまく人生を取り返したいという感情までも。偉大な過去、滅びつつある現代、雄々しいが老いさらばえた努力——イギリス。唯一の希望は新しい世代に、この一大帝国を築いた天才の活力がメンデルの法則か何かにより受け継がれるかも知れぬ次の世代に希望をつなぐしかないのだ。

三月二日　木曜日

クロイドンに電話をかけて気象報告を聞く。飛行条件は良好とのこと。フランス国内は晴天、イギリスは曇天だが、それでも上昇限度は千フィート程度ある。荷物をまとめて別れの挨拶をし、汽車でレディングへ。レディングの駅から飛行場までタクシー。モホーク機は新品同然に見えた。新しい上塗りが光りかがやいている。十二時二十八分に離陸。頭痛がして、朝から風邪を引くような気がしていた。飛行の後半から一段と具合が悪くなる。

アンがセント・イングルヴィートからパリまでの大部分を操縦した。十五時四十四分、モラン飛行場に着陸。たまたまデトロワイヤが居合せていた。彼とその知人が車でパリまで送ってくれる。アパートに着くなり、寝込んでしまった。かつてないほどの激しい頭痛、熱が三十九度四分もあった。多分、方々ではやりのインフルエンザにかかったものであろう。

三月六日　月曜日

一日中、寝たきり。五つか六つのときに風疹にかかって以来のことだ。いまや、流感にやられたことは疑うべくもない。読書もかなわぬ。

三月十六日　木曜日

ドイツ、ハンガリア両国軍がチェコスロヴァキアを占領する。ヒトラー、プラハに入城。かくしてドイツの東方拡張政策は続く。

三月十九日　日曜日

ヨーロッパ情勢は再び険悪化しつつある。新聞はアメリカの抗議声明やイギリス、フランスがどう出るかという記事で一杯だ。依然として年内に全面戦争という条件は熟していないと考えるが、しかし、もし人々が怒りに駆られ、いやが上にも興奮して来れば何が突発するか知れたものではない。問題は多くの人たちがフランスやイギリスに戦ってもらいたがっていることだ、いかに戦うのかということすら念頭に置かないで。彼らは勝利を見込む戦争にとって不可欠な実際問題に思いをめぐらした例《ため》しがない。ただ「戦え」と叫ぶだけで、あらゆる発想がその時点で終っている。数年前、その同じ多くの人たちは平和と非武装化を叫んでいた。彼らの発想もまた、絶叫と共にその時点で終っていたのである。

三月二十日　月曜日

昼食後、アンと池の回りを散歩しながら、将来の計画を話し合う。この夏、どうやら危機が相次いで続発しそうな気配だ。戦争になった場合、むろん本国に帰っていたいし、さもなければ当地で何らかの実践活動に加わりたい。本国で夏を過しながら、あるいはそれ以上長くとどまって、それに値するだけの仕事をやり遂げられるかどうか決めかねている。新聞が真赤な嘘と流説とで、せっかくの建設的な仕事をせいぜい難かしくさせることは断わるまでもなかろう。最悪の事態は——ほとんど確実に——彼らがアンや子供たちを放っておかぬという心配だ。かつて世間と新聞の興味を引いた人たちにとり自由がないとすれば、デモクラシーはどうして横柄に構えていられようか。この十二年間、自由の手本といわれてきた国でわずかな自由しか見出せなかったのである。自分がせっかく見出したものをしっかり摑《つか》んでいなければならなかった。ヨーロッパに来て初めて、私は真の自由を発見した。そして不思議なことに、ヨーロッパ諸国の中でも、まず第一にドイツで、次にイギリス、それからフランスで最高の個人的な自由が得られたのだ。しかもアメリカに比べると、ここでの私どもは好きな国へ自由に出入できるのである。

とはいえ、仮に戦争ということになれば、アメリカにこそ自分の忠誠心を捧げる——現在よりは犯罪が減り、そしてもっと大きな自由が得られる時代への希望と懸念とをもって心に期するような忠誠心だ。しかし、われわれ国民の将来を考える度毎に、ほとんど克服しがたい難問が存在するかのように思われる。それはわれわれが青年時代に直面し始めたはずなのに、今もってその存在をしかと認めようとはしないものだ。われらが国に住む一千万黒人の問題はどうだ？　産業開発のために導入された労働移民の問題はどうだ？　一つのことだけは確実である、もしこの地上に民主主義が続かねばならぬのだとしたら、それは将兵の血を流すことによってではなく、現在の因習を大きく変革することによってのみ達せられねばならぬ。

リン・ユイタン（林語堂）夫妻のアパートでの夕食会に招かれた。客はハーラン・ミラー夫妻、ジョー・ディヴィドソンら。到着したとき、リン・ユイタン家の三姉妹が在宅していた——八歳から十六歳までの美しい娘たちだ。中華料理を出された——不可思議な料理だったが、実にうまかった。話題は主として戦争のことであった。戦争が再びあらゆる集まりの主題となったのである。それは避け難い問題であるように思われ、誰も本当に避けて通ろうとは望んでおらぬ。リン・ユイタン一家はこれまで会った人たちの中で最も楽しく、興味深い人たちだ。リン・ユイタンの才気は哲学、ユーモア、機知にあふれている。

好ましい人たちばかりで、将来ともしばしば会って話したい。かかる人物と接触すれば、必ずや自分まで豊かになるだろう。

三月二十二日　水曜日

午前の前半は執筆、次いで散歩に出掛け、ブローニュの森の池をふた回りした。仕事が思うように任せぬ——考えねばならぬ問題が多過ぎるからだ。来月、船で一時帰国する決意がほぼ固まる。しかし、アンと子供たちをここに残して安全だろうか。ここ数日来の事態の進展を見極めれば、もっと的確な決断が下せるようになるだろう。イリエクに残した方が安全かも知れぬ、おそらく子供たちは平和なアメリカで新聞や犯罪に脅やかされるよりも、戦時下の当地で過した方がずっと安全であろう。とはいえ、自分が参加しておらぬ限り、戦時下の外国に住みたがる、あるいはそこに家族を残したがる者はいまい。しかも、戦時中に船で家族を移動させるのはさほど簡単な問題でもないのだ。再びブローニュの森を散歩しながら、予期せぬ非常事態に備えてのさまざまな行動計画や準備に思いを致す。

夕食後、ミラー夫人から電話あり。さっきのラジオ放送によればヒトラーが戦艦ドイッチュラント号でメーメル（リトアニアのクライペダ港）へ赴く途中にあり、彼はエストニア、ラトヴィア、リトアニア、デンマークに対して四国を帝国《ライヒ》に編入する、抵抗すれば爆撃を加えるとの通告を発したという。

三月二十三日　木曜日

一時間ばかり執筆したあと、短い散歩に出掛け、それからタクシーで銀行へ（モルガン商会）。五百ドルのトラベラーズ・チェックを作ってもらう。敏速に移動せねばならぬ際の非常用の資金である（もっとも、事態は当面いくらか緊張感が薄れたと思われるのだが）。手元に置いてある重要書類などを最小限にとどめるため、いま使っておらぬあらゆる日誌類はエングルウッドへ発送することにした。身軽にしておこうというわけ。が、結局のところ、これまた自分たちには何も目新しい経験ではないのだ。

四万五千語に上る第一稿（『ザ・スピリット・オヴ・セントルイス号』）を仕上げたが（だいたい一月一日以来の仕事）、しかし、最初から書き直さねばなるまい。第一稿はもっぱら記憶を新たにするのが目的であった。

アパートでアンと夕食。客を招かないときはいつも二人きりで夕食をする。食事時間にはジョンもランドも寝ついており、養育係は私どもが仕事部屋に使っている別室で夕食をとる。食堂でアンと二人きりになり、夕食を共にする夜はわが人生における最高の幸せだ。気苦労もなければ無駄なお喋りもない――物事を考え、語り合い、人生を楽しむ時刻である。

三月二十七日　月曜日

いちおう、四月上旬のうちに出帆することに決める。本国の状況がさほど難かしくないという目処がつけばアンと子供たちを呼びよせ、メイン州で夏の前半を過ごさせてもよい。何もかも、自分が本国で一週間か二週間過したあとでなければ分らぬ多くの諸条件による。自分もアンも、祖国とのつながりを失いたくはないのだ。一年前に三ヵ月間の帰国旅行をした以外は、いまや三年以上も祖国から離れたことになる。いくらイリエクが心残りになるとはいっても、何とか数ヵ月くらいは本国で過したいものだ。また自分としては本国の異なった分野を見て回り、最近の発展に照らしてどれほどの変化を遂げているか、この眼でしかと見極めたい。

三月三十一日　金曜日

チェンバレン首相、ポーランドが侵略された場合にイギリスは同国を積極的に支援すると声明す。

このポーランド情勢が動乱の原因となるかも知れぬ。ヨーロッパにおける現在の趨勢《すうせい》はまったく気に入らぬ。もしイギリスとフランスとがドイツの東進政策を阻止するならば、間違いなく戦争になる。それもイギリスとフランスとが攻撃に出ねばならない戦争だ。それはヨーロッパの優秀な人材が数多く失われるということであろう。当面の全体戦争は破滅的であるにもかかわらず、それは日毎に迫りつつあり、多くの人たちはそれを回避できぬ事態と観念している。もしイギリスがドイツを阻止したければ、なぜヒトラーが首相に就任した一九三四年に行動を起さなかったのか。この五年間にわたるイギリスの優柔不断は、よしんば全ヨーロッパの終末をもたらさなくとも、大英帝国を終焉《しゅうえん》に導くことだけは確実であろう。

現在のイギリスと現代イギリス人を見れば見るほど、彼らに寄せる信頼感が薄れて行く。イギリスはヴェルサイユ体制に加わった。手をこまねいてドイツの再軍備とラインラント進駐とを見送ってきた。イギリスはイタリアに国際的な経済制裁を加えた。昨春、チェコには総動員の実施を勧告しながら、秋になると対独屈服を勧めている。またもともとフランコに反対しながら、いまでは少なくとも非公式に彼を承認している。それがいまや、ポーランドの国家保全まで請け合うというのだ。今後、どのような挙に出るのか誰にも見当がつかぬ。われわれが大英帝国に存在すると教えられて来たあの長期的なビジョンと着実さと地力とはどこへ行ったのか。イギリスがいま取っている行動は捨鉢だ――政策の欠如と呼ばれるもののもう一つの反証に過ぎぬ。

イギリスの今日はつくづく残念に思う。彼らはかつて偉大な民族であったが、その新しい世代はいま、帝国の衰亡を眼の当りに見ようとしている。ヨーロッパの主導権が大陸へ、しかもつい先ごろ敗北させたばかりの敵の掌中に移るのを眼の当りにし、また栄光の孤立が終りに近づき、巨大な経済的優位も終りを告げる光景の目撃者になろうとしているのだ。イギリスが捨鉢になるのも不思議ではないが、それでもなお古いやり方ばかりに固執し続け、まだ徴兵制すら採用しておらぬ。もっとも、自らの行動により再び戦争前夜の情況を招きながら、戦争に入る準備は充分に出来ていないのだが。

イギリス人は生来の無神経ではないかと思うことが時たまある。自分の愚かしさがもたらす結果にまったく気づかず、他を見て自らを顧みることもせず、自分の力がかかわり合いを持つ事実を直視したがらないように出来ているのだろうか。過ちを犯した世代はそれを気づかずに死滅していくものだ。イギリス人の行き方は目的をめざすテンポが遅すぎて効果を上げるまでにはほど遠い。いまや大陸の出来事と、いかにも現代的なテンポで動く現代世界とはイギリス人の意識に圧力を加え、イギリス人に外国の発展や能力を認識させるように仕向け、当のイギリスではなくて外国人にイギリスを批判させ、戦争の現実的なスケールによりその国力を測らせようとしているのだ。

運命は狂人の手に

四月一日　土曜日

新聞が確認したところによれば、チェンバレンはやはり、ポーランドが侵略された場合に同国を支援することに同意したようで、さらにイギリスはルーマニアとも同じような条約を結ぶかもしれないとのこと。これは戦争の時期を早めることになるかも知れぬ。ドイツは重要な軍事拠点を獲得する必要があると感じれば間違いなく戦うであろう。

いちおう四月八日、アキタニア号で出帆することに決める。情勢がかなり平静なら、アンと子供たちは当地に置いて行くつもりだ。アメリカに着いて数日たったのち、家族を呼び寄せるかどうか決めることにしよう。それは自分が本国で夏を過した場合、自分に何ができるかという見込みによる。

四月二日　日曜日

各紙の朝刊にヒトラーの演説（挑戦的な四月一日演説）が掲載された。全般的にもっともらしく、ドイツの言い分をよく述べてある――かつて読んだこともない、最もよく書かれた政治的演説の一つだ。にもかかわらず、あるイギリスの新聞（サンデー・グラフィック紙）などは、第一面に『ヒトラー、大いにびくつく』という大見出しを掲げている。新聞はいつものように読者の判断をあやまらせ、完全に間違った印象を与えている。

この男は自国以外のほとんどあらゆるところでたたかれ、狂信者とか狂人とかいわれながら、いまやヨーロッパの運命を握っているかのように思われる。文明は民主主義諸国の行動よりも、彼の分別ひとつにかかっているのである。彼が望もうと望むまいと、彼が頭を使って用意周到な計画を立てさえすれば、全東半球を支配できるだろう。いまほど民主主義政治家の短見と優柔不断とが情けなく思われたことはない。ドイツがなした多くのことは断じて認め難い。しかし近年、ヨーロッパで一貫した政策を取って来たのはドイツだけだったと思う。ドイツがいくつもの公約を破ったことは支持できぬ。だが、ドイツは公約を破るに当って他国よりも一歩先んじたというだけの話にすぎぬ。それが正しいか正しくないかということは掟《おきて》が決める問題である一方、歴史が決める問題でもあるのだ。

四月七日　金曜日

今朝、イタリア軍がアルバニアに進駐する。伊独両国とも間違いなく全東欧の支配をもくろんでいるのだ（ウクライナはどうするのか）。英仏両国はどう出るのか。それからアメリカは？　われわれは世界最大、最高の破滅的戦争の関頭に立たされているのか。ヨーロッパ文明の終末が来るのか——すべて起り得ることである。勿論、人間の生活は続くであろうが、しかしどのような変化をもって続くのか。

午前中は出帆の最終的な準備に費やす。アンも今月二十日ごろに帰国かイリエク行きか、そのどちらにも応ぜられる準備を進める。自分が合衆国から打つ電報によって決まるのだ。

四月八日　土曜日

八時十五分、一家揃って朝食。午前中はだいたい、持参する三つのスーツケースに荷物をまとめ、細かい点の最終的な詰めをする。アンと短い散歩に出掛けた。それから一同に別れの挨拶をし、十一時五十五分にタクシーでアパートを出た。育児係のスール・リシィを除けば、雇い人たちにはもう二度と会えまい。ハチンソン嬢は父親のもとに帰る。記者団の横を通り抜け邪魔もされずに列車の中へ。シェルブールへの旅は気持よかった。はしけに乗り、一時間後にアキタニア号に乗り込む。はしけの中でリン・ユイタン一家に会い、客や荷物がはしけに積み込まれるあいだ彼らと話をした。

夕食後、上甲板を散歩する。寒く、少し風が出ていたために上甲板を独り占めできた。

夜、W・G・フェリプス著『栄光なりし頃のギリシャ』を読む。

四月九日　日曜日

「在ワシントン／下院外交委員会委員長代理ソル・ブルーム発」の電報あり、同委員会での証言を求められる。この背後に隠された意図は何か。ソル・ブルームは大向うをうならせようと狙っているのか。新聞に書き立てられたいのか。いかなる陰謀か。懸案の中立関係法案に関連して証言してもらいたいのだという。帰国して事情を見極めるまでは確答を延ばすことにする。

四月十三日　木曜日

NACA秘書長ヴィクトリーより来電、四月二十日に国家航空諮問委員会（NACA）の会議に出席するよう求められる。陸軍参謀次長[*14]アーノルド将軍（航空隊司令官）より来電、ニューヨークに着き次第、電話がほしいとのこと。トルーマン、ケイ・スミス夫妻から無線電話あり。一家は客船ワシントン号に乗っており、アキタニア号が数マイルのところに見えたばかりだという。

四月十四日　金曜日

午前中は読書と身仕度と散歩。

給仕・船室係にチップを手渡した後、船室にこもって鍵を掛ける。税関吏が乗船して来るところで、新聞記者も一緒だった。十五分たつと、ドアにノックがした。声が――懐かしい声が自分の名を呼んだ。カレル夫人であった！　カレル博士夫妻がジム・ニュートンとタグボートに乗り、出迎えに来てくれたのだ。間もなく記者やカメラマンがドアをどんどん叩き始める。われわれは返事をしなかった。船が桟橋に横付けしてタラップが降ろされた時は知らせるようにと船室係に頼んであった。われわれが話をしている最中に、カメラマンが隣室のドアから飛び込み、フラッシュをたいて駆け出した。隣室のドアにも鍵を掛ける。カメラマンの荒仕事や記者の虚報、無礼にみまわれることなく祖国に帰れぬとは何とも馬鹿げた話だ。それは民主主義の自由が持つ良さを奪い去るものである。いったいどこで自由が終り、どこから無秩序が始まるのかと首をかしげたくなる。

四月十五日　土曜日

デソートを運転し、一人でウェスト・ポイント（陸軍士官学校）へ。正午に到着。アーノルド将軍夫妻と昼食。将軍と一般情勢を論じ合った。午後、将軍の案内でウェスト・ポイントの構内を見て回り、士官候補生として勉強中の息子に紹介される。士官候補生の教練を見学した――いきのよさそうな連中だ。いったんエングルウッドにもどり、それからニューヨークへ。カレル夫妻、ニュートンと博士のアパートで夕食。

四月十六日　日曜日

ブルーム下院議員宛の返事をしたため、私の証言がどのような役に立つと考えているのかと問いただす。昼食をすませるなり、従兄弟のジェリー・ランド（海軍少将）に会うべくデソートでメリーランド南部（レオナードタウン）にあるW・G・フェイ大佐の農場に向う。長い道のりで、車がえらく混雑し、しかも雨が降っていた。午前二時に到着する。

四月十七日　月曜日

ジェリー夫婦と彼らのアパートで夕食をすませたあと、車でアーノルド邸へ。現役に復帰して、航空研究組織の能率化を調査し、その実施を計ってほしいと求められる。いちおう承諾したが、明朝八時半に最終的な確答をすることに同意。

四月十八日　火曜日

八時半、アーノルド将軍に電話をかけ、現役復帰と（合衆国陸軍航空隊の大佐として）即時実務につくことを受諾する。午前十時半、国家航空諮問委員会のルーイス博士が訪れる。一時間ばかり、委員会として実施せねばならぬ研究課題を話し合った。

昼食後、仕立屋へ行き軍服を注文する。三時、陸軍省にアーノルド将軍をたずねる。一時間ほど将軍や他の将校連と話し合った。四時、アパートにもどりブッシュ博士（カーネギー協会会長）と会う。一時間ばかり、国家航空諮問委員会とカーネギー協会とが直面する諸問題を論じ合った。夜、国家航空諮問委員会の関係資料を通覧、検討する。

四月十九日　水曜日

客船パリ号が桟橋で炎上！　アン、ジョン、ランドが本日、同号に乗船する予定になっていた。

午前十時、海軍情報部の会議に出席する。さまざまな質問を受け、一時間ほどヨーロッパの航空事情を論じ合った。そのあと、アーノルド将軍の執務室へ。きのう現役復帰の辞令を受け、今日から実務に入る。将軍や他の将校と昼食。陸軍機の性能を向上させる方策について論議した。三時半ごろまで、各種の報告書を検討する。

油断ならぬ大統領

四月二十日　木曜日

午前八時五十分、アーノルドと会うために軍需ビルへ。九時、車で陸海軍省ビルへ出掛け、ウッドリング陸軍長官に会う。欧米の空軍力を話し合った。ウッドリングは私が下院の委員会で証言するのをたいそう嫌がっているように思われた。実をいえば、自分も証言はしたくない。それにしても、陸軍長官はどのような政治的駆引きを頭に描いているのだろうか。

アーノルド将軍はその人柄をよく知るにつけ、いよいよ深い感銘を受けるようになった。われわれの関係は非常に心楽しいものとなるだろうし、自分が役に立つ途もすでに見え始めている。

長官室からいったん軍需ビルに引き返したあと、陸軍規則に基づく身体検査を受けるためにボーリング飛行場へ。悠々とパスした。軍用車で軍需ビルへもどる前に専用パラシュートの着用テストを行う時間が余ったほど。飛行場を出るとき、ゲートで衛兵に止められた。ベティ・ランドから電話があったとかで、すぐに電話をかけてみると、アンと子供たちがシャンプラン号で出帆したという電報がエングルウッドのモロー邸に届いた由。軍需ビルにもどり、大統領と正午に面接する予定があったのでホワイト・ハウスへ。戸口にはカメラマンの一団が群がり、そこを通り抜けるとき、頭のおかしな婦人が私に金切声を浴びせた――ホワイト・ハウスの石段に、このような恥ずべき状況が存在するとは。アフリカの原住民の間にさえ、これ以上の威厳と自尊心とがたもたれているだろう。

ルーズベルト大統領の面会時間表は予定より遅れていたので（毎度のことだと思う）、やむなく順番が来るまで四十五分ばかり待つ。その間、面会の順番を待つ下院議員らと話をした――なかなかに如才ない話しぶりだったが、非常に興味深く、楽しいものであった。アーリーにも会った――一九三四年、自分が大統領を相手に飛行郵便論争をやったとき、一枚加わって来た大統領秘書官だ。いかにも人の良さそうな喧嘩早いアイルランド系の政治家に見えた。

十二時四十五分ごろ、いよいよ大統領に会うべく執務室へ——ルーズベルトと対面するのは初めてだった。だだっ広い部屋の片隅で机の前に坐っていた。回りの壁には船の模型が幾つか飾ってある。部屋に入ると、彼は坐ったまま身を乗り出すようにして私を迎え入れた。いまにして初めて、彼が身体障害者だったということをふと思い出したくらい。当座はそれにも気づきもしなかったし、面談中もついぞ思い出さなかったほどだ。開口一番、アンはどうしているのかと尋ね、アンが自分の娘と学校で知合いだったと付け加えた。彼は完成された、話しぶりの丁重な座談の名手だ。私は彼が好きになった。彼とうまくやって行けそうな気がした。相手を親しく知るということは楽しいことであり、また興味深い。が、ルーズベルトには何か信頼しきれぬものがあった。いささか慇懃《いんぎん》にすぎ、愛想がよすぎ、調子がよすぎるのだ。それでも、彼はわれわれの大統領である。いま自分のやっている仕事に関連して彼我の間に反目があっていいわけがない。あの飛行郵便問題は——自分の知る限り、最低の政治的策謀であり、控え目にいっても不公正きわまりないものであったが、それもいまは過去の出来事である。この際、いまさら蒸し返したところで何ら建設的なものは得られぬ。

ルーズベルトは非常に疲れて見えたが、まだ長期間にわたり頑張れる余力が充分に残っているように思えた。彼は自分の疲労に気づいているのだろうか。過労の実業家とそっくりの青白い顔色であった。しかもその声たるや、お喋りがすぎて頭の働きが鈍ったときに見られる平凡単調、事務的な調子を帯びていた。五感の一つを酷使した場合にみまわれる感覚の鈍化である、つまり毎日、同じ献立を口にするときの味覚、変化のない音楽を聴かされるときの聴覚、手を一度も動かしたことがないときの触覚と同じように。

ルーズベルトは起用する人を素早く見抜き、人使いが実に巧妙である。概して政治的に振舞う型だ。多くの基本的な問題で絶対にうまくやって行けないような気がする。しかし、彼には好きになれる点がいくつかある。だから、熟慮が必要になる時までは、他の一面を何もくよくよ心配することはないではないか。出来る限り長く、共に働いて行く方がよいのだ。にもかかわらず、何となくそれが長続きしないような気がしてならぬ。

再び暴徒のごとき報道陣と不謹慎な婦人の間を縫ってホワイト・ハウスから軍需ビルへもどる。アーノルド将軍はじめ一、二名の将校と昼食を共にしながら、航空機の性能を論じ合う。後刻、揃って国家航空諮問委員会へ。会議室はカメラマンでひしめき合っていた——ニュース映画と新聞写真のカメラマンとで。彼らは会議室の一方の壁にずらりと並んだ。撮影がすんでから入室したいとヴィクトリーに断わったところ、私が入らない写真は絶対に撮らぬという！　ここだろうがどこだろうが、写真は撮られたくないのだと答えると、きょう一枚だけ撮らせてくれさえしたら、今後けっして邪魔はしないし、名誉にかけてそれを誓約すると、ヴィクトリーは彼らの提案なるものを持って来た。カメラマンが名誉をかけて誓約するとは！　トレントンの死体置場の窓から忍び込み、わが子の柩《ひつぎ》を開いて遺体まで撮影したような連中だ——そんな彼らが、この私に向って名誉を説いているのである。

われわれは報道陣を締め出し、会議を始めた。最初は通常業務の報告、次いでルーイス博士による新開発の発表が行われた。そのあと、私は研究施設の問題を持ち出し、現行の諸設備で、いかにして海外の軍事開発（航空研究の分野）に追いつくつもりかと質問した。われわれは外国の研究施設が今日ほどではなかった段階からすでに遅れを取っており、しんば新設のサニーヴェイル実験飛行場の予算が全面的に認められたとしても、われわれは研究設備の面でドイツのような国からはるかに立ち遅れているし、われわれは真実、全面的にサニーヴェイル予算を必要としている上に、それ以上の予算も必要なのだと指摘した。われわれが平和時のペースを守る限りにおいてヨーロッパの飛行機生産高に追いつく見込みがないのであれば、少なくとも航空機の性能面で追いつくべきだと、私は強調した。

会議後、ライト兄弟の弟オーヴィルが話をしたいと申し入れてきた。彼が飛ばしたキティ・ホーク機をめぐり（現在はイギリスにあり）、スミソニアン協会との間に展開された古い論争を語り合う。厄介な問題である。責任は根本的にスミソニアン側にあると思うが、オーヴィルはそのような問題で簡単に話がつけられるような人物ではない。が、何年間もあのような取扱いを受けて来たことを思えば、彼をもっぱら責め立てることはできぬ。オーヴィルは科学の偏狭さと商業主義の不実とに挟み打ちにされたのだ。

アパートに帰り、ロック・クリーク公園を通り抜けて動物園へ。当地の小学校へ通っていたころ、母と見に来た同じ熊やアザラシやコヨーテの檻《おり》をのぞく。三十年たったいま、その檻の前に立ち帰るのは何とも不思議な気がした。

四月二十一日　金曜日

アーノルド将軍、ライト飛行場(オハイオ州デイトン)司令官ブレット将軍らと会議。午前中は航空隊将校らとの会議で過す。自分の机が置いてある〝トロフィーの間〟で昼食をとり、食事を共にした三人の将校と航空隊の問題を論議した。食後、車でボーリング飛行場へ。専用機に指定されたP36Aの操縦席へ入ってみる(ラングリーからフェリーボートで運ばれて来たばかりだ)。ディアーウェスター大尉が操縦装置、無線、計器の説明をしてくれた。ヨーロッパ製に比べると、ずっと仕上りもよいし、装備は一段と完全で、操縦は複雑だったが、スピードだけはそれほどでもない——時速三百マイルに過ぎないのだ。時間をかけて操縦席内を点検したのち、三回、試験飛行をやってみる。ランド夫婦の知人であるクリスティーン・ゴーン嬢と夕食。われわれのために秘書の仕事をやりたいとかで、二十三歳くらいになる感じのよい、知的で、明らかに有能な娘さんだ。ただ私が気にしているのはわれわれにとってもっと経験のある女性の方が必要かどうか、せめて数ヵ月以上は共に働いてくれるかどうかという問題だ。

四月二十二日　土曜日

デソートを運転してボーリング飛行場へ。午前八時十分、P36Aを操縦し、ライト飛行場へ飛ぶ。天候良好。晴天。ただし山間部は雲が覆い、地域的に暴風雨あり。東部標準時（EST）十時三十五分、ライト飛行場に着いた。*15 ブレット将軍はじめライアン少佐、バーンサイド、ケルシー両中尉らの将校と会議、そして昼食。ライアン少佐の案内で飛行場を見て回った。ベルP36（エアラコブラ）の飛行を見学する。またB17（四発爆撃機）、新型のマーティン、スティアーマン攻撃爆撃機、P35（セヴァスキー社の追撃機）その他を含む若干の実験機、第一線機などを検分した。午後遅くバーンサイド中尉とライト飛行場からパターソン飛行場まで歩く——約二マイルあった。ライト兄弟の旧格納庫の前を通りかかったところ、われわれの歩く道路から右側に約百ヤードの地点で朽ちかけていた。格納庫に近づき、五分か十分かけて見て回る。建物は傾きかけ、倒壊寸前にあった。天井の板には大きな裂け目があり、長いあいだ雨がそこから降り注いだために、黒い地面には溝ができあがっていた（後刻、ブレット将軍の話によれば格納庫を修理し、保存する計画が進められているという。厳密にいえば最初のライト格納庫ではないが、ライト兄弟が合衆国陸軍の飛行機開発のために使った最初の格納庫なのだ）。

ブレット将軍の自宅を訪れ、一夜やっかいになる。さる将校の家で開かれた夕食会に招かれる。約二十人くらいの客で、全員が将校とその夫人たちだった。ある夫人がカクテルを飲み過ぎて恥知らずな状態になり、機会ある毎に私のところへ行くと言って聞かず、せっかくの一夜がいくらか気まずくなった。もっとも、飲み過ぎを態度に示したのはその夫人ひとりではあったのだが。このようなパーティーを見れば見るほど、酒をあまりたしまぬ自分がいっそうありがたくなる。

四月二十八日　金曜日

午前七時半ごろ、アンと子供たちがエングルウッドに着いた。報道陣による騒ぎが大きくなるのを避けるため、港まで出迎えに行かなかった。警察の護衛を依頼したところ、百名ぐらい出動したという。楽しい船旅だったらしく、みな元気そうに見えた。スール・リシィはスイス人の移民割当で入国したので、無期限に私どもといられる。これで、新しく育児係を雇う問題は解決だ。

ワシントンのウッドリング長官から電話あり。カンサス・シティで開かれる夕食会（合衆国商工会議所主催）に共に出席してほしいという！　カンサス・シティはウッドリングの選挙地盤だ。思っていた通りである。この国で自分がやりとげようとすることはすべて、こうした政治的な要求により妨げられるのだ。少しでも彼らの要求を受け容れようものなら、自分の時間をすべて奪われる羽目になるだろう。考えてみるがいい！　この国で仕事に全身全霊を打ち込もうとした矢先に、肝心の陸軍長官が夕食会に臨むべくカンサス・シティへ同行せよとは。

四月二十九日　土曜日

今朝ソーとスキーンが到着し、私どもと再会できた喜びようといったら。イリエク島に残してから五カ月ぶりだ。

午後、車でニューヨークへ。エンジニアーズ・クラブで散髪——ヨーロッパを離れて以来、初めての散髪だ。そのあと車でロックフェラー協会に赴き、カレル博士が残しておいてくれた〝耐熱用〟パイレックス・ガラスの生地を検分する。

五月四日　木曜日

午前八時、軍需ビルの執務室でアーノルド将軍に会う。将軍は十五日、下院の歳出委員会で証言を行う予定だ。もしわれわれが五カ年以内に空軍力の面で諸外国に追いつこうとすれば、いま以上の研究開発予算を獲得せねばならないことは明らかだ。

アーノルド将軍は私が陸軍省の委員会に加わって開発計画の手直しに当り、十五日前に勧告案を提出してほしいと述べた。私は即座に西海岸の航空開発事情を親しく知るため、同地へ飛ぶことを決める。明朝、出発することにし、ニューヨーク地区にある東部の飛行機製作工場の視察予定は延期した。駆け足の旅行になるだろう——カリフォルニアには四、五日しかいられまいが、委員会の討議に参加する前に何としても現地の状況を頭に入れておきたいのだ。

五月八日　月曜日

キンデルバーガー社長の車でノース・アメリカン社の飛行機製造工場へ。共に工場内を見学しながら、将来の飛行機設計、生産、開発を論じ合った。極めて効率の高い生産設備である――多くの点で、これまで見たこともないほど最高に能率的だ。合衆国の内需に加えて英仏両国からの発注機も生産しつつある。

キンデルバーガーの執務室で昼食。数メートルしか離れておらぬダグラス社のエルゼグンド工場を見学する。軍用車でサンタ・モニカにあるダグラス工場へ。ダグラスや職員らと十五分間ばかり話し合ったあと、工場内と実験部門を見学する。DC5型機でマインズ飛行場へ。DC5型はダグラス社が双発旅客機としてもくろんだ最新型機である――高翼、三輪着陸装置。

五月九日　火曜日

午前九時、軍用車でバーバンクにあるロッキード工場へ。十時着、午前中はロバート・グロス社長やリチャード・フォン・ヘイク（ロッキード社技師長、私どものロッキード・シリウス――ティングミザルトーク号の設計に当った一人）らと語り合った。イギリスの発注機で作業がたいそう立て込む工場を通り抜ける。いま六千五百名の工員を雇っており、次の一ヵ月の間にあと一千名の工員を雇い入れるという。グロスの執務室で昼食。その後パサデナにあるカリフォルニア工科大学へ。同校のグッゲンハイム航空学部でロバート、クラーク・ミリカン両博士と一時間ばかり話し合った。大いに教えられた興味深い会議だった。二百インチ望遠鏡から取り外された反射鏡を見学する。

フィッケル将軍夫妻との夕食会に間に合わせるべく工科大学をあとにしてマーチ飛行場へ。軍用車の運転手を帰す。運転手の費用はすべて自腹を切らねばならないのだ、陸軍には自分のようなケースに適用される前例がなかったので（現在、搭乗機を除けば、あらゆる出費は自前であり、現役に復帰してから二週間しか経っていないので、出費の清算が受けられないのだ。アーノルド将軍にとり支払延期の措置をとるのがどうやら難かしいらしく、とりあえず持ち出しで仕事を続けることに同意する。とにかく、この方法ならいくらかでも自由に行動できるだろう。それに、利点も少なくはあるまい。他に充分な収入源がある限り、むしろこの方が望むところだ）。

夜、フィッケル将軍と飛行機の草分け時代を語り合った。将軍は一九一〇年ごろから飛び始め、機上から銃砲を撃った最初の人物であった。それは陸軍のためのテストで、発動機の開発者グレン・カーティスが操縦する機上からスプリングフィールド・ライフル銃を発砲したのだという。

五月十日　水曜日

太平洋標準時十時五分、ツーソン（アリゾナ州）に着陸。一万フィート乃至それ以上の高度を飛び続けてきた。着陸はあたかも巨大な天火の開け放たれた戸口に近づくようなもので、絶え間なく増大する暑気の熱波に取り囲まれた。整備は敏速に行われ、十時四十二分に再び離陸し、ただちに冷気を求めて一万一千フィートまで急上昇する。エルパソまで晴天、十一時五十六分に着陸。

一時三十二分に再び離陸し、ロケット開発者のロバート・ゴダード博士と会うためにニュー・メキシコ州ロズウェルを目差す。気象報告によればツクムカリの上空に砂嵐が発生し、ロズウェルの方角に進行中で、六時半ごろ同地に達する見込み。三十分ほどゴダード博士と話をし、砂嵐がやって来ないうちにミッドランド（ミシガン州）に向け離陸しようと計画を立てた。

着陸するや、早速ゴダード博士をたずねた。博士は十五分以内の場所にいたが、三十分間では話しきれないほどの問題があることが間もなくはっきりした。博士は泊って行くようにと勧める。アルバカークに電話して天気予報を聞く。十二日に予定されている陸軍の委員会に出席しようとすれば、ワシントンに着くには明朝中に出発せねばならぬ。予報によれば、砂嵐が真夜中までに収まるというので乗機を格納庫に入れ、車でゴダード博士夫妻の自宅へ——この前、最後にアンと共にたずねたときと同じ家だった。

午後、博士とロケットの開発計画について論じ合った——安定ポンプ、タンク、液体酸素、窒素の問題点など。夕食前に、博士夫妻と三人で路上を散歩する。博士夫人の母親が来訪中だった——スカンジナヴィア系の立派な老婦人である。一同で夕食を共にした。食後、博士は自分の作業ぶりや飛行実験を収めた最初の映写フィルムを見せてくれた。就寝の時間までさまざまな書類や報告書、計画案などを検討し合う。夜明けに出発するつもりだったが、九時に延期する。ゴダードは立派な仕事をやりとげ、彼にとっては非常に実り多い年であった。

五月十一日　木曜日

山間部標準時八時五十七分に離陸し、ミッドランドに向けて直行する。いまや、まず飛行の前半は埃の舞い上る道路で、飛行の後半は鉄道線路により破られた無人地帯の上空を飛ぶ。一九二八年と二九年とに中部大陸横断航空路線の調査飛行をして以来（大陸横断航空輸送会社のために）、文明は南西部で大いに拡がって来た。どの道路も油井もいわばペテンであり、かつて自分が飛んだときにわがものと感じた孤独な世界への侵入者であるような気がする。広大な西部の平原や砂漠は急速に、人間の標識に席を譲りつつある。上空から見降ろすと、それらの標識は疾病のように見える――地表にじりじりと拡がって行く吹出物だ。いつの日か、それらを反動的に一掃するような時代が来るだろうか。秋に新しい毛が生えるように緑の再生する時代が来るだろうか。あるいは人類と大地とがやがて調和し合い、補い合い、それぞれの美と特質とが互いに何か得るようになるであろうか。なんどか砂嵐やすたれた農場の上を飛ぶと、そのような時代が必ず来ると思わされる。その一方、ヨーロッパの古い部分は、文明と自然とが決して調和し難いものではなく、時の移り変りがやがて工業化の行き過ぎを克服するだろうという希望を与えてくれるのだ。

五月十三日　土曜日

リー少佐（夫人はアンの旧友）の車を借りて軍需ビルへ出勤し、午前十一時から開かれた委員会に出席する。約一時間早く出て来て報告書（予備的なもの）の準備を手伝った。委員のキルナー将軍と陸海軍クラブで昼食。そのあと車で共にウォルター・リード陸軍病院に入院中のトルーマン・スミスを見舞い、約一時間ばかりドイツ情勢とヨーロッパ戦争の可能性を語り合う。後刻、リー夫妻の家にもどって夕食。

アンと夏の計画を話し合った。ワシントンの近辺、できれば水辺に家を見つけたいが、しかし夏の暑さや気候を聞かされると、七月と八月にジョンとランドを連れて来るのが得策かどうか――アンにとっても書きものが大いにはかどるかどうか。

五月十七日　水曜日

アンカレージ・アパートは小さく、軍需ビルに近かったので入居することに決め、支配人に話をつけて早速に引越した。二室――寝室と居間で、いくらか古風な浴室が付いている。手ぜまだが、ワシントンに留まっているわずかな時間を考えれば広すぎるくらいだ。午前中、ホテルから身の回りのものを運び、引き出しや棚にしまったりする。

昼食後、タクシーで軍需ビルへ出掛け、一時四十分にアーノルド将軍と会う。ともども軍用車で議事堂に赴き、一時間ばかり下院歳出委員会（J・B・スナイダー委員会）で証言した。部屋に入り、各委員と握手を交わしたとき、いささか反発する雰囲気を感じたような気がした。しかし、自分は彼らの質問に誠実かつ率直に、力の及ぶ限りの答え方をした。間もなく彼らはそれに気づいたのであろう。最初にもし反感があったとすれば、自分の退席する頃には消え失せていたように思う。自分が明らかにしたかった主眼点は、われわれの空軍力は研究にいま以上の資金を投入することにより、より低いコストで増強できること、また総合力は高度の性能を持った少ない機数により増大されるということであった。

六月三日　土曜日

朝食後、車でロックフェラー研究所へ。組写真に収めるためにウィルス還流装置を組み立てる。世紀クラブでカレル、エイバリング、ワイコフ三博士と昼食。ウィルスやその他の研究を行う小さな研究所を設立し、ワイコフが専任所長となる件について話し合う。この目的を実現するためにハイ・フィールズ（旧リンドバーグ邸）を利用できないものかどうか。必要な基金の集め方についても論議した。一年間に最低五万ドル、できれば十万ドルが望ましいという見積りが出る。この計画は実際的であり、実行可能だと思う。

いかに生きるべきか

六月七日　水曜日

午前九時、委員会に出席すべく軍需ビルに到着。午前中を費やしてスパーツ中佐、ネイドン中佐、ライアン少佐らと中型爆撃機の仕様を論議した。アーノルド将軍から、研究施設の調整問題を検討するためにブッシュ博士を入れて昼食を共にしようと求められる。

食事中、われわれは、国家航空諮問委員のこと、その将来と欠陥とを話し合った。またラングリー飛行場とマサチューセッツ、カリフォルニア両工科大学航空学部との最も理想的な産学協同方式も論じ合った。ブッシュ博士は私に国家航空諮問委員会の委員長か副委員長を引き受けてくれまいかと訊く。無論、同委員会の重要性は大いに認めるが、そのような地位は受諾できないように思うと答えた。自分にとって最大の関心は他にある、陸軍での仕事が片付けば、航空問題にすべての関心を注ぐつもりはない、他の分野でもはるかに楽しい人生が送れるし、その方がはるかに世の中の役に立つだろうと私は言った。

食後、三人で軍需ビルにもどると、私はブッシュと二人きりで十分ばかり、委員長の候補を話し合った。名ばかりの現委員長エイムズ博士は、もはや再起がおぼつかない。委員長代理のブッシュはカーネギー協会の会長として仕事が山ほどある。委員の中で二人に代り得る適当な人物が見当らないかのようだ。打ってつけの人物を見つけるには非常に難かしいポストである。さらに、〝研究調査官〟（自分の提案）という新しいポストを設ける可能性について話し合った。この任務は直接、母体の委員会に報告書を提出することにし、ラングリー飛行場とは完全に切り離してしまうのだ。

ブッシュが立ち去ったあと、早速アーノルド将軍に呼ばれた。腰掛けるや否や、「個人的な質問をしてもかまわんかね？」と訊く。どうぞと答えたら、「おい」と将軍は言った。「君はいったいなにを狙っているのだ？ 自分の人生のゴールというものを定めているのか、それとも、ただ成行きまかせの人生を送っているのか」。自分は何も狙っていません、現代の生活はあまりにも複雑怪奇なので、自分の将来をはっきりきめつけたくはないのです、自分としては行政官になるつもりは毛頭ありませんし、自分の仕事に対して特別の報酬も欲しくはありません、自分がよく一つの目標に向って邁進するとき、それは概して遠い将来にまで及ぶような目標ではありませんでした、自分は現在を精一杯、生きているという実感が好きであり、また人生にその進むべき方向をまかせるという生き方が好きなのです、と私は答えた。将軍は自分も昔から何かそれに似たような生き方をして来たし、生涯の仕事として特別の目的を一度も持ったことはないと述べた（もっとも、職業軍人というのはかなり決定的な目標であるように思われるのだが）。

六月九日　金曜日

アーノルド将軍、ブッシュ博士と陸海軍クラブで昼食。国家航空諮問委員会の問題や改善策を話し合った。国家航空諮問委員会の威信が落ちたことに意見が一致する。委員長のエイムズ博士が病気になって以来、委員会が活動的な責任者を持たないままに過して来たからであろう。アーノルド将軍やタワーズ提督（海軍省航空局長）、民間航空委員会の某代表から成る小委員会の委員長になることを受諾する。国家航空諮問委員会の再建策と産学協同方式とを研究するのが目的である。

フェイモンヴィル中佐が夕食に来訪（昨秋、訪ソした際のモスクワ駐在大使館付武官）。ソヴィエト事情や、私どもが帰国した直後に発生したさまざまな出来事を語り合った。私はフェイモンヴィルが好きだ。理想主義者で、さほど現実主義的に過ぎることもない――ソヴィエト駐在の大使館付武官に打ってつけの性格的な組み合せだ。

六月二十日　火曜日

午前十一時、デソートを運転してミッチェル飛行場へ。車を運転して帰るために、ゴーン嬢（秘書）が同乗した。彼女は私を飛行場で落したあと、ロング・アイランドのロイド・ネックへ行くことになっていた。地元の警察署長にまず挨拶をし、私ども一家がひと夏同地で過すことになったという計画を告げるためだ。私ども一家にとって、警察と親善関係を保つのは常に大切なことである。

六月二十三日　金曜日

九時半に軍需ビル着。アーノルド、ブレット両将軍と簡単な打合せをすませた後、打ち揃って通廊を歩きながら、国家航空諮問委員会の事務局がある海軍省ビルへ。オーヴィル・ライトとエイムズ博士を除き全委員が出席。ルーイス博士がヨーロッパ出張から帰国したところで、視察旅行の結果と英独仏三国の印象とを報告した。イギリスの飛行機生産高は一ヵ月に約七百機と推定され、イギリス側は近い将来一千機に増産したがっているとのこと。フランスはいま月産三百機くらい、イタリアは約百二十機で、ドイツは手元に充分の機数があると感じているらしく、生産設備をフル回転させずにただ〝惰性的な〟生産を行なっているに過ぎぬということであった。

ルーイスの報告と細かい日常業務の打合せがすむと、サニーヴェイル計画が議題にのぼった。私は意見を述べた、航空業界はサニーヴェイル計画に関連して国家航空諮問委員会を支援しなかったし、本委員会は最近、全般的に威信を失ったかのように見受けられる、業界の信頼や各大学航空学部の信頼を回復することこそ肝要だと。この発言はかなりの論議を呼んだ。アーノルド産学協同方式を含めた研究施設間の最も望ましい調整法を検討する小委員会の設立を提案した。動議は採択され、アーノルド将軍、タワーズ提督、ヒンクリー氏（民間航空委員会委員長）らを含めた小委員会の委員長に私が任命される。アーノルドはもう一つの動議を提出し、座長（ブッシュ）に〝研究調査官〟を選考する小委員会任命の権限を与えた。

夕食前の散歩に間に合うようにアパートへ帰る。ここでは長い散歩をするには暑すぎる。夜、サン＝テグジュペリの『人間の土地』を読む。

六月二十四日　土曜日

東部標準時九時四十二分にP36Aでボーリング飛行場を離陸し、十時五十七分ミッチェル飛行場に着陸。軍用車でロイド・ネックへ。アン、ジョン、ランドとの昼食に間に合った。午後、みなと湾内でひと泳ぎをした。ジョンは水にかなり馴れてきたようで、犬かきで優に四十フィートか五十フィートも泳げる。ランドは依然として水に濡れることをひどく不安がっている。

実に美しいところだ。三本の大木が海から家をさえぎっている。イリエク的でもなければメイン的(モロー家の別荘地)でもない。どちらとも全く異なる、ここにしかない魅力がある。アンは非常に手際よく引越しをやってのけ、クリスティーン(ゴーン嬢)が大いに助けてくれた。夏を過すには素晴らしい場所になるだろう——ミッチェル飛行場から車で半時間の道のりだし、しかも子供たちにとって(私どもにとっても)砂浜がある。なかんずく、アンはここで楽しく書きものが出来るだろうと思う。

午後、カレル博士から電話があり、ワシントンへ帰る前にニューヨークで会えないかという。博士はジム・ニュートンと一緒だったので、私は五十八丁目にある日本料理店で夕食をしようと提案した。カレル、ニュートン、ワイコフ、ムーア(博士の友人)に私の五人で食事。大半の時間は研究所の設立計画に費やし、やはりハイ・フィールズに建てるべきであり、家屋の広さといい即座に使用できる点といい、ニューヨークからの遠距離という不利を補って余りがあるということに意見が一致した。次の問題は資金の捻出であった。ニュートンは何とかなると思っているようで、皮切りに来週いっぱい駆けずり回ることに同意した。いまや、要員と建物が確保できた。資金繰りがさほど難かしくなければよいがと思う。

六月三十日　金曜日

制服を着た上、車で軍需ビルへ。公認の陸軍カメラマンが写真を撮る（アーノルド将軍、二回目の懇請もだしがたく）。ライコミング・エンジンと燃料注入、また七月十日に招集される航空業界代表との会談に関してアーノルド将軍と要談。ハリー・バード上院議員に電話をかけ、午後一時半に上院議場の入口で会う約束をする。アン（ロイド・ネック）にも電話し、これから西部に出張すると伝えたかったが、あいにくニューヨークに出ていて留守。

ヨーロッパ情勢は極めて険悪と伝えられる。フランスでは戦争が二週間以内に始まると喧伝されている。私見だが、よしんば戦争が起るにせよ、年内はその公算が少ないと考える。それのもっと強い確信が持てたらと思う。〝よしんば〟とは、現在の状況から推してそうだということ。

バード上院議員と会うためにタクシーで議事堂へ。われわれは議場に隣接するガーナー副大統領の上院議長室に入り、十五分ばかり、緊迫化するヨーロッパ情勢と、戦争になった場合のアメリカが取るべき途とを話し合った。双方とも、これまでうんざりするほど聞かされたイギリスやユダヤ人の宣伝攻勢に乗って祖国がヨーロッパ戦争に引きずりこまれるのを何とか回避したいという意見だ。イギリス人とユダヤ人の感情はよく分る。しかし最高に慎重、冷静な熟慮も払わず、ヨーロッパ戦争にあわてて介入するのはわれわれにとって危険負担があまりにも大きすぎる。大陸から三千マイルも離れたわれわれは、大概のヨーロッパ問題に関して誤った未熟な考え方を持つ。これらの諸問題もアメリカ流の善意や理想主義では解決できぬ。それより遥かに深刻な問題であり、新たなヨーロッパ戦争にアメリカが参加したとしても、窮極的な解決の助けになるものかどうか。「民主主義のためにヨーロッパを救う」ことになるよりも、全世界を混乱に陥れる可能性が強いと思うのだ。

タクシーでアパートへもどる。荷造りをして再び制服に着替える（議事堂へ出掛けるのにいったん私服に着替えたのだった。ワシントンでは制服を着用しないのが不文律となっているのである。またバード上院議員を訪問したのは一市民としてであって、一軍人としてではない）。

七月二日　日曜日

デンヴァーへのコースはカンサス州バード・シティの真上を通る。一九二二年、自分がパラシュート降下の演《だ》し物を見せに行ったところであり、そこでリンチとロジャーズの地方巡業に加わり、曲芸飛行を演じたりしたものだ。自分はこの町でプロとしてのパイロット生活を始め、リンカーン飛行学校練習生の生活に訣別するのだ。ロジャーズとリンチの一座に加わってから初めて少額、不規則ながらも仕事に対する報酬を受け取った（バード・シティと呼ばれる家並や店舗、倉庫の小さな集落の上を飛ぶのは何という奇妙なコントラストだろう！　巡航速度時速二百マイル、高度七千フィート、一枚の小さな翼に支えられた全金属製の飛行機でもって飛ぶのは。エンジンは一千馬力以上——リンチと共に飛んだリンカーン・スタンダード機より七倍の馬力を持つ。当時、われわれは時速七十マイルで巡航したものだ。そして複葉機のいずれの翼も、いま自分の搭乗するカーティス追撃機の単一翼よりも大きかった。そのころ、飛行操縦は科学であるよりも技倆《ぎりょう》であった。エンジンよりも操縦する人間の腕前がものをいった。飛び上ると、本当に飛行しているという感じであった。機械の上に乗っているという感じが少なかった。計器類は自分の第六感や見込みを点検するためにのみ使われた。純然たる技倆と度胸とにより布と木とワイヤの塊を飛ばしたものだ）。

中部標準時十七時五十分、デンヴァーの市営空港に到着。後輪のタイヤを取り替え終えたころ、突如として猛烈な砂嵐が巻き起り、挨だらけになった。エンジンをスタートさせようと操縦席にいた自分はあわてて風防を閉める。デンヴァーはこのような砂嵐、山おろしで知られている。局地的な天然現象で、たちまち収まるが、飛行機にはあらゆるトラブルを起こさせる原因となる。滑走路上に横転させ、めちゃめちゃに壊す場合もある。重量のある翼を持つ新型機はさほどの被害は受けぬ。午後、嵐が突風になった場合、風速はおそらく時速五十五マイルか六十マイルに達するだろうという。山間部標準時十八時五十二分、砂嵐の合間をぬって離陸し、ソルト・レイク・シティを目差して山越えの直線コースを決める。

高い山々がデンヴァーに接しているため、旋回せずに急上昇し、それから山越えをせねばならぬ。山々の頂は白い雪をかぶり、たまさか雨雲があちこちの峰を覆い隠す以外は晴れ渡っていた。その上空に出ると天候は変り、二万フィートかそれ以上の高空に達するまでの間、それぞれ異なった高度でずっと雲切れが認められた。その間を縫うようにして昇りつめ、神のように打ちまたがった――雲切れの散らばる大空や白い雪をかぶった峰々、雨が降り注ぐ渓谷の上に。どれもこれも、すべてわがものだ。その真上を飛ぶ間、世界は自分のものなのだ。そのわが大空をつん裂きながら、あまりにも小さく、美しく、侮りがたく見えるわが山々に向い、誇り高らかに哄笑《こうしょう》する。峰の一つを目差して降下することもできる。雲に手を触れることも、またそれより遥かに空高く飛ぶことも出来るのだ。このひと時こそわがものだ。地上からも山々からも、そして雲からも自分は自由なのだ――にもかかわらず、自分は彼らとどれほど分ちがたく結ばれ、そしてもし彼らが存在しなかったならば、自分の存在がどれほど空しいものになったろうか。自分が地上にもどったとき、あらゆるもの――人生だとか愛だとか幸福だとか――どれもこれも、あるべきところに存在する彼らにこそ依存しているのだ。巨大な山々の間にある自分の居場所へもどるとき、またあの霧雨につめたく濡れそぼる谷間へ滑るように帰って行くとき、あるべきところに存在する彼らに依存したあらゆるものが自分を迎えてくれるだろう。この一刻、自分は神のように空を飛んでいるが、飛び終ったあと、私は自分が地上にもどれたこと、再び人間と共に生きて行けること、両足の下にしみじみと大地を感じ、山や木よりも小さくなったことをどんなにか喜ぶであろう。

七月五日　水曜日

八時、エクタヴェット夫妻と朝食。車で、大型機が組み立てられているボーイング社の格納庫へ案内してもらう。新しい爆撃機B17と〝高層圏旅客機〟の各一機があった。ジョン・コーキル少佐が格納庫のドアでわれわれを待ち受けていた。彼が一九二三年にセント・ルイスでヴァーヴィル・スペリー型のレーサー機を飛ばすのを見たことがあるし、またブルックス飛行場で士官候補生だったころの〝検定〟パイロットでもあった。少佐は終日、同行してくれた。次に第二ボーイング工場、次いで同社が最初に操業した第一工場を見学。設備も良好なら、生産機も優秀――彼らが抱え込んでいるトラブルにもかかわらず、だ。

ボーイング社はいまなお、民間航空委員会が固執してやまぬよりよい制御装置と安定性という条件に則し得ぬため、気密室の付いた旅客機の引渡しを保留されているのだ。搭乗員が全員死亡という一号機の墜落事故があってから、あとの同型機には細心の注意が払われて来た。フィンと尾翼面の新しい設計が試みられている。

七月七日　金曜日

中部標準時九時五十三分、キャンプ・リプリーを離陸す。リトル・フォールズの上空を飛んで少年時代を送った農場の真上を旋回し、シカゴにコースを定めたが、おそらくシカゴの新聞が面倒を起しそうだと思われたので、コースをいささか外れ、ランツールのチャヌート飛行場に向うことにする。十二時二十七分、チャヌート飛行場に着陸。

十五時五分、離陸してデトロイトを目差す。飛行船の繋留《けいりゅう》マストと、その外れに開拓時代の集落があるフォード・フィールドを飛び越え、レイクポイント五百八番地にある家の上空を旋回、十六時五十分セルフリッジに着陸した。飛行場の指揮官と三十分ほど過したあと、軍用車でレイクポイント五百八番地へ。母もB（叔父）もそこにいた。夕刻から夜にかけて二人と共に過す。二人はすでに夕食をすませていたが、自分が食事をしている間、ずっと食堂に坐っていた。後刻、揃って庭に出、木立や灌木の間を散歩した。庭に美しく植え木をし、鳥にも餌をやって来たので、木立にも庭にもおびただしい小鳥の群れが絶えたことがない。キジでさえ餌をついばみに来るし、春ともなれば子連れでやって来る。

七月九日　日曜日

昼食前に湾内でひと泳ぎ——アン、ジョン、ランドに私の一家四人だ。午後、アンと初めて油絵の筆を握った。実に面白かった。湾とはるか対岸を背景に、裏庭にある三本の大木を描いてみる。午後の大半を絵で過した。

七月十日　月曜日

十四時、アナポリス経由でボーリング飛行場に着陸し、軍用車で軍需ビルへ駆けつけてみると、自分が出席していなければならぬ三つの委員会がすべて開会中だった。アーノルド将軍が出席している航空業界との会議、キルナー委員会の最終会議、下院歳出委員会での国家航空諮問委員会に関する聴聞会の三つだ。後者はサニーヴェイルの研究施設と大学の研究計画とに対する予算割当の審議であった。

ルーイス博士が議事堂から電話をかけて来て聴聞会に出席してほしいという。聴聞会に出席する方が緊急事と考え、タクシーでいったんアパートにもどり、私服に着替えて再びタクシーを拾い、議事堂へ（下院議員は軍服姿がお好きでないらしい。憂うべき兆候だと思う。一国の軍服は、国内ならどこでも歓迎されるべきだ）。

われわれは委員会の室外で三十分ほど待たされた挙句に呼び入れられた（〝われわれ〟とはアボット[*16]、ルーイス両博士に自分だ）。アボット博士（スミソニアン天体物理学研究所長）は長文の陳述書を読み上げたが、その間、大半の委員連は居眠りをしてしまった様子。次いで、ルーイス博士は国家航空諮問委員会の置かれている地位を見事に説明した。その後を受けて私が十分間、わが空軍機の性能を他のいかなる国のそれにも匹敵させる必要性を強調。並行的に研究開発計画を実施せずにただ飛行機生産に莫大な支出を認めるのは過ちであり、ヨーロッパに比してわが国の研究施設が貧弱であると指摘した。なかでも、これは大いに強調したのであるが、大学の研究計画にいま以上の財政的援助を与えることで（国家航空諮問委員会の援助で）いったいどんな収穫が得られるか、そのあらましを説明しようと試みた。この方式に従うならば、最低の可能なコストにより必ずや重要な成果が上るだろうと。委員会は慎重かつ注意深く聞いてくれた。

七月十一日　火曜日

けさ、郵便で〝還流装置《フラスコ》〟に関する論文のゲラが届く。『実験医学ジャーナル』誌の九月号に掲載される予定だ。三七―三八年の冬に帰国したときの一年前、自分が設計した還流装置である。イギリスに戻ってから論文を仕上げたのだが、当時、このフラスコにどれだけ本当の価値があるのかまだ確信が持てなかったので、公表を差し控えてきた。以来、その装置が三十セットくらい作られ、パーカー博士のウィルス培養実験で成功を収めたのである。実をいえば、パーカー博士が行なっていた小児麻痺ウィルスの培養実験に役立てようと設計したものだ。パーカーは、ついぞうまく行かなかったカレルの旧還流装置に対し、私の考え出した〝ガス・リフト〟還流方式を適用しようとしたのである。

アーノルド将軍と面談するために軍需ビルへ出掛けた以外は、ほとんど終日ゲラの訂正に過した。訂正はさほど長い時間は要しなかったが、改めて論文の概要を書かねばならなかった。さらにもう一度、各操作をいちいち脳裏に描きながら、注意深くゲラを読み返す。

七月十二日　水曜日

午前八時、タクシーでボーリング飛行場へ。ラングリー行きの飛行許可が出たので、九時二十五分P35で飛び発つ。専用機のP36Aはオーバーホールと、山積した多くの〝技術指令〟の一部を整備するために補給処へ。かなりの時間が掛りそうで、P36Aが返ってくるまで、P35を使用することになったわけ。

P35はロング・アイランドでセヴァスキー社が設計したもの。大抵の陸軍パイロットはP35を〝扱いにくい飛行機〟と考え、頼りにならぬと言っている。飛行中は安定性を欠くし、着陸時、とくに横風を受けた場合には地上で回転する傾向がある。回転中に車輪をとられたケースが多い。「P35で着陸するときは毎度はらはらさせられますよ」と、ある将校は私に話してくれたほど。カーティスP36よりも好きだというパイロットはいるにはいるが、彼らはごく少数派だ。

P35はほどなくしてその本領を発揮し始めた。もっとも、実は自分のせいだったのではあるが。P35の事故についてはそのように言って差し支えないような気がする。パイロットが少しでも違う操作さえしなければ絶対に起り得るはずがない事故であろう。P35に対する私の主たる反批判はそこにある。飛行機そのものには何らの留保条件もない。あるとすれば操縦士の側にこそあるに違いないのだ。操縦士が少しでも過ちを犯せば、乗機は絶対に彼を助けてくれぬ――チームワークなどまったくあり得ないのだ。瞬時たりとも、手綱をゆるめてはならないのである。手綱をゆるめれば放れ駒となるのは時間の問題に過ぎぬ。

　自分の場合は放れ駒にこそならなかったが、乗機がまさしくそのような状態になるのを認めざるを得なかった。絞り弁《スロットル》を開いた途端に操縦桿の操舵反動が過重になった。なんども普通の力で押し返そうとしたものの、それでも機体は飛び跳ねているように思われた。いくらか注意を外らせるゆとりが生じたので、安定板調整針をのぞきこむと、自分は針を象眼儀《コードラント》の中央にセットしていたのだった。平衡点は中央よりやや前方にある。心持ち針を前方に動かすと、即座に操縦桿の過重が消え失せた――異常に敏感である。むろん自分の落度ではあるが、なんというデリケートなバランスを持った飛行機に設計されているのだろう。どれほど注意深く監視し、コーチし、たえず点検せねばならないものか――まったく油断も隙もない。P35はかつて飛行士がしつけられてきた古い格言を代表しているのだ。「どえらい間違いをしでかしたら最後、もうそれでおしまいだ」

七月十三日　木曜日

　八時、ジム・ニュートンが朝食の相手をするためにアパートへたずねて来る。カレル研究所計画、ハイ・フィールズ、〝道徳再武装（MRA）運動〟等を語り合う。ジムは何年も前からこのオクスフォード運動に興味を持ち、その一員として積極的に活動してきた。オクスフォード運動に関して耳にした限り、自分はさほど心をひかれずにきたが、いまは勢力を得て多くの人たちを助けている。その点からすれば、少なくとも注目するに値しよう。さらに、ジム・ニュートンが運動に参加していることが自分の興味をひく。彼は非常に才能のある知的な男だ。もし宗教的な運動が彼のようなタイプの人間をひきつけるのだとすれば、何らかの形に実を結ぶのであろう。今後の成行きを注視してみようと思う。

朝食後、ジムの友人がやって来る——彼もオクスフォード運動に参加していた。好感の持てる若者で、情熱にあふれている様子が見えた。運動に参加している者は誰も彼も、情熱が燃えたぎっているかに見える。運動の実体が何であるか、ついぞ明快な理解を得たことはない。さほどはっきりした目標はないかのように思われる。みな、真理と善意とを信じ、罪悪に反対している。どうやら、人類の問題は善意により解決され、地上の平和は永遠に保たれると信じているらしい。しかし、キリストでさえ二千年かかっても、同じような目的を達成するに至っていない。もし善意と平和とを余計に取り入れねばならぬのだとしたら、それが果して人間を幸せにできるものかどうか、私はまだ確信が持てぬ。目下のところ、オクスフォード運動の人たちは、いわばより大きな、より優秀な赤ん坊に信を置いているようだが、産科学の問題を深くきわめているとはいえぬ。しかし、今日の世界が信仰心を欠いていることも確かである。オクスフォード・グループがその回答だとは信じ難いが、彼らは正しい一般的な方向を差し示す一つの兆候であるかも知れぬ。

十一時、国家航空諮問委員会の事務室でルーイス博士と要談。次いでアーノルド将軍と要談するために航空隊司令官室へ。ハワード・デイヴィドソン中佐、ルーク・スミス大尉らと陸海軍クラブで昼食。主としてヨーロッパ問題を語り合う。話の途中、スミス大尉がイギリスはわれわれアメリカ人のことを本当にどう考えているのだろうかと訊く（スミスはテキサス人であり、一度も海外へ出かけた経験がない。ディヴィドソンはロンドンで大使館付武官を勤めたことがある――四年間いたのではないかと思う。彼は南部人だ）。「いいかね」と、ディヴィドソンはゆっくりした、いかにも、南部訛《なまり》の声で言った。「イギリス人はな、おれたちが金持の黒ん坊《ニガー》に持っているのと同じような感情をわれわれアメリカ人に持っているんだ」

七月十五日　土曜日

午前の大半を油絵で過した。絵具を混ぜ合せたり、描きたいものを描こうとするのがいよいよ興味深くなる。絵は心眼を養うとはよく言ったものだ。

七月二十二日　土曜日

委員会報告の草案（討議用）のコピーをアーノルド将軍、タワーズ提督、ヒンクリーのもとに送り届ける。歩いてアパートにもどり、正午まで荷造りや書きものに費やす。荷造りをすませ、制服に着替えるとアンに電話をかけ、ミッチェル飛行場まで出迎えるように頼む。母とBがすでに着いているという話だった。タクシーでボーリング飛行場へ。珍しく口数の少ない運転手であった。

七月二十三日　日曜日

一族揃って水入らずの朝食。午前中は母、B、ジョン、ランドと屋外で過した。母はすこぶる楽しそう。昼食前のひと泳ぎに、一同で砂浜へ降りて行った。午後も屋外で過した。母がジョンやランドと頻繁に会えるようになったらと思う。居間で古き良き時代やご先祖のこと、デトロイトの昨今など四方山《よもやま》話に花が咲く。

八月五日　土曜日

訪米中のアントワーヌ・ド・サン＝テグジュペリに電話をかけ、わが家で一夜を過してもらいたいと招待する。五時、車でリッツ・ホテルへ迎えに行くということになった。しかし、その前に、ニューヨーク州コールド・スプリング近くの山荘に妹さんと滞在するナット博士[*17]（ミネソタ歴史協会）を訪問する約束があった。ホワイトストーン橋を渡り、ブロンクス地区を抜けるルートを見つけ出すのにひと苦労し、おかげで少なくとも三十分は無駄にしてしまった。予定よりえらく遅れ、やっと山荘にたどり着く――二時半ごろだった。ナット女史、妹夫妻と昼食。アンが電話で私が遅れると伝えたにもかかわらず、彼らは私が着くまで待ってくれたのである。父の伝記制作についてナット博士とじっくり話し込めば、サン＝テグジュペリを五時にリッツへ迎えに行けなくなる。たとえ今すぐに辞去したとしても、五時までには到底着けそうもなかった。アンに電話して代りにサン＝テグジュペリを迎えに行くように頼む――このようなことで、代りを務めてくれるとは何という素晴らしい妻だろう。アンは普段から、万が一の場合には何でもやってのけられる用意が出来ているのだ。ナット博士と五時半まで話し合う。それからロイド・ネックを目差し、帰途についたのだが、帰り着いたのは九時ごろ。アンとサン＝テグジュペリとが着いたのは僅《わず》か三十分くらい前のこと。三人で深夜まで語り合った。サン＝テグジュペリは稀な頭脳の持主だ——『夜間飛行』や『人間の大地』を読んだあとに予想する通りのまぎれもない芸術家だ。経験の豊富な飛行士であり、熟達した作家である。

八月六日　日曜日

車で二十分のところに住むサン＝テグジュペリの友人が彼を昼食に招待したので送り届ける。アンとわれらも昼食をとるためにわが家へ帰る。午後は四時半まで油絵で過した。アンと車でサン＝テグジュペリを迎えに行く。向うで三十分ほど、彼らの友人たちと雑談。夜、三人で一時間か二時間、語り合った——産業や機械が人間に及ぼす影響などについて(彼の本を読んで感じたものを明らかにしようと、自分の方から質問したのである)。サン＝テグジュペリは英語が話せぬ。従って、彼の話が何もかも理解できたわけではない。もっとも、アンが努めて翻訳をしてくれたのではあるが。

八月七日　月曜日

朝食後、アンと車でサン＝テグジュペリをニューヨークに送り届けた。彼の話があまりにも面白かったので、ついに車の燃料補給を忘れてしまった。ちょうど五十九丁目橋に差し掛る直前にガソリンが切れた。幸いにも、われわれはガソリン・スタンドを目前にして下り坂の途中にあった。リッツでサン＝テグジュペリを降ろした帰りにデソートを受け取りに行く。

ルーイス博士に電話。議会は新しい航空研究所の建設予算を認めてくれたものの、われわれが要求していた大学の研究計画予算二十五万ドルは却下したという。

ヒトラーが仕掛けてきた

八月十八日　金曜日

ヨーロッパの危機は極端に緊迫化しつつある。ドイツは威嚇しているのではなく、もし東方での目的を達成する必要が生じて来ればあえて戦争も辞さないだろう。今秋、ヨーロッパ戦争が始まると仮定して計画を立てることに決める。もっとも、そのチャンスは極めて少ないと考えるのだが。

サン＝テグジュペリの『人間の大地』について書いたアンの書評を読む——いつものように見事な文章だ。

朝刊によれば、ドイツはすでにチェコスロヴァキア軍の指揮権を掌握し、スロヴァキア国内に近く軍政を敷くという。

夜、セオドア・C・ベレゲンの『ミネソタ建設史』を読む。

八月二十日　日曜日

戦争が頭から離れぬ。さながら、昨年のミュンヘン危機と同じだ。ただし、今回はわれわれがアメリカにおり、一年前ロンドンにあった戦争準備の雰囲気、不安や陰気さを感じないだけの話。独ソ不可侵条約の締結は別に驚くべき出来事でもなかった。しかし、当面の見た目よりも意味はずっと大きいと思う。

八月二十二日　火曜日

庶務係将校エイカー大佐に電話をかけ、自分の往来が軍務と直接の関係がないのであればニューヨーク＝ワシントン間の通勤には汽車か自家用機を利用したいと申し入れる。P36は自分が搭乗する必要が出て来るまで、ボーリング飛行場の将校たちの訓練飛行に使ったらどうかと提案した。P36は、航空隊司令官があなたの専用機として割り当てたものであり、自由にニューヨーク行きに使って差し支えないとエイカーは答える。彼に感謝の意を表したものの、自分としては陸軍の飛行機で通勤するのは納得しがたいし、しかも悪い前例を残すような気がすると述べた。エイカーは私の希望に添いたいと答え、P36に試乗するチャンスが得られるならば非常に喜ぶであろう何人かの将校がいるとも付け加えた。このように手配してから気分がよほど軽くなった。操縦桿を握るのはもちろん好きだ。が、軍務でいくらでも飛ぶ機会があるだろう。その上、こうなったいま、以前より遥かに大きな行動の自主性を持てるようになった。

八月二十三日　水曜日

どこへ行っても戦争の話だ。新聞も戦争で持ち切りだ。昨年九月のヨーロッパを思わせる。

午後、原稿を書いたり、書類を検討したりして過す。ルーイス博士が国家航空諮問委員会の問題で要談に来訪。

六時、歩いて共和党全国委員長補佐役ビル・キャッスル（元駐日大使）の家へ――アパートから約十分、客はラジオ解説者フルトン・ルーイスだけだった。三人で夕食を共にしながら、ヨーロッパ情勢や戦争が勃発した際にアメリカが取るべき行動を論じ合う。われわれはいまや、新聞やラジオ、映画にまで及ぶユダヤ人の影響力に悩まされている。これは極めて重大な事態をもたらすかもしれぬ。ルーイスが挙げた一例によれば、ユダヤ系の広告代理店はある特定の番組が放送されるならば、コマーシャルをＭＢＣ放送網から全面的に引き揚げると嚇《おど》かしたそうである。脅迫は番組を降ろさせるほど強力なものであった。このような態度を取ったからと、ユダヤ人を強く非難するつもりはない。もっとも、彼ら自身の立場からすれば賢明でないやり方だとは思われるのだが。

八月二十四日　木曜日

アパートで朝食をすませてから軍需ビルへ出掛け、陸軍参謀本部G2（第二課・情報担当）でトルーマン・スミスに会う。ヨーロッパの危機を論じ合った。戦争勃発のチャンスさえあるかに見受けられる。イギリスとフランスとが現状でドイツに攻撃を仕掛けることは信じ難い。ドイツの〝西の壁〟に攻撃を加えるのは自殺行為となるだろう。それ以外に彼らに出来ることは何か。イギリスは海外でドイツの船舶を一掃できるが、それだけでは戦争を勝利に導くことはかなうまい。ポーランドはいかなる情況下においても当てにはできぬ。ドイツ陸軍は攻撃開始後の数日間足らずのうちに回廊を封鎖できよう。そうすれば、イギリスもフランスもポーランドを助けに行く途はなくなってしまう。ルーマニアを通り抜けることも、また北方のバルト三国の一つを経由することもかなうまい。無論、イタリアがどう出るかという問題が残る。イタリアが戦争でドイツに加担しようと中立を守ろうと、フランスやイギリスに関する限り、問題はさほど単純なものではない。年内にヨーロッパで全面戦争が起きるかどうか、自分は依然その可能性はわずかなものだと見る。しかし、もっと強い確信が持てたらと思う。

夜の前半を書きもので過したのち、タクシーでユニオン駅へ。ニューヨークへの往復切符を求めて十一時三十分ごろに乗車する。

八月二十七日　日曜日

私どもが母屋にもどったところへジム・ニュートンの来訪だ。再びひと泳ぎするために、彼と連れ立って砂浜へ。夜、雑談をしたり、ラジオを聴いたりして過す。ニュース解説者がヒトラーからダラディエ宛の書簡についてあらましを述べた——えらく興奮し、見方は皮相で、おまけに間が抜けていた。ニュース解説者というのは似たり寄ったりだ。彼はその書簡からヒトラーが弱気になりつつあるとの結論を引き出していた。後刻、書簡そのものの英語訳に耳を傾けたら——弱気など毛ほども認められないのである。それにしても、ヒトラーの発言はいちいち当てになるものだろうか。いかなる状況の変化が新しい協定を破る彼の精神行動を正当化するだろうか。過去においてあらゆる国家が軒並み協定破りをして来た。しかし、ヒトラーは協定破りの新しいテンポを作ったのである——多分、この現代世界に一段とふさわしいテンポであろう。協定が効果を持つには軍事力を背景とせねばならぬかのように思われる。あたかも法が効果を持つには警察力を背景とせねばならぬかのように。

八月二十八日　月曜日

ワイコフに電話をかけ、夫妻を夕食に招待する。朝のうち書きものと、戦争勃発の可能性について考える。トルーマン・スミスから電話、「イエス、80」と言う。入手した情報によれば、当面の危機からして戦争勃発の可能性が八十パーセントに上ったと考えられるという意味だ。
ワイコフ夫妻が訪れ、夕食前にひと泳ぎ。食後、ニュートン、ワイコフと共にアンの書斎へ降りて行き、戦争がわれわれの計画に及ぼす影響について検討する。カレル研究所の設立計画は戦争の有無によって左右されるだろう。当面の危機がどっちかに決まるまでは何も出来ぬという結論になる。

八月二十九日　火曜日

朝刊の報道によれば、ソヴィエト軍がポーランド国境に集結しつつあるという。

八月三十日　水曜日

エイカー大佐から電話あり。翌朝九時からキルナー委員会の特別会議が開かれるので、是が非でも出席してほしいとのこと。夜行でワシントンへ発つことにする。
頭に絶えずあるのは戦争のことばかりだ。脳裏や話題から戦争を追い払おうとしても不可能のように思われる。自分が一分間でもラジオ放送を行えば建設的な価値を持つかどうか、ずっと考え詰めてきた。もはや、言葉が効果を持たなくなったほど事態は先へ進んでいるのではないだろうか。こうした場合には何も発言しない方がよいに決まっている。ヴァージニア州ホット・スプリングスのビル・キャスルとワシントンのトルーマン・スミスに電話。スミスの話によれば、ドイツの東部国境で兵力が大移動中とある。

オーブリー、コンスタンス夫婦が夕食に訪れる。十時ごろ、オーブリーの車でニューヨークへ。地下鉄の駅で降ろしてもらい、ペンシルヴェニア駅から零時半発のワシントン行に乗る。

八月三十一日　木曜日

七時半、ユニオン駅下車。午前中、キルナー委員会で坐りっ放し。特別会議が招集されたのは、ある爆撃機種の仕様書に関連した問題である（機密事項なので明記できず）。やがて、われわれがこの数回の会議で規定した爆撃機の一般的特性は充分に包括的なものであり、実をいえば本日なにも改めて会議を招集する必要がなかったという次第に相成る。ま、どっちみち、このような事態に際してはワシントンにやって来たかったのだから。しかし、この一件は陸軍の組織に対する自分の敬意を増す材料ではない。形式ばかり重んぜられて責任感があまりにも無さすぎる。

アーノルド将軍、トルーマン・スミスが夕食にやって来る。陸軍や航空隊のこと、さらにアメリカとヨーロッパの諸情勢を語り合った。話の最中、街に号外が出る。ポーランドがヒトラー提案の平和解決を拒否したという大見出しが出ている。

夜遅くタクシーでユニオン駅に駆けつけ、夜行でニューヨークに帰る。

九月一日　金曜日

午前七時四十分に下車。どの新聞もでかでかと大見出しで『ドイツ軍、ポーランドに侵入す』。ついに戦争が始まったのだ！　イギリスとフランスとはどう出るのか。ドイツの〝西の壁〟を突破しようとすれば、アメリカが参戦しない限り両国は敗北を喫するだろう。その場合、われわれが参戦したところで、戦争が終ったあとのヨーロッパにはいま以上の暗澹《あんたん》たるものが残るに違いない。それまでに、この国でいったいどのような事態が発生するのか見当もつかぬ。イギリスもフランスも、どうしてかかる絶望的な状況に自らを追い込んだのか。〝民主主義〟のリーダーシップなるものはどこへ行ったのか。もし彼らがドイツの東方政策と戦いたいのであれば、いったいなぜこの特別な状況を選んで戦わねばならないのか。両国とも軍事的には絶望的な立場にある。そしてダンチヒにせよポーランドにせよ、あるいはポーランド回廊にせよ、連合軍にドイツ本土内に攻め入らせるだけの説得力を持つ錦旗とはならぬ。その上、愚鈍なドイツの外交政策よ、と言挙げばかりして来たイギリス人ではないか！　またまた〝軽装旅団の向こう見ずな突撃〟だ。誰かが大失態を演じたのである。

十一時数分前にクラブへ戻る。ワイコフ、エイバリングは時間通りに着き、バラメテフは少し遅れて来た。戦争のことや、カレルを助ける方法などについて話し合った。ワイコフの提案によれば、カレルが第一次大戦中にフランスで開いた野戦病院と同じような研究設備の小さな病院を開く募金運動でも試みたらどうかという。いちおうカレルに電報を打ち、どうすればわれわれが最も彼の役に立てるか、さらに今後の計画を問い合わせることに決めた。このような時代にあっては、カレルのような人材はフランスに留まるより合衆国に滞在した方がはるかに価値があるだろうという点で意見が一致。しかし、彼はおそらく戦争で少しでも自分が役に立つのならフランスに居残ることを主張するだろうという点においても、われわれは意見が一致したのだった。

デソートを運転してロイド・ネックへ帰る。アンと戦争の見通しを論じ合った。長引くだろうか、それとも短期戦で終るだろうか。予測をたてるにはまだ早すぎる。夜は居間で考えにふけったり、ラジオのニュース報道に耳を傾けたり。ニュース報道はわずかの例外を除いて興奮気味、臆測が勝って上っ調子だ。人間世界の将来は、いまや累卵の危うきにある。この戦争はわれわれすべての生活を変えてしまうに違いない。

九月二日　土曜日

午前中は雑用と、将来の計画、それもごく近い将来の計画を立てようと考える。この戦争でアメリカが取るべき立場は？　これこそ、われわれにとって当面の最大緊急事態だ。国内には、わざわざ戦争のために混乱させられなくとも、いい加減に厄介な問題が山ほどある。早晩、平和時であろうと紛争の発生が予見されるのだ。戦争は、このような事態を混乱状態のまま放置することになるであろう――しかも常に、最優秀の人材が失われる羽目となるのだ。

ラジオのニュース解説者たちは、イギリスやフランスがなぜ宣戦を布告しないのかと問い始める。なぜとはよく言ったものだ！　両国とも戦える状態にはないのである。問題は彼らが選《よ》りに選ってなぜポーランドと同盟条約を結んだかということだ。かなり直截《ちょくせつ》な表現で、チェンバレン首相はポーランドとの同盟を決める前に参謀本部と相談しなかったという報道もある。イギリスもフランスもポーランドに公約を与えながら、宣戦布告をためらっているように思われると、アンに意見を言った。「今度は将軍たちに相談したのでしょう」とアン。

九月三日　日曜日

英仏両国、ドイツに対して宣戦布告！　ドイツ軍のポーランド侵攻は続く。

午前中、書きものと将来の計画をたてる。午後一時、イギリス国王のラジオ放送に耳を傾ける。ヨーロッパ情勢を考えたり、この国で自分の取るべき行動を考えたり、その合間にフィッシャーの『ヨーロッパ史』を読んだりした。頭は戦争のことしか受け付けぬ。

午後、ジム・ニュートンがジョンのために五十八ポンドの巨大なフロリダ海亀を持って来た。水族館以外のところで初めてこんなに大きな亀を見る。ジョンはあいにく学校だったので、無いよりはましだろう。亀は喜んでいるように見えた。

アン、ジムと泳ぎに行く。海から上って間もなくジョンが帰って来た。屋外へ出たとき、芝生で亀が〝見つかる〟ように案配しておいた。いきなり噛みつくような気配は見られなかったものの、口もとがいかにも頑丈、歯並が鋭かったので、ジョンとランドが亀を相手に遊ぶのは心配だ。

十時、アンと一緒にルーズベルトのラジオ放送を聴く。普段の話よりもましな内容であった（ルーズベルト演説の質的な内容については、自分は大方の意見と異にする）。彼がもっと信頼できたらと思う。ルーズベルトは宣伝にまどわされぬようにと警告を発し――この国を中立の状態に置くべく努力すると誓約した。

九月四日　月曜日

朝刊によれば、キュナード汽船のアテニア号がヘブリデス諸島の沖合で魚雷攻撃を受けたという。乗客千四百名――死者不明。

ラジオ放送によると、フランスはドイツの〝西の壁〟に攻撃をかけ、浸透に成功したという！　このニュースは信じ難い。しかし、人海がコンクリートの要塞線に押し寄せては砕け散る光景を思い浮かべると、初めて戦争というものがひしひし身近に迫って来た。足もとがぐらつく思いだ。もっとも、最初のショックが収まると、これは例の言語道断なラジオ・ニュースの誤報ではないかという気がして来た。いかなフランス軍でも、事前の長時間にわたる爆撃を加えずにドイツの要塞線を攻撃するはずがないし、しかもそれだけの時間的な余裕がないはずである。しかしいつの日か、もし戦争がこのまま続けば、あの要塞線をたたかねばならないだろう。そしてそうなった場合、フランスを挙げての死闘を演ずることになるに違いないのだ。

夕方のラジオ放送によれば、ドイツ側はアテニア号の魚雷攻撃を否定し、機雷に触れたのであろうと主張したとのこと。イギリスはあくまで魚雷攻撃によるものと固執している。どうやら大半の船客は救助されたらしい。夜遅くヨーロッパからの短波放送に耳を傾ける。実にはっきりと聴き取れる。

九月五日　火曜日

朝刊には信頼できる情報が僅《わず》かしか載っておらぬ。西部戦線から明確な報道は何一つない。ドイツ軍はポーランド国内に急ピッチで浸透しつつあるかに見える。

アンはジョンをロイド・ネックの小さな公立小学校へ連れて行った。ジョンは今日、早目に帰って来た。泳ぎに出掛けたとき、あの大きな海亀を放してやった。どう見ても具合が思わしくないのだ——夜のあいだ身じろぎさえしなかった。フロリダからスープ用の亀として送られて来たのであるが、輸送の途中で手荒く扱われたのだろうと思う。亀をランドの水遊び場で死なせたくはなかった。それに一縷《いちる》の望みがあるとすれば、それは海水の中においてだろう。もしかしたら、南方の気候風土まで帰りつけるかも知れないのだ。ジョンには亀が病気で、放してやらなければ間違いなく死ぬ、もし放してやれば亀はきっと喜ぶに違いないと言って聞かせた。ジョンは即座に決断を下し、亀を放してやることにした。車のトランクに入れて海岸まで運び、水辺で放してやる。亀は嬉々《きき》として砂の上を這いながら海中に泳ぎ去った。強い風が吹き、波は高かった。

昼食後、車でニューヨークへ。かかりつけの歯医者スコービー先生から定期診察を受ける約束になっていた。

ロイド・ネックへ帰り、アンと夕食のひと泳ぎ。波が相変らず高い。ソーは波をいやがり、泳ぎたがらなかったが、アンの側についていなくてはと感じているのか、彼女の周辺をしきりに泳ぎ回った、しっぽにつかまれば砂浜まで引っ張って行くとでも考えているかのように。美しい黄昏《たそがれ》の空だ——イタリア絵画の背景のように澄みきった緑青色の明るさ。アンと居間で夜を過した。ここ数年間に彼女が書いてきた詩を読んでくれる。

九月七日　木曜日

ラジオの報道によれば、パリ到着の列車は負傷兵で充満しているとか（これらの戦争ニュースは極めて当てにならず、あくる日にそれと証明されることが珍しくない）。イギリスの対空砲火が味方機に発砲し、一機を撃墜したとある。

やっと論文を一本、ラジオ放送用の草稿を二本、書き上げたが、出来事の進展ぶりがあまりにも早過ぎるので、最初の二本はすでに中身が古くなっている。自分としては傍観者になるつもりはない。国家の将来の繁栄にとり絶対的に必要でない限り、この国が戦争に追い込まれるのを見たくはない。もともと政治や公的生活にかかわったりするのは好きではないが、この国の中でいま育ちつつある傾向を阻止する必要があるとすれば、自分はあえてそれに踏み切るつもりだ。

九月十一日　月曜日

一日の大半をラジオ放送の草稿と、リーダーズ・ダイジェスト誌の原稿づくりに費やす。夜、少しばかり本を読む。フィッシャーとライナー・マリア・リルケだ（アンがリルケの『若き詩人への手紙』という本をくれた）。

九月十三日　水曜日

タワーズ提督、ヒンクリー氏、アーノルド将軍らの執務室にそれぞれ電話を入れ、明朝九時に開く特別委員会への出席を手配する。ＭＢＣ放送に電話し、金曜日の夜に行うラジオ演説の手順を確かめる。

八時十五分にトルーマン・スミスの来訪を待ち受けるべくアパートへ帰る。彼はヨーロッパの地図を持参した。二人して軍事情勢の進展を詳細に分析した。ポーランド軍が崩壊寸前にあり、フランス軍の攻撃にも士気が揚っていないことが明白のようだ。夕刊に大見出しが出る——「ワルシャワ、降服す」

「参戦反対」に踏み切る

九月十四日　木曜日

タクシーで海軍省ビルへ。九時に国家航空諮問委員会の部屋で特別委員会の会議が開かれる。アーノルド、タワーズ、ヒンクリーらと二時間、新しい研究所の誘致申請を検討する。そのあと、アーノルド将軍の執務室に出掛け、エンジン開発用の新しい研究所の必要性を話し合った。優秀な発動機の開発は当面、合衆国にとり重大緊急事の一つだ。

自分はまた、アーノルド将軍にあすの晩ラジオ放送をするつもりだと話した。この計画を彼に打ち明けるのはいまが初めてのことだ。もっとも、彼は私がどのような時局観を抱いているのか百も承知しているのである。アーノルドが言うには、私が政治活動を行なっている間、航空機における現在の職務から一時的に離れるのが望ましいと。全面的に同意したが、航空隊に自分の職務があるとはまさに意外だった。なぜなら、この春に現役に復帰して以来、最初の二週間分しか給与を受けていないからである。とにかく、私はどうやら〝非常勤活動の職務〟についているらしい。後刻、〝非常勤活動〟の職務に任命した公報が綴じ込まれたままになっており、まだ自分宛に送られていなかったことが判明する。しかし、これは些細な問題だ。自分の主たる配慮は航空隊に迷惑が及ぶのを避けたいということ。解任の手続を取るのにさしたる困難な問題はないし、五分間もあればすべて片が付くとアーノルドは言ってくれた（大した男である）。君を手放したくはないが、君の事情もよく分るという。私は言った、自分の身分がどう変ろうと、将来とも自分なりにあなたか航空隊のために喜んで役に立ちたいと。

私はアーノルドに演説草稿を喜んでお見せしたい、機密に属する軍事情報は一つも含まれておらぬから安心してほしいと付け加えた。彼に見せる草稿の写しを取りにタクシーでアパートへもどる。アーノルドは一読後、演説がどう見ても航空隊との関連において職業的倫理に反すると解釈される要素はまったく含まれておらぬ、君の行動はアメリカ市民としての諸権利から少しも逸脱してはおらぬと言ってくれた。

ただ陸軍長官のウッドリングに草稿を見せるべきかどうかという問題が生じた。自分としては陸軍長官に信頼をおけぬし、彼もその一員であるルーズベルト政権の政策も信頼できぬから見せたくないと言った（実をいえば、ルーズベルトはたとえ戦争が自分の個人的な利益に適《かな》っても、この国を戦争の犠牲にはしないという発言に確信がまったく持てぬのだ。ルーズベルトはやがて戦争が国家にとって最高の利益になると自分に言い聞かせるようになるだろう）。私はアーノルドに対して彼とマーシャル将軍とには心から信頼を寄せるが、ウッドリング長官は違うと率直に述べた。こうして話し合っている最中に、アーノルド将軍の眼差しから彼が共感していることが察せられた。私は彼が好きだ――アーノルドは最高の航空隊司令官であると思う。

ＭＢＣ放送ワシントン支局長のウィリアム・ドルフと昼食を共にすべくアパートへもどる。ラジオ出演のこと、欧米の現状について話し合った。彼の質問に答え、自分は明晩のラジオ放送に関連して記者会見をやるつもりもなければ、〝発声映画〟用の吹き込みをするつもりもないと言った。

食後、歩いて海軍省ビルへ出掛け、特別委員会の報告書を書く。国家航空諮問委員会の新しい研究所はサニーヴェイル（モフェット飛行場）に置くべきだと勧告する。速記者が写しを作ってくれると、サインをもらうためにアーノルド将軍の執務室へ持参する。将軍は陸軍長官に会い、リンドバーグが当人の請願による航空隊の〝非常勤活動〟の職務から解かれたと報告したという。さらに、リンドバーグが明晩ラジオで合衆国のヨーロッパ戦争介入に反対する演説を行うと伝えたところ、ウッドリングはそのラジオ放送を思い止まらせる手はないものかと尋ねたそうである。自分はそうは考えぬとアーノルドが答えたところ、ウッドリングは将来リンドバーグを登用したいと思っていたのに、もし彼が計画通りに行動したとすれば、それをどう実現したらよいものか分らないので非常に残念だと言ったという（この言い回しの裏に何かあることは明らかだ）。

アーノルドの執務室からタワーズの執務室に回り、報告書へのサインをもらったあと、国家航空諮問委員会の事務に報告書を残し、車でアパートへ帰る。

陸海軍クラブの夕食会に出ていたところ、ジェリー・ランドから電話あり。NBC放送が私をつかまえようと電話をかけてきたという。NBCも明晩、私の演説を電波に乗せたいとのこと。NBCのバークリー氏に電話してみたら、MBCがまだNBCに連絡をとっていないこと、またNBCはMBCの新聞発表を見るまでは私のラジオ出演を全く知らなかったというのである。フルトン・ルーイスとの了解事項によると、MBCはNBCとコロンビア放送が望めば私のラジオ放送を中断させることになっている筈《はず》だ。MBCに電話すると、彼らは早速、今日の午後、飛行機でシカゴへ飛んでいるドルフに電話連絡をとった。電話をさんざん掛け合ったりした挙句、やっと問題をすっきりさせることができた。NBC、MBC、コロンビア各放送網とも私のラジオ放送を電波に乗せることになる。つまり、全国中継になるということだ。

十時三十分、陸海軍クラブでの会合から抜け出し、歩いてアパートへもどる。トルーマン・スミスからの伝言あり。明朝、電話がほしいとのこと。〝重要事項〟と記してあった。アンがニューヨークから到着していた。

九月十五日　金曜日

委員会は九時に開会、ブッシュ博士が司会した。全員一致で、新研究所の所在地にトフェット飛行場を推したわれわれ特別委員会の勧告が採択された。論議はわずかしかなかったし、反対論は皆無だった。その後、ハンセイカー報告が行われたが、もっと時間を掛けた方がよいとあって議決に至らず。

ハンセイカー報告によれば結論として解決法は一つ、リンドバーグが国家航空諮問委員会の副委員長に就任し、冬はワシントンに移転すべきだということだった！　ハンセイカーの提案している組織体の研究部門担当の責任者と研究部門の調整官との間で生ずる権限争いを回避するためにも、極めて活動的な委員長か副委員長の就任が必要というのであった。換言すれば、しかも有体にいえば、ハンセイカーの考えでは全部の問題をリンドバーグに背負い込ませようというのである！　誰も彼も、こう感じているかのように見えた、リンドバーグが義務を避けて来たばかりに（その報酬として）一同が私生活まで拘束されたこと、従ってリンドバーグならば、一同が留意すべきだと考えながら、自らは手を出したくなかった問題を引き受けてくれる用意があるはずだと。航空関係の分野で、このような事態がなんとしばしば起きることか！　人間が考えるために、また生きるために自由な時間を確保する必要があると自覚する人がいかに少ないことか。

自分はすでに国家航空諮問委員会の委員長を引き受ける提案は辞退していた（数週間前に、ブッシュとアーノルドが非公式に打診したときのことだ）。自分は委員として現在の任期が十二月で切れた後（ただし、いま起きつつあるような非常事態が発生しない限り）、再任（五年間）されたくもないし、また受諾するなんら正当な理由もないとブッシュ宛に書き送っている。さらにハイセイカーも含めた各委員には、自分が今後、委員会の仕事に引き続き時間を割くわけにはいかぬと口酸っぱく述べてきたはずだ。

私は委員会の席上で言った（次回まで熟慮してもらえまいかという提案が行われた直後のことだ――これはひと夏かかって、自分がすでに考えてきた問題なのである）、腹を打ち割っていえば、自分は注意深く本問題を考慮して来たし、自分にとって副委員長の重責を滞りなく果すための時間を傾注することは出来ないように思うと。自分なりに出来ることがあれば喜んで委員会の仕事を手伝いたいが、それは一委員として残ることによっても果されるはずだとも言った。自分には副委員長の重責を滞りなく果すための仕事の量がどれほどか見当もつかぬし、それだけの仕事をさばく方法もはっきりつかんではおらぬ、従って滞りなく責務を果せない以上、最初からお引き受けするような真似はしたくないと付け加えた。私は出来るだけ礼儀正しく、断固たる拒否の意を表明したつもりであるが、おそらくいま一度それを繰り返さねばならぬ羽目となるに違いなかろう。〝ノーを言葉通りの回答〟として受け取るべきではないという当世の流儀かと思われるが、これは礼儀正しい拒絶を二重に難かしくしているのである。

会議はいつもより長い時間がかかった。一委員として出席して以来、最初のいちばん活発な会議だった。午後二時ごろに閉会し、タクシーでアパートへもどる。アンとジム・ニュートンとが昼食を共にするため、私の帰りを待っていた。フルトン・ルーイスから電話。夕食に合流しないかと誘った。トルーマン・スミスが少し経ってから姿を現わし、ともどもコーヒーを飲む（言われた通りに、けさ電話をかけたのであるが、自分が国家航空諮問委員会の会議に出席していなければならぬ十時前には来られないという返事であった。しかし、スミスはぜひ話しておかねばならぬ大切な要件があると言ったのだ）。トルーマンと二人きりで話が出来るように寝室へ移った。君の返事は聞かなくてもわかっているが、君に伝えねばならぬ伝言があるとスミスは言った。政府当局は私がラジオ放送に出て積極的に合衆国のヨーロッパ参戦に反対する計画を憂慮しているとのことだった。

もし私が計画を撤回すれば、政府は空軍省を新設して初代長官に私を任命するというのだ！　トルーマンは笑って言った。「これでわかったろう、彼らは本当に憂慮しているのだよ」

現政権が何であるか身をもって知っているいま、ルーズベルト側から持ち出された提案はべつだん驚くに当らぬ。が、そのような申出に私が心を動かされるという風に、ルーズベルトが今なおそう考えている方が驚きだ。ルーズベルトはそのような手練手管を弄すると陸軍に教えるのは大間違いだ。明らかに申入れはウッドリングを通じてアーノルド将軍へ、アーノルドを通じてトルーマン・スミスに伝えられたようである。スミスが言うにはアーノルドも自分と同じように、この伝言が陸軍長官室から発せられた以上、本人に伝えねばならぬと思ったそうだ。スミスがアーノルドに、リンドバーグは万が一にも受諾する可能性があるだろうかと訊いたところ、アーノルドは即座に答えたという。

「勿論、受けるわけがないよ」

六時十五分、アンとタクシーでフルトン・ルーイス夫妻の自宅へ。夕食に招かれたのである――客は私どもの二人だけ。八時半ごろ、MBCのスタジオがあるビルへ――カールトン・ホテルから一丁くらいの場所にある。ルーイスは車をビルの地下駐車場に入れ、四人で歩いてホテルへ（最初の計画ではMBCのスタジオから放送することになっていたが、NBCもコロンビアも中立地帯での放送を望んだことからカールトン・ホテルに同意したわけ）。

放送を行う部屋はラジオの機械類と約二十人の人たちで一杯。おまけに小さな部屋だった。机の上にはマイクが六つ——各放送網が二つずつという案配だ。マイクは机の真ん前に置き、立ったまま放送できるようにせり上げてほしいと注文をつけた。宣伝写真用のカメラマンが一人、写真機とライトをしつらえ、マイクの前に立つ私を六、七枚ほど撮った。放送局の人たちは〝音の調整〟をするために、前もって私に草稿の一部を朗読させたがった。しかし、自分が本番まで保っておきたかった何か不可解なものを失わずに二度と同じ調子で朗読できないような気がしたのである。彼らは、この点に関してすこぶる慎重であり、ひと言かふた言くらいで音が調整できるのだと口々に言った。

東部標準時九時四十五分、まず十秒間の紹介があったのち（紹介は短く、簡単にしてほしいと注文をつけたのだが）、私は放送に入った。自分の話しぶりに充分、満足はできなかった。もっとうまくやれたはずだと思う。が、誰も彼もうまく行ったと感じているように見えた。放送を終るや、すぐにアン、フルトン・ルーイス夫妻らとホテルを出た。ルーイス宅にもどり、他局から再放送された自分の声に聴き入る。おのれの声に耳を傾けるのはなんとも不可思議な気分だ——最高に奇妙な気がする。ルーイス夫妻に車でアパートまで送ってもらった。アンと荷造りをし、タクシーで駅へ。午前二時半のニューヨーク行に乗った。

九月十六日　土曜日

六時五十分に下車。車でロイド・ネックに帰り、朝食。ここの住所宛に約四十本の電報が届いていた。好意的でない意見は一本だけであった。新聞の反響は悪くないように思われる——ニューヨーク・タイムス紙とニューヨーク・ヘラルド・トリビューン紙は演説の全文を掲げていた。午後はほとんど寝て過す。夕食後、アンと車でオイスター湾まで出掛け、夕刊を買い求める。

九月十八日　月曜日

『航空と地理と人種』と題する論文の最終稿を仕上げ、ウォーレス（リーダーズ・ダイジェスト誌）に郵送する。

九月二十日　水曜日

[*18]ハーバート・フーヴァー事務所から電話があり、あす十一時、前大統領（共和党）のフーヴァーがウォルドーフ・アストリアで会いたいとのこと。

午後、西部の新聞が到着し、私のラジオ放送に関する各紙の社説を読む。九十パーセントが好意的だった。目下のところ、この国は少なくともヨーロッパ参戦に決定的に反対だ。

九月二十一日　木曜日

九時十五分、デソートでニューヨークへ。フーヴァーとの約束は十時。秘書のローレンス・リッチーが戸口で出迎え、広い居間に案内した。フーヴァーはほとんど間髪を容れずに姿を現わす。四十分間、戦争や合衆国の政策を語り合った。彼は合衆国の参戦に絶対反対だが、武器禁輸法を撤廃するかどうかは参戦回避にとり根本的な重要問題ではないと考える。ルーズベルトは何としても国家を戦争に引きずり込みたがっているとフーヴァーは見る。前大統領も私と同様に、イギリス帝国がいつごろからか——彼によれば先の大戦後から衰亡して来たと感じている。フーヴァーに言わせればこうだ、ドイツが平和的な手段により、あるいは必要とあれば戦争により拡張政策をとるのは避け難いことである。いつだかハリファックス外相にも言ったが、ヨーロッパ戦争を回避する唯一の方法はドイツの東方に対する経済拡張政策を認めるしかないのだ。また武器禁輸の論争が片付いたあと、参戦反対の組織を作る必要があろう——無論、非政治的な組織でなければならぬ。その組織に一枚加わってもらえまいかと、フーヴァーは持ち掛けたのである。大いに興味のある問題だし、もう少し詳しいことが知りたいとだけ答えておく（フーヴァーにとって問題解決の得意手は委員会の設立にあるように思われる。概して委員会の効果には非常な疑問がある）。

九月二十二日　金曜日

午前七時半に下車、タクシーでアパートへ。机上には放送局から運ばれて来た聴取者の手紙が山と積まれてあった。八時半、朝食を共にすべくハリー・バード上院議員が来訪。

九月二十七日　水曜日

一時間か二時間、書きものや考え事をしたあと、ウィリアム・ボーラー上院議員（共和党、アイダホ州選出）の事務所に電話をかける。あいにく不在だったが、十一時十五分に先方から電話がかかり、十二時半の昼食に誘われる。タクシーで上院議員会館へ。彼の部屋へ赴く途中、秘書が武器禁輸にからみ送られて来た手紙の山を見せてくれる。ふた山ほどあり、一方の山は片方より八、九倍も高かった。武器禁輸法の廃棄に反対するボーラーの立場を支持する手紙だ。部屋に入ると、彼は机に向って坐っていた。議事堂へ出掛ける前に、その部屋で十五分ばかり話し合う。

ボーラーは真に気骨のある人物だ。即座に好きになった——それも、まだ政治的な立場を聞かされないうちから。彼は正真正銘の西部人である。顔も眼差しも皺《しわ》の一つ一つ、きらめきの一つ一つに力がこもっている。勿論、ボーラーは武器禁輸法の廃棄に反対だ。新聞にそのことをすでに喧伝しているが、新聞に伝えられた人物像は現実のものとは全く異なる（その反対は絶対にあり得ぬ）。個人的に親しく知るようになると、相手の政治的性格まで変ってくるものだ。ボーラーは率直に話をしてくれた。ひと目で相互信頼の感情が高まったと思う。合衆国の中立と武器禁輸とに関する彼の立場は判断力と穏建さとにより調和がとれている。われわれが新聞を通じて得た印象からほど遠い。地下道のモノレールに乗って議事堂へ赴き、同議員の控室で昼食。二人きりで他に客はなく、一時間ほど自由に意見を交換した。ボーラーは武器禁輸法が一ヵ月くらいでけりがつくだろうとみている。強力な反対意見があることを内外に示すのが大切だと彼は言う、よしんば究極的には妥協する羽目になったとしても。

十月一日　日曜日

「中立と戦争」と題して新たなラジオ演説の草稿を作成中。状況の進展次第で放送するかも知れないし、放送しないかも知れぬ。

十月三日　火曜日

朝食後に少し書きものをしてから、アンと共にデソートでニューヨークへ。ハリー・デイヴィソンと会う約束があったからだ。モルガン商会の共同経営者室に入って行くと、モルガン老が同社の大食堂での昼食に誘った。モルガン氏は本当に立派な品格のある人物だ。何年も前にはじめて面識を得て以来、ずっと好感を持ち続けてきた。いまはかなり年をとっている――七十歳にさほど遠くないのではないか。どちらとも確信を持って断言できそうもないが。大男で、思い遣《や》りのある顔をした、いかにも人をもてなすのが楽しいといった感じだ。握手をすると、人間的な暖かみや誠実さがひしひしと伝わり、彼と共にいる限りそれが消え失せない。

徒歩でマディソン街と四十五丁目との街角にあるアバクロンビー・アンド・フィッチへ。アンのためにイタリア製の革表紙本（中身は白紙）を二冊、買う。また自分用の雑貨品にレーンコートやテニス・シューズ一足なども買った（この夏、サン＝テグジュペリと私どもが泳ぎに行ったとき、彼に前から使っていたテニス・シューズを貸した。ところがそれ以来、くだんのテニス・シューズがどこにも見当らないのだ。おそらく海岸に忘れて来たのであろう。濡れた靴をスーツケースに仕舞い込むはずがないだろうから）。新しい一足を買いながら、サン＝テグジュペリはいまごろどこにいるのだろうかと思う。いつだか、彼がフランス空軍に入ったという短い記事を読んだことがある——勿論、彼は間違いなくフランス空軍に入っているはずだ。これが戦争の悲劇というやつである（ことに今度の場合がそうなのだ。なぜなら、あまりにも無分別、不必要な戦争に思われるからである）。サン＝テグジュペリのような人物が無惨に殺される。この世にはいい加減、彼のような人材が極めて少ないというのに。

十月七日　土曜日

十一時、フランクリンを運転してニューヨークへ。午後一時、ハーヴァード・クラブでビル・キャッスル、フーヴァー前大統領、ジャーナリストのアッカーマンら四、五人の共和党員と昼食。いうまでもなく、自分はいまや急速に共和党員として数えられつつある、実のところ、同党にはなんら特別の関心を持っておらぬのに。自分の主たる興味は相手の人格にあり、当人が共和党員であろうが民主党員であろうがどうでもよいのだ。共和党員より民主党員に一票を投じたい場合だってあろう。目下、両党間の争点はかなり浅薄なものだ。が、今後だんだんに確然とした形をとり、日増しに本質的な相違が出て来るだろうと思う。とまれ、将来の争点がいずれの党の立場を選ばせるようになるか、今後の成行きを見た上でなければ分らぬ。自分に関する限り、長いあいだ共和党員として目されて来たことにいささかの懸念がある。自分は政治にも人気取りにもいっさい関心がない。自分にとりいちばん掛け替えのない権利の一つは自分の考えが自由に述べられ、また自分の望む通りに自由な行動がとれることである。私はその通りに振舞うつもりだ。面倒なことになるのは覚悟の上だ。そのような事態に立ち至れば、政治家どもはたちまち手の平を返したように素知らぬ顔を決め込むであろう――そして自分は残念に思いつつ、それを甘受するだろう。私は政治家どもの支持より、自分の考えそのものにずっと大きな関心を寄せることであろう。少なくとも自尊心を保つように心掛けたい――それからおそらく何人かの人たちの自尊心までも。自分の考えや理想を曲げてまでも、いずれかの党の政策に妥協をはからねばならぬ――人が共に生活する上での一要素だ――しかし、妥協が正当化されるのは妥協によって失うものより得られるものの方が大きい比重を持つ場合にのみ限られる。

昼食会の席上では欧米情勢が論ぜられた。とくに素晴らしい意見は出なかったという印象を受ける。もし共和党が国家の直面する多くの問題を解決したければ、自分がこれまでお目に掛ったこともないような指導者を持たねばなるまい。とはいえ、同じような機会を得てヨーロッパ情勢に判断を示した面識のある人たちに比べるならば、フーヴァーもキャッスルもはるかに広い視野を持っている。この二人がいまワシントンにあるグループの代りに外交政策を担当していたならば、もっと安心感が得られたであろうに。

キャッスルは立派な人物である。彼がとても好きだ。国務省で実に長い経験を持っており、ある特定路線に沿う限り、彼の勧告は確かに申し分がない。しかし、このような時代にあってはあまりにも見方が保守的だ。また自分の知る政治家たちと同じく、極めて安定した平和時においてのみ重要性を持つ問題点しか念頭にない——かかる時代では、概して皮相な問題点となるのである。が、キャッスルとの対話では得るところが極めて大で、今後とも接触を失いたくないような視野を代表しているといえる。

アッカーマンは有能な人物である。ところが、非常にジャーナリスチックなセンスの持主という印象を受けた。いろいろな提案を行なった中で、この国を（さらに南アメリカをも）戦争に巻き込まれないようにするため、私が南アメリカへ飛んだらどうかというのだ！

昼食会の出席者はそれぞれ興味深い、水準を抜く人たちばかりだったが、この国を新しい時代に導いて行けるようなタイプを代表する人物だとは信じられぬ。

フーヴァーは（私の知る多くの人たちも）、ルーズベルトが結局はこの国を参戦させたいものとにらんでいる。実際のところ、それが真相ではないだろうか。ルーズベルトは自分の望むことなら何でも国家の最高利益にかなうものだと言いくるめる力を持つ。

四十三丁目の駐車場に歩いて行き、車を駆ってロイド・ネックに帰る。アンを相手に、彼女が戦争について何か書けるかどうか話し合った――戦争が本格化しないうちに、新たな対策を世に問うためである。二人とも、戦争の続行は全く無益だと強く感じている。また平和はかなり近い将来にもっともな可能性があり、国民にとり大切なのはヨーロッパ情勢の真実を知ることであって、新聞から得ている誤った情報や宣伝にだけ依存すべきではない。

夕食後、アンと海岸まで降りて行き、砂浜に横たわって星空を仰ぐ。夜は澄み渡り、銀河が真上を掃くように横切っていた。風もなければ物音もしない――ただ砂浜にひたひたと押し寄せるさざ波の音だけが聞えて来る。海岸から坂道を登りながら、アンは言った。「近ごろの悩みといったら、急に心臓がどきどきしてきたことだわ。だって、こんなに美しい世の中がこんなに空恐ろしいんですもの」

十月十日　火曜日

一日中、書きものをしたり、ワシントンの放送局に電話をかけたり。今月は莫大な電話料金が舞い込むことだろう。ワシントンの放送関係者と親しくなったいま、ニューヨークの本社より首都の支社と連絡をとった方がよいのだ。放送用の準最終稿をタイプで仕上げる。夜行でワシントンへ発つことにし、フランクリンをガレージに入れた後、ペンシルヴェニア発の零時五十分に乗る。今夜もまた、寝台は上段が空いているだけ。まあよい、かって旅行をしていたころの方式——節約するために一晩中、座席で夜ふかししたころに比べれば、寝台の上段は贅沢というものだ。

大統領候補にどうか

十月十一日　水曜日

七時五十五分に下車。ボーラー上院議員に電話をかけ、午後一時、議事堂内にある彼の部屋での昼食に応じた。放送で訴える問題点のあらましをボーラーに説明した。攻撃兵器の禁輸、純然たる防衛兵器の無制限販売（フーヴァー提案）、交戦国に対する信用供与の拒否、ヨーロッパ交戦国と関連危険地域とに対するアメリカ船舶の航行制限など。ボーラーの意見では、もし下院が攻撃兵器の禁輸案を採択すれば成功と考えるべきだという。しかし、撤廃論に反対する戦いを続けることは重要であり、自分もそうするつもりであるとボーラーは言い、私があらまし述べた問題点は申し分なく実際的であり、好機至れば必ずや支持するだろうとも言った。

食事の最中、来たるべき大統領選挙と下馬評の候補者を論じ合った。われわれ双方とも、ルーズベルト支持でないことはいうまでもない。この私が有力な大統領候補になれるかも知れぬと言って、ボーラーは私を驚かせた。この思い付きは降って湧いたように何度か新聞で論じられたり、何通かの投書にしたためてあったが、政界の有力者から面と向って口にされたのは初めてのことだ。過去にそのような可能性を慎重に考えたことはある、自分の将来に関して受けた多くの申出を慎重に考えたときと同じように。一九二七年か二八年ごろ、民主党の有力者ヘンリー・ブレッキンリッジ（顧問弁護士）がホワイト・ハウスを目差したらどうかと勧めたものだ。ところが、自分の幸福と有用性とは他のコースにあるという結論を下した（自分は一度もこの結論を後悔したことがない）。それに、自分は当選が可能な大統領候補となるにはあまりにもしたい放題、言いたい放題の能力を楽しみ過ぎる。自分としては公的地位の栄誉や業績よりも――たとえそれが大統領の栄誉や業績であったとしても、むしろ知的な自由、個人としての自由を好む。申出は身に余る光栄であるが、自分はそのような公的地位にふさわしい人間だとは思わぬし、よしんばその地位に就いたとしてもおそらく非常にみじめな思いがするだろうと、私はボーラーに答えた。ロイド・ネックのアンに電話をかけ、あすワシントンへ来るようにと伝える。

十月十三日　金曜日

午前中、演説草案の最終稿に手を入れる。アンに読んでもらい、いくつか非常に有効な示唆を受け、早速それらを草稿に取り入れた。今度の放送は前回より一段とやかましい批判を呼ぶことだろう。今回の方が論旨の肌理《きめ》はこまかく、喧嘩腰である。それにしても、国民はもっと基本的な諸問題を考え、当面の係争点である〝中立〟に関して堂々と発言した方が望ましいと思う。そこから生ずる批判など、第二次的な重要性しか持っておらぬ。

タクシーでMBC放送のスタジオへ。午後九時に到着。かなり多数の人が集まっていた。九時三十分から四十五分まで放送を行なった。スタジオで客も約二十分間、雑談。その後フルトン・ルーイス夫妻らと連れ立ち、アパートに帰る。

十月十六日　月曜日

けさ方、MBC放送から送られてきた郵便物の包みを開き、何通かの投書などを読んでみる。理解ある文面や電文が多く、開封した分の九十パーセント近くが演説に好意的だった。勿論、私の発言に同感した人々が同感じない人々より投書をする場合が多いことは分りきっている——少なくとも知識階級の場合においてはそうだ。非知識階層は相手の発言が気に食わぬときに反対意見の投書をする場合が多い。また丁寧にタイプされた文面とか手書きの文面は概して好意的であるが、きたない殴り書きとか赤インキでしたためられた文面などは、まず反対意見だと思って差し支えないだろう。以上が多年、投書を受け取ってきた体験的な結論である。

夕方、アンとアパートに近い街角の劇場で上映されていた『スタンリーとリヴィングストーン』を見る。アフリカの野生動物を描いて実に素晴らしい。

十月二十一日　土曜日

将来の計画を立てるのにどれほど時間を費やしてきたことか！　どこに住むべきか——

何事に精神を集中すべきか——変転する世の中にあって独自の生活環境を得る最良の方法は何か——いずれも、私どもにとっては絶え間ない頭痛の種だ。体が十あれば事はもっと簡単に運ぶだろうと思うことさえある。さすれば行動や知識欲や希望でもって十の体を満ちあふれさせることが出来るだろうに。あいにく身は一つだから、慎重に選択を行い、さまざまな要素のバランスを取る必要が生じて来る。いったいどこに住めばジョンとランドに正常な家庭生活、学校生活が与えられるか。またアンが書きもののできる——それも最高のものが書ける場所はどこか。このやりきれぬ近代的な都会生活から離れながら、文明生活を形造る他人との接触や交流から孤立化しないですむ土地はどこか。

何としても正真正銘の恒久的な住居を定めたい。しかも、一カ所の土地ではなかなかにかなえられぬ二つの要素を手に入れたい。都会生活の持つ知的な接触と、正真正銘の田園生活が持つ逞《たくま》しさとだ。それは二つの異なった土地に住むことを意味するに違いないが、どちらかといえば田園を恒久的な住居にしたい——そこにはジョンとランド、また彼らの子孫にも伝えるに値するものがある。

実際的な面はさておき、田園生活だけを考えるならば自分は西部に、あるいは山に海に心を惹《ひ》かれる。アンにとっても(それから自分にとっても)自然美が欲しい。子供には健全な農耕生活から得られる自立の精神を与えてやりたい。たしかに西部には心を惹かれる——が、やはり海により強く惹かれるように思う。海が自分にとって何を意味するのかうまく説明はできぬ。ともあれ、海辺にある優秀な農耕地を見つけるのは難かしいことだ—

——まして山をも深く愛している場合においては。

十月二十二日　日曜日

各紙の朝刊には、私のラジオ演説に関する伝記作家[*19]ハロルド・ニコルソンのいくらか馬鹿げた論評が載っている——イギリスの出版物から再録されたものだ。他の連中と同じように（ニコルソンからはもっとましな批判を期待していたにもかかわらず）、彼は同意し難い私の主張そのものより私個人に対して攻撃を加えているのだ。当然イギリス人は私の主張が気に入らないだろうが、自分はアメリカ国内の反対者より、むしろイギリス人からこそ真の客観的な批判を期待したのだった。しかし、イギリスは戦争の当事国である、戦っている国家の市民のさまざまな言動は大目に見てやる気持がなければならぬ——たとえニコルソンが私の友人だと称しながら私をあえて非難するようなことを書いたとしても。ある意味では、確かにニコルソンは友人だ。つまるところ、彼はアンの父モロー氏の伝記を書いたのであり、その仕事により私ども一家の信頼を得るようになったのだ。またアンと私はニコルソン夫人から（たいそう安い値段で）ロング・バーンの屋敷を借りることができた。夫妻とも、私どもがそこに住んだ二年間に二、三回たずねてくれたし、また私どもも二、三度シシンガーストにある夫妻の家へお茶に呼ばれている。とはいえ、私どもが夫妻のどちらかを本当によく知っていたと感じたことは一度もないし、また夫妻の側もそうであったに違いない。アメリカの新聞に再録されたニコルソンの文章はそのように確信させるのである。

ニコルソンがその論評でちょっと触れただけの一点につき、ここでその事実を詳しく記録に留めておきたい。それは当時のイギリス人の態度を物語るものとして興味深いし、また自分の自己満足に加えてニコルソンの論文および彼の現在の態度という両面から、ここに真相を書き残しておきたいのだ。

一九三六年のことで、ドイツからイギリスに帰って間もない頃だった。私はドイツ航空界の軍事的な開発に強い感銘を受けて、それがいったいなにをもたらすものか予見できるような気がした。自分がドイツで実見したことからして、ドイツは数ヵ月以内に完全な制空権を握り、イギリスがヨーロッパ海域で保持するのと同じ地位をヨーロッパの上空に持つだろうと確信したのだ。自分はドイツが国力を回復するのは望ましいことだと感じていた。強力なドイツがヨーロッパの繁栄にとり不可欠だと考えていたからである（今でも、自分はそう考える）。しかし、イギリスが空軍力の面で非常な遅れをとるのは忍びがたかった。強大なイギリス帝国が世界の安定には不可欠だとみなしていたからだ。しかも、イギリスの航空界がみじめな状態にあるのをいやというほど見せつけられてきたのである。

このような想いを噛みしめながら、私は一アメリカ市民として自分なりに出来る限りのことをイギリス航空界のために尽そうと決意したのであった。イギリスにはさして知合いもなく、政府に関係ある人物といえば、まず誰よりもハロルド・ニコルソンしか思い出せなかった。彼が労働党の下院議員であったという事実からも、仲介者としての彼のもとへ赴くのが理の当然であるように思われた。私は何もイギリス航空界で活発な役割を果したかったわけではない。実はヨーロッパの勉強をしたり、旅行をしたりしながら、余暇にはかねてから興味を抱いてきた（生物学やその他の）実験をやってみたかったまでのこと。ただヨーロッパの大空に迫りつつあると認められた情況に対して何らかの手を打つのが自分の義務だと感じられたのであった。

まずニコルソンに電話をかけ、後日、彼と話し合うためにロンドンへ出掛けた。彼は私の説明に興味をそそられ、下院で労働党の前首相ジェイムズ・ランジー・マクドナルド元首相、及びサー・トーマス・インスキップとの昼食会をお膳立てしてくれた。ニコルソンの話によれば、インスキップはイギリス航空界に最大の影響力を行使できる人物ということであった。彼らとヨーロッパの航空事情を論じ合った。私はドイツで見聞したことのあらましを口外できる範囲内において述べた。ドイツ側が見せてくれたものには、ヨーロッパの他の国で洩らしてほしくないという注文がついている部分もあった。もっとも、アメリカ合衆国の責任ある当局にはどんな情報を提供しようといっこうに差し支えないということであった——無論、非公開という条件で。しかし、私は自分なりに空軍力の面でイギリスが出くわさねばならぬ、競争相手の実力をインスキップ、マクドナルド、ニコルソンらに精一杯に説明したつもりである。三人とも感銘を受け、興味をそそられたように思われた（もしアメリカ人がイギリス人のそのような性向を判断し、識別できたと仮定してのことである。自分にはそれが疑問のように思われるときがあるのだが）。勿論、彼らはたいそう慇懃《いんぎん》であった。私はインスキップに、アメリカ大使館の非難を招かない範囲内で喜んでお役に立ちたいと申し入れた。私は飛行機の生産性を高めるように勧め、戦闘任務（夜間爆撃など）に一段と適応できるようなパイロット訓練の改善等を含めていくつかの問題点を進言した。インスキップはそのうちにまたお会いしましょうと言い、それを機に昼食会はお開きとなった。

数ヵ月たったが、下院で昼食を共にした際の話は次第に記憶から薄れて行った。彼らが私にしてもらいたいことは何一つないのももっともな話だと思い、一外国人がイギリス人の生活に貢献するのは実に容易なことではないと思い知らされたのだった。イギリス人の発想でなければまったく〝最高のもの〟ではないのだ。するとある日、クランウェルにあるイギリス空軍士官学校から航空問題に関する講演の依頼を受けた。それがサー・トーマス・インスキップとの昼食から出てきた招待だとわかった。私は承諾し、航空士官学校で非常に楽しい一刻を過した——立派な将校と士官候補生の集まりだった。この一件はこれで幕を閉じ、自分も問題を蒸し返そうと試みたりはしなかった。イギリス人はどうやら彼らなりのやり方で事を進めたいらしく、それもつまるところ、彼ら自身が決める問題であった。それは彼らにとって当然の権利であり、責任なのだ。実をいえば、おかげで自分は義務感から解放され、ほっとしたのだった。

別の機会でのことではあるが、やはりイギリス滞在中に、ヨーロッパ航空界の新しい変化を認識させようと試みたことがある。たまたまエドワード八世がヨーク・ハウスで晩餐会を催した。アンと招待されたが、食後、アンは国王と話をし、自分はボールドウィン首相と話をする羽目になった。私は大陸の急速な航空発達を引合いに出しながら、イギリスの航空事情を論じ始めた。ところが、ボールドウィン首相の態度や表情からして、総理はそのような問題を話したくない気配がありありと感じられ、私はやむなく話題を変えて二度と航空問題の話を口にしなかった。

それ以来、発生したさまざまな出来事は、私がかねてからイギリスの航空事情に抱いてきた懸念を裏書きするものだと思うのである。

十月二十四日　火曜日

脅迫状が舞い込み始める、それが常に私どものもとへもたらすいろいろな問題を伴って。いったいどこで冬を越すべきか。このような類いの騒ぎから、どこへ行けば子供たちは充分に安全に過せるのか。この家は自分が安心して留守をするにはあまりにも隣近所から離れ過ぎている。自分が世間の目と報道機関の注目さえ浴びなければ、家族が安全であることは断わるまでもない。それは平常な時でも難かしいことだが、まして祖国が戦争に巻き込まれるかどうかという危機の時であり、一市民として国事に参加せねばならないし、自分が正しいと考える方向に自分の影響力を行使しなければならぬ。たとえ家の周辺に武装ガードマンを立てる羽目になったとしても、自分はそうせねばならぬと考える。しかし、アンやジョンやランドがそのような環境のもとに暮している光景を思い浮べると、何とも嫌になってしまう。自ら文明国と考える国の中にある何とも困った状況だ。他人の行動が気に入らぬといってその子供を殺すぞと脅迫する。さらに、エングルウッドで冬の大部分を過しおそらくロイド・ネックで冬を越せまい。この際、われわれは明晰な考え方をしなければならぬ。来たるべき五年か十年の間にどのような事態が発生するのか誰も予言できぬ。自分の考えでは世界中に一大変化が起りつつあるのではないかと思われる。

十月二十九日　日曜日

自分のラジオ放送が招いた非難は減り始めている。予想した通りだ、いくらかもっと客観的で、個人攻撃にあらざる批判を期待したのではあったが。世間は問題点で争いたくないらしく、個人攻撃という安易な方法に訴えたがっているかのように思われる。アンと共にコールド・スプリング・ハーバーの浜辺にあるアレン・ダレス家[20]（後年のCIA長官）の夕食に招かれる――車で十五分の道のりだ。ダレスはなかなか面白い話し相手であり、いろいろな点で多少、見解を共にするところがあった。

十月三十日　月曜日

午前九時ごろ、引越し先のエングルウッドからトラックが到着。スーツケースの荷造りをするアンに手を貸す。トラックへの積込みがやっと終り、十一時に出発する。

夜、アンと居間の暖炉の前で過す、書きものをしたり、本を読んだりして。この家で過す最後の晩だ。

アンは午後、『平和への祈り』という小論を書き上げた。アンと論じ合った末、活字にすべきだということに一決。二人とも、合衆国の人々がヨーロッパや彼の地で起りつつある事態にもっとはっきりした考え方を持つ必要があると感じている。アンが政治的情況に巻き込まれるのは好ましくないが、後の祭りになってギロチンに引きずられて行くよりは破局を阻止するために立ち上った方が遥かにましだ。誰も彼も行動に出なければならぬ時機というものがある。洪水に見舞われるのを、ただ手をこまねいて待つ人はあまり同情できぬ。自分の作品を守ろうとして銃を取った芸術家は一人にとどまらない。そして有難いことに、アンには必要とあれば敢然と銃を取る勇気があるのだ。彼女に匹敵し得るような女性が他にいるだろうか。

われわれはリーダーズ・ダイジェスト誌に掲載を頼むことにした。合衆国で大きな発行部数を持つ最高の雑誌と考えるからだ——が、一月号に間に合わせるには遅すぎるかも知れぬ。『平和への祈り』がクリスマスの頃に出るのは非常に効果が大きいと考える（リーダーズ・ダイジェスト誌は発行月号の一カ月前の二十五日ごろにスタンドに売り出される）。リーダーズ・ダイジェスト誌の編集長の自宅に電話をかけてみたが応答なし。ジム・ニュートンに電話したら、明朝リーダーズ・ダイジェスト誌に連絡を取ってみると言ってくれた。

十月二十七日　月曜日

八時半、ジム・ニュートンから電話。リーダーズ・ダイジェスト誌のクラーク嬢と話したところ、一月号の原稿は大半が印刷工場に送られているが、アンの論文を入れる可能性はあるということだった。まずクラーク嬢に電話をかけ、次いで編集長のケネス・ペイン氏と手順の打合せを行う。アンは午前中、原稿に手を入れ、クリスティーンがタイプし直してその第一稿を一時に取りにきたリーダーズ・ダイジェスト誌の使いに手渡す。五時ごろ、ペインから電話。論文がたいそう気に入ったので、一月号にむりやり入れる必要のない他の原稿二本と差し替えられるだろうと言った。

アンが第一稿に手を入れる時間をできるだけ作るために、私どもは早々に寝室へ引き揚げた。火曜日の午後一時半、何としても最終稿をリーダーズ・ダイジェストの使いに手渡さねばならぬ。ベッドに横たわったまま思った、クリスティーンでは再度タイプを打ち、アンがそれを読み返して駄目押しの手直しをするのに間に合わせられまいと。アンは何時もそのような手続を踏むのである（画家が総仕上げのタッチを加えるように、駄目押しの手直しはしばしば秀逸と非凡の差を現出する）。アンはクリスティーンがタイプで打ち直している間にもコピーを欲しがることだろう。

解決法は一つしかなかった。自分はアンにどうも寝つきが悪く、彼女が大変な一日を控えているのに熟睡させないのは良くないから別室で眠ると言った（その時刻までに彼女がうつらうつらしていなかったとすれば、自分はうまくやってのけたとはいえないだろう)。仕事場として使っていた三階の部屋へ行き、第一稿の打ち直しを始める。タイプは二本の指でしか打てぬから、朝の六時までかかった。しかし、楽しかった。何か大切で、やり甲斐のあることをやってのけたような気がした。どんな難かしい仕事でも、そのような感情を抱いたときは真の満足が得られるものだ。ゴールが充分に大きなものであれば疲労など物の数ではない。アンの『平和への祈り』は充分に大きなゴールであった。午前六時に就寝。

上手な喧嘩の仕方

十一月二十九日　水曜日

ジョンが数日前から投げ縄がほしいと言っていたので、アバクロンビー・アンド・フィッチの店に立ち寄ったとき、短い〝輪縄〟を買って来た。学校で敵方になっている四人の男の子を投げ縄に掛けたいのだそうだ。一人ずつ片付けた方がよい、また敵方の何人かを味方に引き込むことがいかに望ましいかという点も詳しく話してやった——投げ縄の効き目を大きくしたければ、少なくとも敵方の半数を味方につけた方がよいと諭した。ジョンにはテリアの持つ気質と向う見ずな勇気とがある。勝ち目がないのを承知の上で喧嘩を始めるし、学校では早くも二、三度、不愉快な経験を味わっている。幸いにも、学校での喧嘩はまだ突き押しの段階を出ておらぬ。

午後、〝メキシコの間〟の窓辺に立っていると、ジョンと同じ年頃の子が四人、学校の方向から坂道を登って来るのが見えた。間もなく、ジョンが家の曲り角から姿を現わし、投げ縄を頭上に振り回しながら、四人の子らに向って突進した。彼らは不意に立ち止った。ジョンも投げ縄を振り回したまま、その場で足を止めた。彼らはゆっくり前進し始めた。二人はジョンを包囲するように横手に回る。ジョンは下り坂の前方に二人、背後から二人に挟み打ちされながら、じりじりと家の方角に後退する。背後の一人がジョンに近づこうとしたが、充分に低い姿勢を取らなかったので、投げ縄の先端がしたたかに横面を殴りつけ、数分間は彼を戦線から脱落させた。しかし、ジョンは輪投げの振りを失い、縄が地面に落ちた。三人が縄に飛びつき、あと一人もやがてそれに加わる。ジョンは縄の端をつかんだまま、四人に坂道を引きずられて行った、彼らに何かわめきながら。四人はジョンを木に結えつけようとしたが、ジョンは機敏に動き回り、そうはさせぬ。やがて木にくくりつける計画がうまく行かないと悟るや、二人が縄の端を持って引っ張り、あと二人はドングリを拾い集め——それもでっかく重いやつを集めて、約二フィートぐらいの距離からジョンの顔面をめがけ懸命に投げつけ始めた。かなり痛かったことであろう、狙い撃ちは悪くはなかったから。ジョンは悲鳴をあげたが、頑として縄の端を手放そうとはしないのだ。

そのせつな、ソーが颯爽《さっそう》と登場し、ジョンの攻撃法よりはるかに有効な戦術をとった。彼らの一人が犬を連れており、ソーは坂道の上からちょうどその姿を認めたのだった。ソーは不意に木蔭から躍り出し、見馴れぬ犬に飛び掛かった、総毛を逆立て、白い歯をことごとく剥き出しにして。私は思わず犬どもに叫んだ。私の怒号と犬の咆哮《ほうこう》とが投げ縄をめぐっての争いに終止符を打った。

犬同士の喧嘩を分けたあと、まずジョンを連れ出し、勝ち目のない喧嘩をやることがいかに困難なものか言って聞かせた。私はまたもや、敵方の半数を味方につける手を考え出したらどうか——たとえばたまに味方に投げ縄で遊ばせたらどうかと持ち出してみた。勝ち目のない喧嘩を不必要に始めるのは利巧ではないと説明したのである。ジョンは納得し、もはや学校の方角に姿を消していた彼らを見つけに駆け出して行った。

かなり時間が経ってから（用心深く聞き出すことにより）、ジョンが私の提案をうまく生かし、投げ縄を利用して敵方の二人を味方に引き込み、仲よく過しているのを知った。彼が不利な状況の中に立ち戻り、うまく切り抜ける能力を持っていることは気に入った。これまで何度もそうする彼を見掛けているのだ。

十二月八日　金曜日

出版社主のハーコート夫妻、リンカーン伝の『戦争時代』を完成させたばかりの詩人カール・サンドバーグ氏らと夕食。サンドバーグは興味深い、心温まる穏やかな態度の人物だ——この国には今なお、過ぎ去りし時代と同じくもの静かで内に秘めた気骨が脈打っているという確信を新たにさせるようなタイプの人物だ。多分、来たるべき歳月がそのような気骨を再び浮上させることであろう。サンドバーグには尽きぬ根気がある――彼の著作に目を通すことにより、この印象をいよいよ深くさせられる――ハーコートの説明によれば、二十年間にわたる研鑽《けんさん》の結果、注意深く選択された約百二十五万語にのぼる著作だという。

十二月十日　日曜日

これまで書いて来たものの一部を読み返し、最初からやり直すことに決める。自分の感じていること、考えていることを第三者に伝えようと文字に移し替えるのは何とも難かしい。文字は考えの一部しか伝え得ない不充分なものであり、いざ紙に書きつけてみると、頭の中で論理が首尾一貫しているのに、文字になったものが矛盾して見える場合が多い。自分にとって、それは書き直しに次ぐ書き直しを意味する。

十二月十三日　水曜日

午後、書きもの（『権利の衝突』）をしたり、古い書類を調べたり、寝室の戸棚の中身を入れ替えたりして過す。子供たちと早い夕食をすませ、七時にニューヨークへ。八時、病院に到着してバリー少佐を見舞う。見込みのないガンに罹《か》かっており、あと数週間しかもたぬと知らされたばかりだ。彼とは何年も会っていなかった。大陸横断航空輸送会社の秘書役と経理担当とをつとめてきた。バリーが私に会いたがっていると彼の友人が知らせて来たので病院に駆けつけたわけ。立派な人物であり、彼くらいに忠実で誠実な役員を持った会社はないだろう。彼を良く知るには至らなかったが、いつも彼に好意を払ってきた。夫人と息子夫婦とが居合せ、当人は見込みのない病状を知らされていないということだった。自分なら、死ぬかどうか前もって知っておきたい。いい加減な嘘でだまされたくはない。迫り来る死に直面したとき、自分が実際にその試練をどう受け止めるか確信を持って予測はできぬが、自分が死を恐れるとは信じられぬ。そしてどうせ死と対面するならば、自分は前もってそれを知っておきたい。これこそ人生における最後の、そしておそらく最大の冒険であろうから。

十二月二十八日　木曜日

アン、ジョンを連れてデトロイトへ出掛ける。八時十五分に下車（わずかに延着）。母とBが出迎えてくれ、揃って朝食。母はたいそう喜んでくれた。ジョンが母の家をたずねるのは今回が初めて。勿論、今後学校がない限り、ジョンは私どもとしばしば母をたずねることが出来よう。さほど苦労もなく旅に出られる年頃になったし、またご当人も旅が気に入っている。自分がデトロイトの祖父母をたずねて行った少年の頃が思い出されてならぬ。ジョンはいまや同じような経験をしようとしているのだ。

アンと車でヘンリー・フォードの邸宅へ。昼食に招かれたのである。デトロイト市内を通り抜ける途中、ホテルでジム・ニュートンを拾った。到着早々、母を置いてきぼりにしたくはなかったが、フォードに会ってぜひ話がしたかったし、いまが願ってもないチャンスだった。それに、母が孫と二人きりになれるのを何よりも願っていることが分っていた。

昼食会は五人。フォード夫妻にジム・ニュートン、それから私ども夫婦。フォードと戦争のこと、合衆国の産業事情、彼の唱導する分散経営などを語り合った。フォードは天才と気骨とが組み合わさったような人物だ。その天才も疑いなく第一級のものである。彼は偉大な人物であり、この国における建設的な勢力だ。彼と語ることにより新しいアイディアを植えつけられ、盛んな精神的刺戟を受けずにはすまないだろう。彼の偉大さはそのビジョン、産業での成功、他の分野における関心や活動によって示されている。その気骨は先の大戦に終結を仲介すべく〝平和船〟を派遣し、あるいは巨大な輸送機の構想により示された（最初、百人乗りの旅客機という構想で出発し、最後には三十六人乗りの設計機となったが、ディアボーン飛行場を滑走しただけでついに飛び立たなかった）。この飛行体はあまりにもフォード社の航空技術に先んじていたのである。失敗ではありながら、正直正銘のビジョンを物語っていた。フォードは、あの時期の航空発展にしてはあまりにも大きな一歩を踏み出そうとしたに過ぎないのだ。〝平和船〟の発想はあまりほめたものではない。全くばかげて見えるが、その計画を思い立った事情に自分がよく通じていないせいかも知れぬ。自分の持っている程度の情報で判断を下すのはよくないものだ。

昼食の席上で、新しい飲物が披露された——ニンジンのジュースだ。非常にうまいと思った。ニンジンを潰し、その汁を集めたものだとフォードは言う。

昼食後、夫妻は邸内を案内してくれた――書棚や各部屋など。三十分ぐらいで辞去し、レイクポイント通り五百八番地にもどる。Bが祖父の古いパンフレットや書類を取っておいてくれた。また地下室にあった古い書類にまじって祖父（義歯技工の開拓者）の発明特許も見つけ出した。その一つが〝赤ん坊用ジャンパー〟――赤ん坊をあやしたりするのに使う装具だ。

第三章

ロンドン炎上　米国で――一九四〇年

戦機うかがう大統領

一月二十一日　日曜日

午前中の前半にフロリダへ発つための荷造りと最終的な手筈《てはず》とを整えた。午後二時五分のフロリダ西海岸行き特急に乗る。夕方までH・G・ウェルズの『世界史概観』を読み返す。一度かなり前に読んだことがあった。これほど人間の歴史的発展について総括的な理解を与えてくれる本は他にないと思う。無論、大いに書き足らないところはあるが、彼のビジョンと勇気とには敬服させられるし、その見解や奇抜な見方は面白い――いずれも刺戟的であり、挑発的だ。本書にはその材料によって構成されたものより、それ以上のものが欠けている。

アンはH・O・テイラーの『中世の精神』を読み出した。自分もそろそろ読み出してみたいと思う。

一月二十二日　月曜日

午後二時四十分、ハインズ・シティに着く――わずかに延着。ジム・ニュートンが出迎えてくれ、車でキャプティヴァ島へ。フロリダの西中央部を通り抜ける長いドライブだった。フォート・マイヤーズで数分間、車を止め、アンがいくらか厚目の衣類を買う。フロリダにしてはあまりにも寒すぎるからだ。六時ごろ、島へのフェリーボート発着場に着く。半時間かけて横断。対岸に着いたときはとっぷり日が暮れていた。灯台の照射が始まっていたし、桟橋に近づくと、海岸のシュロが夜空を背に淡い影絵をなしていた。

さらに三十分ばかり、車でシュロとオーストラリア松の間を通り抜けながら貝殻を敷き詰めた路上を走り、小ぢんまりした山荘にたどり着く。ジムが借りてくれたもので、彼の母親が才覚と経験とからしか生じないような手際で集めた必需品がストックしてあった。その上、面倒を見てくれる召使まで寄越してくれた――黒人の老女で、なかなかのしっかり者だ。しかも、南部系ニグロを愛すべき人間に仕立てる心温かさと自尊心が入り混っていた。へつらいや反感など毛ほども見当らぬ。フロリダの風土と生活の一部となっているような老女であり、北部系ニグロの深刻な問題も不幸も知らなかった。

夕食をとった後ジム、アンの三人で月光を浴びながら、白い砂浜沿いに一マイルぐらい散歩をする。薄雲が海や樹木や空の濃淡を変え、月はいま皓々《こうこう》と輝いていたかと思うと、たちまちベールをかぶって輝きを失いながらも、常にわれわれを見守り、導いて行く眼であることをやめぬ。オーストラリア松の折れ曲った枝や長い針状の葉を抜けてくるそよ風、そして窓から忍び込む亜熱帯の陸や海の匂いと共に、あるいはニューヨークの冬で何週間もためこんだ緊張から解放されながら、私どもは静かな眠りに就いた。

二月十五日　木曜日

エングルウッドで初めて見かける夜来の大雪だ。無論、道は閉じ込められ、車は出ることも入ることもかなわぬ。幸いにも、今日はニューヨークで人に会う約束もない。

一日中、あすロイド・ネックに引っ越す荷造りや最終的な手筈を整える。午前中の三十分、そして午後にもスキーをやる。雪が深すぎるので、坂道の上から滑降するためには何回も踏み固めねばならなかった。

フランクリンに代る車としてツードアのフォードを発注することにした。フランクリンを手放したくはないが、だんだん古くなってきたし（九年目）、修理を続けることもいよいよ難しくなってきた。が、永年ずっと愛用してきたあらゆる機械と同じように愛着が断ち難い。ツードアの車を注文したのは子供がうしろのドアで手を挟まれたり、落ちたりしないためだ。

三月一日　金曜日

七時五十五分ユニオン駅（ワシントン）下車。タクシーで陸海軍クラブへ。朝食後、アーノルド将軍と会うべく軍需ビルへ。将軍と航空開発計画、イタリア視察旅行の可能性を話し合った。将軍は旅行計画に興味を示し、是非とも実現してほしい——支持するからウッドリング長官に話をしてみたらどうかと言ってくれた。長官は月曜日にならねば出仕しないという。

午後、暇になったので、陸海軍クラブからタクシーでスミソニアン博物館へ。ここ数年来、スピリット・オヴ・セントルイス号を見ていないし、その管理情況も自分の眼で確かめておきたかったのである。あの飛行機を最後に操縦してから十二年近くになる。

人目につかぬよう館内に入りたかったので、タクシーから降りるなり、横から入館できる戸口はないものかとビルを一巡したが、そのような出入口は見当らなかった。正面入口の両側にあるベンチに十数人が腰掛け、通りがかりの人たちを眺めやっている。ガードマンを含めたもう一団の十数人がドアの内側に固まっていたが、そこにわが愛機が宙吊りになっているのだ。頃合を見計らって鼻をかみながら、まんまと彼らの視線をやり過した。ガードマンに声をかけ、博物館の役員を呼んでもらった上、衆人環視の中で愛機を見物するような真似はしたくなかった。

入館するやすぐ右に曲り、歴代大統領夫人の肖像や衣裳を陳列する部屋に入る。まさかマーサー・ワシントン夫人にこれほどの恩義を痛感するようになるとは夢にも考えなかった。ガラスケースに入れてある彼女の衣裳と肖像とが恰好の隠れ蓑《みの》となり、そこから隣室のスピリット・オヴ・セントルイス号が覗《のぞ》き見できたからだ。誰にも気づかれなかった。たまたまこちらを見やっても、それはマーサー・ワシントンの衣裳であり、自分ではなかった。マーサー・ワシントンと共にスピリット・オヴ・セントルイス号を眺めているうちに、彼女との間に何か共通するものがあるのを感じたのであった。むしろ、かつて自分が愛機に絶えず持ち続けた親密さを、いまや彼女が独占していることに羨望さえ覚えた。

あの場に佇《たたず》んだまま、愛機を眺めやるのはなんという摩訶不思議なことか。そして自分と愛機とを隔てる歳月と環境との溝はなんと深いことか。にもかかわらず、ある点ではどんなに自分たちが親密な関係にあることか！　今いちど操縦席に乗り込み、雨でぬかるんだルーズベルト飛行場の滑走路から飛び発ち、波立つ大西洋の真只中を低く飛んでいるような、あるいはロッキーの高峰をかすめるように飛んでいるような気がする。いまこうして見ると、なんというちっぽけな飛行機だ。かつてライトの古い複葉機を小さく感じたごとく、いまはわが愛機を小さく感ずる番だ。それでも、スピリット・オヴ・セントルイス号にはスマートさがあり、それがいまなお自分に誇りを与える。宙吊りのケーブルから取り外し、どこかの飛行場へ運んだ上、もういちど操縦席にゆったりくつろげるような気がする（一九二八年、ボーリング飛行場に最後の着陸を行なって以来、夢の中で何度か愛機を飛ばしてきた。そしていつも、愛機を博物館から引き出したことを後悔し、最後の飛行後に墜落事故を起すのではないかと気をもんだ。しかしいざ目が覚め、あの飛行機は二度と飛ばしてはならぬという自分の決断を本当にくつがえしていないことを知り、いつも胸を撫で降ろしたものだった）。

愛機を眺めている間、人々はその真下で足を止め、機体やショーケースに陳列してある備品を見上げた。機体は申し分のない状態に置かれてあった——管理は完璧だ。佇立《ちょりつ》したまま一時間近く眺めやっていたろうか。時が経つのも忘れたくらいであった。やがて、二人の少女に凝視されているのに気づいた——どうやら確信が持てないようで——いまにも声を掛けてきそうな気配だった。この博物館にこれほど楽しい訪問をした例《ため》しがなかった――懐かしい愛機のことを心から思い出し飽きもせずに眺められたのは今回が初めてだ。誰とも口をききたくはなかった。自分はそそくさとその場から立ち去った。

三月二日　土曜日

昼食後、一時間ほど新聞を読んだり、手紙を書いたりして過す。雨中、タクシーでトルーマン・スミス家の〝お茶の会〟に出る。四時、同家に着いたとき、フレデリック・リビー氏（戦争防止協会会長といったような肩書の持主）が来合せており、数分後に辞去した。リビー氏は彼の団体が私の行なった『アメリカとヨーロッパの戦争』と題するラジオ放送の写しを十四万通も各方面に発送したという。リビー氏はニューイングランド辺りでよく見かける牧師にそっくりだった。どうやら平和主義者には違いないが、正常でない理解力と知力とを示した（もし後者の表現が平和主義者に適用できるとしたら、だ）。

三月十二日　火曜日

午前十一時、デソートでニューヨークに向い、ハーラン・ミラーのアパートに着く。数分後にリン・ユイタン博士夫妻が到着。博士夫妻の客としてロウワー・イースト・サイドにある中華料理店の昼食会へ。テーブルは混む部屋の真只中にあったが、幸い誰にも邪魔されずにすんだ！　料理は実に素晴らしかった。本格的な中華料理ほどうまい食べ物はないと思う。歴訪した諸国の中で中国とスウェーデンの料理とが最高だ（イギリスのそれは最悪で、問題にならぬ）。

リン・ユイタン一家はこの土曜日、帰国の途につく。メキシコ経由、一ヵ月の船旅をしたのち、裏口から中国本土に入らねばならぬ（戦争のために）。香港から重慶へ飛行機で飛ぶのが旅行の最終コースになる。重慶から数マイルの郊外に住むのだという（日本空軍の爆撃機の注意をひかないために、近隣と同じような家に住むがよいと忠告した。格別に疑わしいものでない限り、田舎の家屋が爆撃の目標とならないのは当然だ）。

三月十六日　土曜日

午後、大きな地球儀に夫婦して飛んだコースの印をつける。アンと数年前から始めたことである——ともども飛んだコースにだけ印をつけるのだ。最初の共同飛行は一九二八年にメキシコ・シティで——正確にいえば同市の周辺で行った。共同飛行は一九三八年限りで中止しようと決めたのだった——結婚して以来、通算十年、メキシコ・シティの周遊飛行とポポカテペトルの山越え飛行とを勘定に入れれば十一年になる。長距離の共同飛行は一つ残らず、それと同時にできる限り短距離の共同飛行も印をつけた、黒インクで染みを作らないように。同じコースを二度も飛んでいる場合は線を一本しか入れなかった。

三月二十七日　水曜日

ハリー・バード上院議員と昼食の約束があったので、タクシーで議事堂に駆けつける。ヨーロッパの戦争、アメリカの金本位制政策、宣伝の危険性など多くの問題を語り合う。バードは私に劣らず、ルーズベルトに信頼感を持っておらぬ。ぬけぬけと三選を狙うだろうという。バードの話によれば、ルーズベルトはファーリーに三選を狙わぬと約束したそうである。後刻、選挙参謀のファーリーは言ったという、ルーズベルトはぬけぬけと前言を翻すからね、と。大統領を親しく知る人たちは、大統領の行った公約なるものをさほど高く評価していないようだ。

議事堂から歩いて軍需ビルへ。参謀本部第二課に立ち寄り、フィスク中佐とイタリア情勢や北アフリカの軍事事情を話し合った。共に各種の地図を拡げ、要塞化されているリビア＝チュニジア国境を論議した。

四月十二日　金曜日

戦況記事は相変らず矛盾している。われわれの新聞は英仏両国とも制海権を保持しているような印象を与えるが、洩れて来る断片的な情報から察すれば、これは事実であるよりも願望に近いように思われる。ドイツ軍は極めて大胆な戦略をとりつつある。イギリス艦隊と対抗する自国の空軍力に絶大な自信を持っているかのようだ。仮にイギリスが主力艦隊をドイツ空軍の爆撃圏内に入れようものなら、史上最高の決定的な戦闘の一つが行われよう――しかも、現在の諸条件では海軍力に勝ち目のない決定的な戦闘だ。従ってイギリスが主力艦隊を全面的にさらけ出すかどうか疑問に思う。

四月十五日　月曜日

エンジニアーズ・クラブで昼食をとったのち、弁護士ハート氏と話し合うべく五番街五百五番地へ。ハートは参戦反対派の大同団結を目差しているのだ（ビル・キャッスルがハートと話し合うように書いて寄越したのである）。二週間後、ニューヨークで開かれる非公式の夕食会に出席することを承諾する。その席上で、戦争熱に対処する方策が論議されることになっている。この国は依然として大勢が参戦に反対だと思う。しかし、ドイツの軍事的な成功が続くほど（必ずそうなると信じるが）、われわれに対する連合国やその支持者からの圧力が一段と加わって来るだろう。ルーズベルトに少しでも信頼感が持てるならば、そのような事態はいっこうに意に介する必要はないのだが。

四月十八日　木曜日

陸海軍クラブから歩いてトルーマン・スミスの家へ。スミスと連れ立ち、一九二七年当時の駐英大使だったアランソン・B・ホートンをたずねる。アメリカの国内情勢やヨーロッパの戦争を論じ合ったのち、大使は、一九二七年に私をスピリット・オヴ・セントルイス号と共に戦艦メンフィス号で送り返した自分の措置を許してくれているかどうかと問うた。この質問はあの頃のことをまざまざと思い出させ、二人とも大笑いをした。ロンドンの大使館での出来事だった。訪英中、私は大使館に泊っていた。大使から書斎に呼ばれると、クーリッジ大統領が私の本国帰還に戦艦を特派したと申し渡された。自分は早々にヨーロッパから引き揚げたくなかったし、ヨーロッパ各国を飛んでみたいと思っていたのだ。まだ三つの国――フランス、ベルギー、イギリスしかたずねていなかったから。自分は東方に向けて飛行を続け、その挙句に世界一周をやりとげたいとさえ考えていたのだ。帰国するにしても、空を飛んで帰りたかった。ところが、ホートンはスピリット・オヴ・セントルイス号を箱の中に囲い、戦艦で帰ってほしいと言ってきかぬ。結局のところ、合衆国大統領の命令ということで説き伏せられたのだった。

四月二十五日　木曜日

朝食後、車でミッチェル飛行場へ赴き、年二回の前半期の定期身体検査を受ける。いつものように難なくパスする。先祖から授かったものが健全であるほど大切なことはない。このような贈物をしてくれた先祖にいつまでも感謝せねばならぬ。富や地位など人生の俗事は、健康な五体に比べれば取るに足らぬことだ。

四月二十六日　金曜日

毎朝のように新聞は大見出しで連合国の勝利を伝えるが、毎朝のようにドイツ軍の位置は前進している。

四月二十八日　日曜日

一日中、ロイド・ネックで自分たちの遺言状を作成したり、戸外でアン、ジョン、ランドと遊んだりして過す。このところ、膚《はだ》寒い晩春の日が続いているが、今日は暖かく、陽差しが明るい。丘の上にある羊の放牧場まで登り、ジョンを子羊、雌羊、雄羊の群れの中に放り出してみる。雄羊はなかでも典型的で、頭突きのチャンスをこんりんざい見逃さぬ。ジョンはこうした状況の扱い方を知らないので、それを学んでほしかったのである。男の子が困難な情況における身の処し方を心得ておくのは大切なことだ。頭突きをする雄羊はジョンと同じ年頃の少年に大きな自信か大きな恐怖心を植え付ける。放牧場で半時間ほど過してから引き揚げたが、まずまずのスタートであった。

四月二十九日　月曜日

クリスティーンに遺言状の写しを作ってもらう。その後、ジョンを連れて羊の放牧場に出掛け、雄羊の扱い方を教えた。昨日より一段と自信にあふれ、覚えが早かった。十五分後、ジョンが自信を持って業《わざ》を身につけている間に、自分はそっと放牧場から抜け出して柵を乗り越え、隣接の畑に身を隠した。当方からよく見えるが、ジョンと羊には気づかれぬ場所だ。事は実に申し分なく運んだ。雄羊は頭突きにすっかり疲れ果て、ジョンは頭突きをかわす自分の能力にいよいよ完全な自信を持つに至った。きょう一日、よしんばあとを無為に過したとしても、充分に有意義だったと思われる。

午後の大半は雑事で過す。車でニューヨークへ出掛け、ハート氏主催の夕食会に出席する。全部で十五人か二十人の客が招かれていた。戦争に巻き込まれる危険性を論じ、参戦宣伝に対抗する方策を検討するための夕食会だ。

四月三十日　火曜日

遺言状の第一次草案を再読し、法律上の文章に書き改めてもらうべくヘンリー・ブレッキンリッジ宛に送付する。法律用語にはいつも当惑させられる。しかし、用語の一部は法律家が介入して来るような状況下では不可欠であるように思われる。法律家はあまりにも伝統や複雑さに縛りつけられているので、やっとお喋りを覚え、母親か育児係にしか理解できない赤ん坊と同じように彼ら独特の言語を持つ。法律における第二の幼年期ともいうべきか。卓越した教育――長い大学教育その他を受けながら、彼らはなぜ分り易い英語で考えた事や合意事項を表現できないのか。

時たま、人間の成し遂げた事業を二つのグループに類別してみたりすることがある。自然の諸法則に従わねばならぬグループと（たとえば飛行機の設計のように）、人間自身の思考や論議から生じた規範にのみ拘束されるグループとである。勿論、あらゆる行為は――法律すらも、窮極的には造化の枠内から生ずるものだ。人間が真に自然界を乗り超えるとすれば、人間の思想においてのみであろう。

流れるような飛行機の姿と、無器用で複雑怪奇な法律書の文章とを比較するのはなんと興味深く、啓蒙的であることか。前者の成功は自然の諸法則により確然と測ることができ、後者の価値というのは党派的な人間によって評価される。人間の生活はいかにも簡素で美しい。それを、人間はどうして複雑なものに変えたがるのか。一方で神をあがめながら、他方では神を造り変えようとしているのだ。この虚妄がなかなか見えないのである。

五月三日　金曜日

ライト飛行場で航空隊の最新型戦闘機Ｐ40に試乗する。天候が思わしくなく、上昇限度は一千フィートしかなかったが、これ以上は長くデイトンに留まれないので、Ｐ40のエンジンを始動させるように頼んだ。高々度までは飛べまいが、少なくとも離着陸の操縦性や低空の機動性はテストできるだろうと思った。飛行装具をパターソン飛行場のランバート社に置いて来たので、クローフォード少佐からパラシュート、ヘルメット、防護眼鏡《ゴーグル》等を借り受ける。

Ｐ40の性能には、愉快にも一驚を喫した。陸軍航空隊がヨーロッパの戦闘機に遥かに遅れをとっていると突如として自覚するや、カーティス・ライト社が大あわてに設計、製作した最新型の追撃機だ。Ｐ40はまさしくＰ36の改良型である。Ｐ36で使われた複列星形の空冷式エンジンに代り、アリソン液冷式直列エンジンを組み入れるために機首が改造してある。Ｐ36と同型の翼なら、胴体後部が変ってはおらぬ。もっとも、機体の重量はＰ36より約一千ポンドほど重いが。時速は約三百七十マイル、P36より時速六十マイルほど速い。通常、標準機が極端に異なったエンジンを組み入れるために改装された場合は操縦性に悪い影響を受けるものだ。ところが、P40だけは例外であるように思われた。P36と同じように離着陸でき、コントロールできたからだ。無論、直列エンジンを下部に内蔵した方が前方の視界は広い。しかし、いまごろドイツはどのような新型機を開発しつつあるだろうかと思わずにいられなかった。P40は多分、最後に見たドイツの第一線機であるメッサーシュミットに比べればいくらかましだろうが、ドイツ側もまた、そろそろ新型機を造り出す頃ではある。

四十分ほど、P40の操縦席で過した（正確にいえばXP40だ。量産体制に数ヵ月ほど先駆けて造られた第一号機である）。低空でさえも、P40は時速三百マイルに近いスピードを出せたし、これまでに経験したこともないほどの最大のスピード感を味わった。

五月十日　金曜日

ラジオ放送によれば、ドイツ軍はオランダとベルギーに侵攻しつつあるという。

やつを"抹殺"せよ

五月十二日　日曜日

ドイツ軍の侵攻は電光石火だ――諸国が何年間もお笑い草にしてきた急降下爆撃機、戦車、空挺部隊など近代戦のあらゆる技術を投入している。もはや彼らを阻止し得るものは無いかにみえる。ドイツ軍はオランダとベルギーで踏み止まり、一転してイギリスに立ち向うだろうか。それとも延長されたマジノ線を突破し、フランス国内に突入するだろうか。マジノ線に攻撃をかければ双方の損害は甚大だろう。自分からみれば、この戦争の最悪の一面は関係諸国における遺伝学上の一大損失である。しかも、最優秀の人材が決まって真っ先に殺されるのだ。その影響が今日、イギリスにおいて早くも表われているのである。イギリスが持てたかも知れぬ優秀な指導者は、先の大戦で失われてしまったのだ。

五月十三日　月曜日

ドイツ軍の侵攻があまりにも速く、イタリア参戦の可能性も高くなったので、差し当りヨーロッパ視察旅行を延期することに決めた。このような状況下では何事もなし得ぬし、この国で事態の進展ぶりに接触している方が大切だという気がする。われわれを参戦に追いやろうと非常な圧力が増大するだろう。

五月十五日　水曜日

一日がかりで放送用の原稿を書く。『アメリカ空軍の防衛力』と題することになるだろう。

ドイツ軍の侵攻は猛烈果敢である。死傷者は極めて甚大であるに違いない。

五月十六日　木曜日

トルーマン・スミスから電話あり。ドイツ軍の侵攻は非常に急で、短波放送によればマジノ線がセダン付近で突破されたという。

午前十時、車でニューヨークへ。デソートをペンシルヴェニア駅近くのガレージに預けたあと、駅へ歩いて行き、ワシントン行の切符を買う。特別客車の車掌たちが盛んに戦争を論じ合っていた。「おれたちが巻き込まれるのもそう先のことじゃないぜ」と一人が言えば、「いや、断じて巻き込まれはせんぞ」ともう一人が答える。「おれは一度いったことがあるが、もう二度目はまっぴらだ」と、これは三番目の男。新聞はすっかり取り乱している。その報道ぶりは、アメリカがまるで来週中にも侵略を受けるような印象を与える！

五月十八日　土曜日

アントワープ陥落。フランス陸軍は崩壊の寸前にあるかにみえる。ドイツ軍はパリまで四十マイルに迫ったと伝えられる。

トルーマン・スミスと車で軍需ビルへ。アーノルド将軍と（二人きりで）十五分ばかり、ヨーロッパ情勢を論議した。明晩のラジオ放送で自分が述べるつもりのあらましを将軍に説明しておく。将軍の勤務室にいた間、若い将校が入って来て、フランスにおけるドイツ軍の新しい進出点を地図に記入した。マジノ線の西方モンメジーで広範囲にわたり打ち破られている。ベルギー国境沿いに延長されたマジノ線がコンクリートや鋼鉄ではなくて、あたかも砂地であったかのように突破されている。ここ数日来、英仏空軍の活動は激減し、夜間爆撃に後退する一方、ドイツ空軍は白昼わがもの顔に行動し、地上部隊もベルギー領内の道路沿いを抵抗も受けずに進撃中とある。

アーノルドの話によればウッドリング長官に会ったところ、長官は私のラジオ放送に注文をつけたという。つまり、陸軍予算に占める兵力維持費の比率や、新装備費の比率等といった項目を演説の中に入れてもらえるように説得できないものかと。それは明らかに演説の切れ味を鈍らせ、政府の得点を稼ごうとする無器用な努力である。アーノルドはウッドリングの提案に従ってほしくないと望んでいるように確信されたものの、忠実な軍人にふさわしく陸軍長官の注文を伝達したのであった。別に将軍の意見を強いて求めるような態度はとらなかった。演説は長官の提案を入れるには内容があまりにも掛け離れていることと——提案を入れるとすれば全面的に書き改めねばならぬ（事実そうなのだ）と、将軍に説明する。

五月二十八日　火曜日

ラジオ放送によれば、ベルギー軍がレオポルド国王の命により降服したといわれる。

カレル博士が帰米したと新聞に出ていたので早速、彼のアパートに電話をかけ、午後三時に会う約束をとりつける。博士は東八十九丁目五十六番地に滞在中。一時間近く語り合ったが、ほとんどが戦争談義であることは断わるまでもない。カレル夫人はドイツ軍が最初に（モンメジー付近で）突破するマジノ線の延長部にいたが、夫人は攻撃開始の直前に、サン・ジルダ島で行われる年一回の〝巡礼《パルドン》〟をとりしきるべく帰島した。島に帰ったあと、ドイツ軍の突破作戦が行われたのである。カレルは依然、戦争を客観的に論ずる能力を失っていないし、因果関係を明確に見抜いている。彼は数年前からフランスの衰亡傾向を見極めていた。ただ大きな一点だけ、自分は博士と意見を異にした。カレルの見るところではドイツが勝てば、西欧文明は崩壊するという。私見ではドイツもフランスやイギリスと同じく西欧文明の一部を成す。カレルはソヴィエトがドイツより比較にならぬほど悪いと認めながらも、私がソヴィエトを見るのと同じ目でドイツを見ているのである。

五月二十九日　水曜日

午前中、書きもの、そして行動計画を練る。戦争の圧力が増大しつつあるが、少数派は数的に増大する声の方がますます高くなっている。

ケイ・スミスがニューヨークから電話をかけて来る。声の調子からして何か悪いことが起ったに違いなかった。学校の寮に入っている娘に会いに来たのだが、すぐワシントンに引き返さねばならぬという。是が非でも会って話したいことがあるとかで早々にニューヨークへ。自分にとって、その緊急事は別に驚くに当らなかった。数年前の郵便飛行問題で政府のとった対策からも経験済みだったからである。無論、ワシントンではトルーマン・スミスが自分の親友であることは周知の事実。スミスは私の放送原稿を書いたと噂される大勢の中の一人とみなされている（実のところ、スミスは放送前に生原稿に目を通した数少ない人たちのひとりなのだが）。政府が彼を追い出せば、この自分を傷つけられると考えているのだ。ケイの話によれば、大統領の側近、モーゲンソー財務長官がマーシャル陸軍参謀総長に対してトルーマンを退役にすべきだと申し入れたそうである！　マーシャル将軍はトルーマンが自分にとり掛け替えのない人物なので、退役させられぬと断わった。すると、モーゲンソーはどうやらトルーマンを私の反戦活動に結びつけて弁じ立てたらしいというのだ！

マーシャル参謀総長はほとぼりをさますため、トルーマンにフォート・ベニング（ウェスト・ジョージア州）へ二週間の出張命令を出し、あまつさえ、ここ当分のあいだ表面的にも私との親交を遠慮した方がよいと忠告した。勿論、トルーマンは激昂し、マーシャルに辞任を申し出たが、参謀総長は拒否したという。ケイの語るところによれば、政府は私を「抹殺する」ために行動を開始したとワシントンではもっぱらの噂だそうである。いまに始まったことではないし、これが最後の仕打になるわけでもない。

六月三日　月曜日

車でニューヨークへ出かけ、約束の午後五時に五番街五百五番地でハート、アッカーマンらと会う。彼らは私のために新しい行動計画を用意していた！　ニューヨーク人は概して、行動を起すことは他人に何かやらせるという風に解しているようだ。今日はアッカーマンもハートも、いま私のやっていることをすべて諦めさせ、私を議長にした十人の知名人から成る委員会を結成したいという。この委員会は新聞に反戦声明を発表する段取りなのだ。声明の発表後、委員会は何をするのかと訊いてみる。私の命ずるがままのことを実行するだろうと来た！　行動を起すために委員会を結成するという発想は、アメリカ的虚構の最たるものの一つである。私見によれば、委員会なるものは行動の原動力であるよりも歯止めだ。煩わしく、行動がのろい上に議論倒れになりがち。わざわざ委員会を結成しなくても、いくらでもよい助言は得られる。しかも委員会に縛りつけられない方が、もっと的確に助言の選択ができる。

ハートとアッカーマンには、この計画が多くの難点を含んでいるのでよく検討してみたい、また全国的に最も影響力ある十名の人物を選び出し、委員会を結成するのは軽々に行うべき性質のことではないと説明した。

エンジニアーズ・クラブでアメリカ在郷軍人会のO・K・アームストロングと夕食。彼は在郷軍人会の指令なるものを見せてくれた。立派なアメリカの防衛策だ——戦争反対の政策である。参戦反対運動で在郷軍人会が積極的に果すべき役割の計画を論じ合った。アームストロングはミズーリ人であり、このところ接触を保ってきた東部人とはなんと対照的なことか！　彼の考えはすべて自分に何ができるか、在郷軍人にいったい何ができるかという発想に基づく。彼は全く行動の人だ。できたら在郷軍人会の集会で話をしてくれまいかと頼んだときすら、いささか申し訳なさそうな口振りだった。自分にできることならぜひ手助けをしたいし、喜んで話もしようと答える。この状況下で在郷軍人会が活動すれば測り知れぬ価値があろうと思う。

夜、ロイド・ネックに帰る。各紙の夕刊は非常に興奮しており、〝第五列〟等に対するお定りの〝魔女狩り〟に懸命だ。ヒステリー症状、まさにたけなわである。

六月八日　土曜日

夕食をすませてから約一時間後、エングルウッドのモロー夫人が電話をかけて来る。未知の婦人から電話があったばかりで、娘さん（アン）の身に危険が迫っていると告げたそうである。またもや、いつもの見えざる危険をひしひしと感じる。隠密な犯罪行為から家族を守るのに骨身を削らねばならぬくらいなら、いっそのこと最前線の塹壕《ざんごう》にいた方が遥かにましだ。

モロー夫人に注意深く訊いてみた。「落ち着き払った平静な口調」の婦人がネクスト・デー・ヒルのモロー夫人宅に電話をかけて寄越し、自分はリンドリー家（エングルウッドの古い住人）の知人であると称したあと、娘さんの身に危険が迫っていると申し上げたかったただけだと言ったという。

「どの娘ですか」

「有名な方のお嬢さんですわ」

その婦人は名前も告げずに電話を切ったが、モロー夫人がリンドリー家に電話をかけてみたところ、一家は揃って留守だった。その婦人はおそらくモロー夫人の喋ったことに関連して彼女を心配させようとしたのか、それとも精神を病んでいるか、あるいは悪夢か何かにまどわされたのではないかという結論に達す。モロー夫人の説明を聞いているうちに、さほど重大事には思えなくなって来た。あすの朝、リンドリー家に電話をかけ、その婦人を知っているかどうか問い合せてみたらどうかと言っておく。

にもかかわらず、一九三五年にヨーロッパへ移り住む前に体験したと同じような不安感が蘇ってくる。当時、毎週のように脅迫状を受け取ったものだ。過去二ヵ年の間に脅迫状が舞い込んできたために、ＦＢＩ（連邦捜査局）は十二件以上の逮捕を執行した。このような脅迫がもたらす最悪事態の一つは、相手の家庭生活に影響を与えるということだ。正常な家庭生活を営むのが不可能になるほどの雰囲気を生み出すのである。アンは動ぜぬ態度を見せたものの、今夜のように「ソー、二階から降りてきちゃいけないといったでしょう」と言ったりするのを耳にすれば、彼女の胸中に去来するものが手に取るように分るのだ。

六月十日　月曜日

ドイツ軍はパリに三十五マイルと迫り、急進撃を続けていると伝えられる。

東部標準時一時にローマでムソリーニが演説をすると発表された。ラジオを二階から食堂に運び、拝聴することにした。予期した通り、英仏両国に対する宣戦布告である。ムソリーニは絶叫し、あまりにも金切声をあげたので当のイタリア人にさえ理解できなかったろう。ひと言かふた言めには群衆の咆哮《ほうこう》が景気をつける――血を求める咆哮だ。獲物に飛びかかろうとする獣の一群が分け前にあずかるべく咆哮しているのだ――すでに半死半生の獲物、フランスという致命傷を受けた獲物を狙って。自分が生きている限り、この放送は耳について離れないだろう。ムソリーニの声はご当人の目論んだ音調も声量も整えることができなかった。が、群衆は彼のために咆哮を続けた。すべてリーダーと群れを一つにするためであった。

午後七時十五分、ルーズベルトがシャーロッツヴィルでラジオ放送。かなり正常な人間のなすべき演説とは思われず。たまに彼の演説に耳を傾けるが、そのつど常に信頼感がいよいよ薄れる。今夜、彼の声が電波に乗るや、宣戦を布告したがっているなと感じられた。

それも、今はまだ祖国の体制が出来ておらぬためにそれを辛うじて抑えているという感じだった。いつものように劇的な話法であり、また独善的でもあった。

夕方のラジオ放送によれば、フランス政府はパリを放棄してトゥールに向ったといわれる。

参戦反対の旗を

六月十二日　水曜日

七時十五分に下車（ワシントン）。今度の旅行では航空隊の友人たちに断じて会うまいと決めた。この政権に関係する政治家どもが、自分の接触した相手に見境もなく迷惑を及ぼすからである。友人たちの人生を難儀なものにしたくはないので、まず何より彼らと会わないのに限るのだ——すでに相手が反政府派と広く知られている場合は別だが。

民主党のクラーク上院議員（ミズーリ州選出）と午後二時半に会う約束なので、タクシーで上院議員会館へ。われわれは戦争、ルーズベルト政権、参戦に導こうとする圧力について論議し、いまや事態は重大な時機に差し掛っており、何としても参戦への傾斜を阻止せねばならぬことに意見一致する。その点で、在郷軍人会に何が出来るかという問題も話し合った。後刻、共和党のヴァン・ザント下院議員が入って来、復員軍人会や元軍人の各団体が参戦反対に大同団結して取るべき行動を検討する。三十分ほど話し合ったのち、クラーク、ヴァン・ザントと連れ立って議事堂へ赴き、進歩共和党のロバート・ラフォレット上院議員（ウィスコンシン州選出）、民主党のバートン・ホイラー上院議員（モンタナ州選出）、民主党のロバート・レイノールルズ上院議員（ノース・カロライナ州選出）らと会う。参戦の扇動と宣伝とに反撃を加える計画について論議する。誰も彼もルーズベルトの出方を憂慮しており、大統領は参戦への途を懸命にいそぎつつあると感じている。

六月十三日　木曜日

朝刊、パリ陥落を伝える。

昼食後、三時半にクラーク上院議員と会うべくタクシーで議員会館へ。彼は二、三人の上院議員を呼びにやり、ともども戦争のこと、それに関連してこの国がとるべき施策を論じ合った。

六月十六日　日曜日

新聞報道によれば、フランス軍はパリ西方六十マイルの線まで退却したといわれる。どうやら潰走であるらしい。ラジオ放送はフランス内閣が崩壊したと告げる。

六月十七日　月曜日

ラジオ放送によれば、フランスはドイツに和を請うたといわれる。

近頃は月毎の計画をたてるのが難かしい。日毎に新しい問題が発生しているからだ。たとえばドイツがヨーロッパ大陸を征服したいま、イギリスがどう出るか。それから、アメリカ国内はどのような反響をみせるか。

フィラデルフィアで開かれる共和党大会の準備関係者から電話があり。党大会に出席するかどうかと訊かれる。フィラデルフィアへ行かない方が、自分の戦争観はずっと大きな説得力を持つと答える。

アンと共にアレン・ダレスの兄、弁護士フォスター・ダレス夫妻の夕食に招かれた。戦争とアメリカの政策とを論じ合った。

六月二十一日　金曜日

昼食後、森の中と海岸沿いを散歩する。ここ数日来、考え事にふけって来たような気がする。今は心を寄せたい木や鳥、雲どころではなく、戦争と激動期の混沌しか頭にないのだ。むしろ、一途な信念と理想のために戦場でひたすら闘っていた方がどれだけ気楽か。さもなければ肉体的にも精神的にも戦争から遠く離れて森の中を散策したり、頭のどこかで政治や爆撃機、計画等を考えるよりもさざ波立つ水の美しさを感じていたい。目下のところ、この地は人間の世界とも神の世界とも触れ合っておらぬような気がする。この国を昔に返すにはどうしたらよいのか。アメリカはいったいどうしたのか。開拓者の気骨はどこへ行ったのか。独立戦争当時の勇気は？　かつてわれらが掌中に握っていたアメリカの命運は？

夜、父の遺著『何が故にわが国は戦っているのか』とフィッシャーの『ヨーロッパ史』とを読む。

六月二十七日　木曜日

六時半、母の家（デトロイト）で起床。ジム・ニュートンが七時に迎えに来て、ディアボーンにあるヘンリー・フォード邸での朝食会へ。食後、フォード氏と在郷軍人会のことを語り合い、その参戦反対運動に可能な限りの支持を与えるのが望ましいという自分の感情を説明する。フォード氏は完全な同意を示し、在郷軍人会のデトロイト支部と緊密な接触を保つ人事担当の役員ベネット氏を呼び入れ、本問題に関する打合せを行なった。フォードは出来る限り在郷軍人会を支援したいとベネットに申し渡す。

この人物には心から感服させられる。彼には天稟《てんぴん》の才、理解力、大胆さ、楽天性、ユーモアがある。成功、殊に大きな成功で損われることの滅多にない素朴なあけっぴろげの性格がある。彼にあっては強固な意思が熟慮と心の優しさと一体となっている。天稟の才を最高に発揮する時でさえ、結局は実際的な視野により調和がとれ、また幻想にさまよう時すらも結局は大地をしっかり踏まえているのである。フォードはいま七十歳を越えるが、注意深い上に機敏であり、エネルギーと新しい着想とに満ち溢れている。ヘンリー・フォードは、この国が生んだ偉大な人物の一人であり、今後とも常にその一人であることは変りがないだろう。次々と小さな工場を見学しながら、フォードはいちいち製品を示し、現場監督に引き合せたり、あるいは足を止めては古い工員たちと言葉を交わす。彼らと個人的な親密さがあるらしく、これは巨大な近代工場でついぞ見掛けたこともないような光景だ。

七月二十日　土曜日

一日中、ロイド・ネックで過す。夏に入って最高の暑さだった――風もなく、湾内には濃い靄《もや》と、ところどころに霧が懸った。自分にとり、計画能力を越えて勘だけがやたらと働く惑乱の一日であった。前途には混乱状態が待っているような気がしてならぬ――社会不安、不況、労働紛争、暴力沙汰――よしんばわれわれが戦争を回避できたとしても、だ。何をなすべきか。どうすれば最もよく家族を守る体制ができるか。かかる情況下で、どうすれば祖国に最もよく貢献し得るか。自分としては腕をこまぬき、洪水に押し流されるがままになるつもりは毛頭ない。しかし、自分の進むべき全く疑問の余地なき明快な途はないし、賢明な計画を立てるのも難かしいのだ。

ほとんど一日中、林の中の道を散策し、一人であれこれと考えてみる。歴史はいま転換期にある。前途は大きく開かれている。自分の家族と祖国のためにどのような途を選ぶべきか。古い考え方を再評価しながら、新しい考えをまとめてみようと試みる。

七月二十一日　日曜日

アンと、この冬の将来の計画を話し合った。オレゴン州の山が多い沿岸地方に牧場を買う可能性について検討する。そこなら美と孤独、さらに土と空と海の実感が得られるに違いない。俗世界から隔絶されることも確実だが、しかし、いまは自らを隔絶すべき時期ではない。世の中が目まぐるしく変りつつあるからだ。この転換期を導いて行く役割の一端を担わなければ、流れの中に呑み込まれるだけだろう。にもかかわらず、数時間もかけて北西部の地図を調べ、オレゴン州の地誌を開いてみる。

七月二十二日　月曜日

ここ数日来、クラーク上院議員を電話でつかまえようと努めたものの、不成功に終る。どうも様子がおかしい。まだその理由は定かにつかめないが。クラークは多分、シカゴの反戦大会が政治的に危険だと考えるようになったのではないか。秘書は上院議員と必ず一、二時間以内に連絡がとれると言っていたのだが、いざ行先に電話をかけてみるとそこにはおらぬし、しかも折り返し電話をかけても来ない。

七月三十一日　水曜日

クラーク上院議員の秘書から電話。議員は足の傷に黴菌《ばいきん》が入り、目下セント・ルイスの病院に入院中で、シカゴの反戦大会には出席できないだろうという！

八月二日　金曜日

今朝、演説の最終稿を仕上げる。一般受けはすまいが、提起せねばならぬ論点は入れたと思う。明日、トランス・ワールド航空でシカゴに発つこととし、席を予約する。
午後遅くアンとひと泳ぎ。夜、ロイド・ネックの北岸へドライブに出掛け、小石の多い砂浜を半マイルほど散歩した。

八月三日　土曜日

朝食をすませてニューヨークへ。ボーイング社の新型機〝高層圏旅客機《ストラトライナー》〟に乗り、滑らかなシカゴへの空の旅だった。空港でマコーミック大佐のお抱え運転手が出迎え、トリビューン・ビルにある大佐の執務室に送ってくれる。シカゴに滞在中、マコーミック邸で過すように招待されたのである。マコーミックはシカゴ・トリビューン紙の経営者で共和党保守派の有力者だ。
反戦大会の責任者であるブランデージ（後年の国際オリンピック委員会会長）に電話し、彼を事務所にたずねて半時間ほど話し合った。

八月四日　日曜日

マコーミック大佐と昼食。そのあとシカゴ市内のラサール・ホテルへ出掛け（車で一時間）、ブランデージ氏と会う。さらに車でソルジャー・フィールドへ向い、午後二時半に着く。スタンドはどんどん埋まっていた。演壇には軍服姿の在郷軍人がずらりと並び、フィールドの正面には各団体の旗が翻っていた。九十歳以上の老軍人も含めた地方代表の演説で開会。絶えず人々が近寄っては何かと質問を発するので、せっかくの演説も満足に聞くことが出来ぬ——メッセージやサインが欲しいとか、講演を引き受けてくれまいかといったような要件だ。いつもの善意の申出なのであろうが、彼らの選んだ時機がいささか良くない。スタンドをざわつかせる原因となったが、結局は演説者の発言を静聴せざるを得なくなる。もう一つ、厄介な問題が生じた。マッカラン上院議員（民主党）の演説を電波に乗せるかどうかということだ（マッカランはクラークに代り出席していたのである）。ラジオ局はマッカランの演説ではなくて、私の演説を中継したいと申し入れたようである。上院議員はそれを耳にするや侮辱されたと思い、演説を中止して退場すると威嚇した。板挟みになった主催者側は私に対し、マッカランの演説も中継されるように原稿を端折《はしよ》ってくれまいかと申し出る。気づかれぬように端折るのは出来ないが、マッカランと入れ代って彼に全部の持時間を譲ってもよいと答えた。私の演説中継はすでに番組として公表済みだから、その提案には応ぜられぬという局側の回答。自分にしてみれば、注意深く検討した上でないと演説草稿を削除するのは望ましいことではないと思われたのだ。しかも、その時間的な余裕さえなかった。幸いにも、マッカランはともかく演説を行うことに決め、プログラム通りに大会は進行することになった。

ブランデージが私を紹介した。演説は二十分かかった。次いでヴァン・ザントが十五分間。そのあと、マッカランが締めくくりの演説を行なったものの、一時間近くを費やし、その間に三分の一の聴衆が中座してしまった。

放送用のマイクに一人で喋るよりも、聴衆に向って喋る方がやさしいことを発見した。聴衆はやたらと拍手したがるように思われ、そのようなことに慣れておらぬ自分はいささか閉口させられた。かなりの聴衆が集まったように思う。さしもの大スタジアムは席が半分ぐらい埋まった――警察当局の推定によれば三万五千から四万の人出だったという。八月の日曜日、しかも太陽が真上から照りつける野外スタジアムの暑い昼下りに、これ以上の動員は望むべくもなかろうし、また自分には予想以上の入りであった。しかし、満員のスタジアムを願ったブランデージやグレイスは落胆していた。

デトロイト行の夜行に乗る。

八月五日　月曜日

七時五十五分に下車（デトロイト）。キャンプソル氏（フォード秘書）の出迎えを受けてフォード邸（ディアボーン）へ。

フォード夫妻と朝食。食後、フォードは訊いた。もし戦争終結の一助になる自信があるならば、ヨーロッパへ行ってみる気はないかと。喜んで、と答える（無論、差し当り戦争を中止させる方策など何一つないのだが）。ヨーロッパでは積極的に和平条件を論議する機運が熟しつつあるとフォードは判断し、ヨーロッパに平和をもたらし得る人物がいるとすれば、それは他ならぬ君だとフォードは言うのだ！　イギリスは当面、ドイツの提起するような和平条件を受け容れる意思がないだろうと私見を述べた。そうかも知れぬ、従って渡欧する際のタイミングは君自身が判断を下さなくては、とフォード。そのような旅行の経費は自分がすべて喜んで負担しようというのであった。謝意を述べたのち、経費が非常に高くつく場合ならともかく、それくらいの経費は充分に負担できるし、もとより好機至れば戦争終結に一役買うほど大きな喜びはないと答えておく。

次いでわれわれはヨーロッパとアメリカの趨勢《すうせい》を論じ、さらに航空エンジンとフォード社の航空エンジン開発計画とに話題を移した。そのあと、車で〝古い村〟を経由、[*22]エドセル・フォード社長、ソレンセン副社長らが待つ技術ビルへ。そこではイスパノ・スイザ発動機が分解されており、ともども仔細に検分した。基本的な設計はロールス・ロイス発動機のそれよりも好きだとソレンセンは言い、また分解用にJU211型のエンジンはまだ入手していないとも言った。技術ビルにいた間のことだが、フォードは私を新車のマーキュリーのところへ連れて行き、自分が君のためにわざわざ選んでおいた車だと言った――フォードの博物館に寄贈する乗り古したフランクリンの代償だというのである。私は大いに困惑した。代償を支払う必要など全くないこと――あのフランクリンは使い古して一文の値打もないこと、そして彼のためにささやかな好意を示したとしても、代償は全く期待しない人間が少なくとも何人かはいるものだと知ってほしかったまでのことだと私は言った。ところが、フォードもエドセルも、それからソレンセンまでも車を受け取って欲しい様子が窺《うかが》え、断わるのも難かしい情況であった。その上、われわれの間には、彼らの申出をあくまで拒否できないような人間関係が育っていた。フォードがマーキュリーを心から贈りたがっていることは何としても嬉しかった。

八月十二日　月曜日

新聞報道によれば、ドイツ空軍のイギリス本土大爆撃が続いているという。いつものように双方とも攻防の成功を主張する。

八月十七日　土曜日

この国の諸傾向や状況にますます不安を感じさせられる――その浅薄さと安っぽさ、それから基本的な問題に対する理解力の無さ、あるいは関心の欠如。国債は増発されつつある。われわれは浅はかにも、また無用にもヨーロッパの情況に巻き込まれており、しかも、われわれの持つ限界点をいささかなりとも自覚してはおらぬ。

午後、アンとウェンデル・ウィルキーが行なった共和党大統領候補指名の受諾演説を聴く。正直であけっぴろげだが、いかにも青臭く、ただ感泣しているばかりである。まぎれもなく大向うを意識した演説——主として票を狙ったものだ。大いに期待したのであるが、それだけに聴き終ったあとは落胆が大きい。ウィルキーは演説の下準備をする時間的な余裕がなかったのだろう——これは明白だ。演説草稿を書く前に多くの人たちの意見に耳を傾け過ぎたのは明らかだということである。そのうえ彼は疲れており、それがまざまざと声に出ていた。しかし、国民はついに聴けないままに終ったメッセージを、実は待ちあぐねていたのである。偉大さを期待したところ、聴かされたのは凡庸さであった。ウィルキーには演説に示された以上のものがあると望みを掛けるしかない。この国が今日ほどリーダーシップを必要としている時期はかつてなかった。にもかかわらず、先の危機に直面したイギリスやフランスと同じくリーダーシップを欠いているように思われる。

夜、書きものと、イゴル・シコルスキーの『〝主の祈り〟の霊感に基づく着想』を読む。

八月十八日　日曜日

朝食後、シコルスキーに電話をかけてみたら留守。代りにシコルスキー夫人と話をした。シコルスキーはコロラドへ飛び発ったあとで、一週間ほどロッキー山中にこもり、休養と考え事をするのだという。夫人は昨夜、私の夢を見たのだそうである。興味深い話だ。なぜなら、夫人は極めて感受性の鋭い女性であり、自分もゆうべシコルスキーに電話をしようと思いながら、時間が遅すぎると思いとどまったからだ。最後に夫人に会ったのは数年前、シコルスキーとは数カ月前のことである。この場合はテレパシーが働いたという強い可能性があるように思われる。

九月四日　水曜日

午前七時半、下車（ワシントン）。タクシーでアパートへ。ヴァン・ザント下院議員に電話をかけ、十時の集りに出るため彼の事務所に出掛ける。シカゴの〝アメリカ第一委員会〟からダグラス・スチュアートが出席していた。また明日スペインへ赴任する大使館付武官補のフェラーズ少佐も。シカゴ大会と反戦運動の計画を論議した。アパートで昼食を共にしようとスチュアートを誘う。しっかりした若者のように見える（先月のシカゴ大会後、夕食会で会ったことがある）。イエールの大学院で法律を専攻している。仲間の学生と各方面の参戦工作に関心を持ち、反対運動を開始した。今冬、世間を騒然とさせた反戦アピールを配布したイエール大学グループの一員だ。

昼食後、リビー氏（全国戦争防止会議）に電話をかけ、アパートまで来てもらう。この際、戦争以外の問題で意見が分れていても、全国の反戦団体は大同団結すべきだとリビー氏は自覚しており、一時間近く運動計画や政策を論議し合った。

自分の部屋はアパートの六階にある。ラファイエット公園と、その彼方にあるホワイト・ハウスとを見降ろす。公園の背後にあるワシントン記念碑はホワイト・ハウス表玄関の中心部と一線上にある。夜になると、巨大な石柱はあかあかと明りで照らし出される。双眼鏡でのぞけば、あちら側の各室で何が行われているのか手に取るように分るに違いない。

九月五日　木曜日

タクシーで議事堂へ。上院の州際商業委員会に隣接する控室でホイラー上院議員と会う。イギリスへの駆逐艦売渡し、ウィルキーが選挙戦で巻返しに出たければ果敢に行動しなければならぬということに意見が一致する。ウィルキーの参戦に対する偽りなき個人的な立場は何か。誰も知っていないかのように思われる。一時十五分にビル・キャッスルが来訪、部屋で昼食を共にした。キャッスルの話によれば、共和党の多くの友人は今日までのウィルキーの選挙運動にすっかり失望し、またウィルキーの本当の立場を知る者はいないかのように見受けられるという。

六時にハリー・バードが来訪。ルーズベルトは三選に成功すれば必ずや参戦を目差す、「どのような政権交代であれ、祖国のためになる」との立場からウィルキー支援は大切だとバード上院議員。自分としてはいや応なしにルーズベルトに一票を投ぜざるを得ぬ、地元のヴァージニア州から上院議員に立候補する民主党員は、自党が指名する大統領候補に投票すると誓約せねばならないからだ。しかし、自分はルーズベルトの再選に手を貸すつもりは毛頭ないし、おかげで早くも地元では批判の声が高いという。バードは断固として参戦には反対である。参戦に一票を投ずるくらいなら上院議員を辞任した方がましだと現在の心境を述べる。ヴァンデンバーグ上院議員は西部まで出張し、ウィルキーにもっと強力な反戦の立場を打ち出すように忠告したそうである。

九月十一日　水曜日

アンと車でニューヨークへ。ハーコート氏に『未来の波』のゲラを渡し、同書の出版の細目について最終的な打合せを行う。

午後、マーキュリーを運転してエングルウッドへ。フォード博物館のクラシック・カー展示会に寄贈する一九二八年型のフランクリンを引き取るためだ。一九二八年にフランクリン自動社会社からもらった車である。私の行った大西洋横断飛行のおかげで同社の乗用車の売行が激増し、感謝の印として一台贈りたいという事実を宣伝に利用するつもりはないし、またこの贈物には何らの条件も付さないと説明された。自分はこれまで、このような類いの多くの贈物を断わってきた。いずれも宣伝に結び付いていたからである。フランクリン自動車は贈物の申出に礼儀正しく、しかも深い配慮と誠実さとを示したように思われたので、この贈物を受け取った。以来、同社は私の決定を後悔させるような真似は一度もしていない。公約を破って宣伝に利用するようなことは一度も行っておらぬ。セールスの激増がなぜ私の大西洋横断飛行と関係があったのかと、同社の関係者に質《ただ》したものである。スピリット・オヴ・セントルイス号が空冷エンジンを搭載していたことは天下周知の事実であり、同社がその空冷エンジンをフランクリン車に搭載するアメリカ唯一のメーカーであったために、私の飛行から非常な恩恵を蒙《こうむ》った、私のパリ到着後、フランクリン車の売行は急上昇したという説明だった。

自分はフランクリンを一九二八年から三三年まで運転した。アンを連れて最初の同乗飛行を行うべくファレイズに出掛けたときも、この車に乗った——小型の複葉機モースに乗り、近くの飛行場に着陸したものだ。自分たちがアメリカ本土で行った最初の同乗飛行であり、それがアンと二人だけで乗ったのも初めてのことだった。もっとも、実をいえば、アンと共に飛行機に乗ったのはその時が初めてのことではない。一九二七年にアン、エリザベス、コンスタンス、ドワイトの他に数人を連れ、フォードの三発輸送機でメキシコ・シティの上空を飛んでいるのである。

ニュージャージー州の道路をドライブしながら、アンに求婚したのもこの車の中においてであった。そして数カ月間にわたる婚約中、この車を運転しながら、アンと共に大半の時間を過したのだ。一度、新聞記者に追跡されたときのことだが、道路は行き止りに来た。向う側は空地になっており、段々の斜面をくだれば歩道と舗装道路に出る。さえぎる柵も溝もない。後方の記者連はまだ視界内に入っていなかった。自分は空地を横切り、歩道が六、七フィートの下方にある斜面の際まで進んだ。頂点の角度は急だった——フランクリンには角度が険し過ぎた。それでも——自分は斜面の際に接近しながら目測した結果——充分に乗り越えられると判断した。ギアをローに入れて際を越える。際の芝生を越えるとき、車体の中央部にどすんと軽い衝撃があった。歩道まで滑り降り、歩道の縁《へり》を越えて上機嫌に道を走り去ったのである。近所の家のベランダで呆気《あっけ》にとられながら自分たちを見送る男女を尻目に。

自分たちは一九三三年までフランクリンを運転し、ハイ・ファールズのガレージに残して渡欧した。まず第一に贈物だったから売りたくなかった。その頃には車としての価値がほとんど無かったし、しかも車への愛着が深まっていた。人生の重大時によく仕えてくれた機械類に断ち難い愛着を抱くのと同じことだ。

九月十六日　月曜日

車で母を学校へ送り届けたあと、フォード自動車のリヴァ・ルージュ工場にあるハリー・ベネットの事務所へ赴く。約束より十分早く到着。ベネットは数分遅れて着き、フォードは九時ちょうどに姿を現わした。朝の挨拶を交わすか交わさないうちにシアーズ・ローバック会長のウッド将軍とR・D・スチュアートがドアを排して入室。われわれは〝アメリカ第一委員会〟の政策と組織拡大とを討議した。フォードは最初のうち用心深く、会員になることをためらった――仔細に検討してみなくてはと言った。われわれはいささかの無理押しもしなかった。フォードは先の大戦で資金を出した〝平和船〟の話を持ち出し、ただ力を貸したかったのであるが、やがて自分が全計画を推進するような立場に置かれてしまったという。彼がかかわり合いを持ちたくなかったことは明白である。論議が進むにつれ、フォードは段々に関心を持ち、もしかしたら委員会で活動的な役割を果せるようになるかも知れないとほのめかした。散会の握手を交わしたとき、フォードはきつい一週間を過したよと私に言った――五晩続けて孫たちのパーティーに付き合ったというのだ。ウッド将軍は有能な人物であり、議論も冷静で非常な思慮を示した。スチュアートは注意深くて熱意があり、なかなかの頑張り屋だ。二人で車をルージュ工場からデトロイト空港まで送り、彼らはシカゴ行の旅客機に乗った。

昼食をすませた直後にベネットから電話がある。フォード夫妻ともども委員会に加わる意思があり、出来る限りの助力をしたいという。三十分後に直接フォードから電話があり、精一杯の助力をしたい、寄付金を受け付けるのだろうかと訊く。会員になることが最も重要な助力であり、資金がもっと必要になれば後日、改めて連絡すると答えておく。フォードが言うには夫妻とも委員会宛の公開書簡に署名し、私に手渡すようベネットに託してあるとのこと。自分で受け取りに行くと返事した。ウッド将軍がシカゴ空港に到着した頃合を見計らい電話、フォードの加入を伝えた。次いでフォードの書簡を受け取るべく車でルージュの工場へ出掛け、それをシカゴのスチュアート宛に郵送した。

家に帰ってみたら、母は学校から帰宅していた。身の回りのものをまとめ、母とBに駅まで送ってもらう。午後五時二十五分発のワシントン行に乗車。

九月十七日　火曜日

一時間の遅延でワシントンに到着。九時四十五分に下車し、散歩してから朝食をとる。ヴァンデンバーグ上院議員に電話、十一時半に会う約束をとった。ヴァンデンバーグはウィルキー候補に会うべく西部へ出掛け、ワシントンに帰ってきたばかりだ。参戦問題に対するウィルキーの真意はどうかと問う。ウィルキーは個人的に戦争介入反対の立場をとるものの、いま以上に強い立場を表明すれば東部の票を失うという風に感じているようだとヴァンデンバーグ。ヴァンデンバーグは現在までのウィルキーの選挙運動が全く気に入らず、どうやら歯に衣を着せずにその旨を伝えたらしい。ウィルキーは活発な選挙運動を開始したばかりなのに、そのような判定を下すのはフェアではないと応じ、一週間か二週間経つまでは意見を差し控えてほしいと求めたそうである。もしウィルキーが大統領に当選したら、共和党は「間違いなく問題児を抱え込むことになるだろう」とヴァンデンバーグは言う。ウィルキーは政治家として未熟であり、外交問題に対する理解力をほとんど持っていないと、ヴァンデンバーグは自分と同じ意見だ。

ヴァンデンバーグと三十分ほど話し合ったあと、歩いて陸海軍クラブに戻り、今度はタクシーでベルギーのコダヒー大使も招かれているビル・キャッスル邸の昼食会へ。三十分ほどキャッスルと喋っているうちにコダヒー大使が到着。キャッスルの意見によれば、ウィルキーは国際情勢についてほとんど無理解だ。この点は自分がウィルキーの演説を読み始めてからすでに明白なように思われる。コダヒー大使が着くや、すぐさま食堂に移って昼食。コダヒーについてはあまりよく知らないが、強い印象を受けた。面構えや眼差しが好きだ。

ベルギーの食糧事情を語り合った。コダヒーによれば十月ごろには食糧不足が実感となって現われ、急速に深刻化するだろうという。大使がロンドンに立ち寄ったとき、イギリス側は海上封鎖を通じての食糧輸送は許さぬと意思表示したそうである。また大使は占領下のベルギーに滞在中、ドイツ軍による残虐行為を一件も目撃しなかったし、そのような目撃者の話もついぞ耳にしたことがなかったそうだ。今冬、ベルギーに食糧を輸送するのは緊急事だと思うが、英独戦争をめぐる緊張が宥和されない限り、何ら打つべき手はないだろう。レオポルド国王は降服以外に選択の余地がなかったし、歴史はやがて国王の決断を高く評価するようになるだろうとコダヒー。いまは英独間で和平交渉が行われることに最後の望みを託するしかないだろう、そしてよしんば長い戦争の末にイギリスの勝利が可能になったとしても（それは疑問だとわれわれは思ったが）、全ヨーロッパはボルシェヴィズムの影響下に置かれるだろうということに意見が一致した。キャッスルもコダヒーも、ウィルキーは極めて不運な選挙運動のスタートを切ったものだと考えている。午後四時にコダヒーとキャッスル邸を辞去。

トルーマン・スミスに電話をかけ、タクシーで彼の家を訪れる。スミスはホワイトヘッド少佐、外交評論家のローレンス・デニスも招いた。デニスはニューディール経済関係の会議に出席するためワシントンに来ていたのである。デニスは人目を引く人物だ——大男、顔の色は浅黒く、いかにも頑健、自信満々である。殊にこのような人物と会う心構えの出来ていないワシントンあたりの屋内で不意に出くわしたりすれば、いささかショックを受ける。ヨーロッパの東部国境沿いにある交易所といった場所にぴったりの人物であるような感じだ。彼と喋りながら、祖先はどこの国民だったろうかと推理してみる。中近東の血も混っているに違いないという結論を下したのだが。とにかく、デニスをもっとよく知るように努めなければ、才気煥発、独創的な考え方の持主だ――攻撃的なまでに決然としたところがある。その性格的な力強さが気に入ったが、どこまで彼と意見が一致できるかどうか、まだ確信は持てぬ。

九月二十一日　土曜日

朝刊はカリフォルニアで発生した誘拐事件を伝える。あの頃の恐怖や懸念がことごとく蘇り、子供たちの身の安全が気になって来る。もし早急に解決しなければ、そして犯人を厳罰に処さなければ、このような考えを持つあらゆる犯罪者を勢いづけることになろう。

イゴル・シコルスキー夫妻が五時十五分に来訪、夕食を共にする。夫妻とも感受性の鋭い、比類ない頭脳の持主だ――ロシア人に特有の洞察力、直観力を最高に持つ。アメリカ、ヨーロッパ、ソヴィエト、人種問題、ウクライナ、飛行艇、そして彼の設計した新しいヘリコプターのことなどが話題になる。シコルスキーはそのヘリコプターを撮影した映画を見せてくれ、ブリッジポートへ来て試乗してみないかという。

九月二十四日　火曜日

『未来の波』の最初の十部がハーコート・ブレイス社から届く。非常に魅力的な出来映えだ。

リビー氏を夕食に招く。車でハンティントン駅まで出迎えた。夜、反戦団体間の調整方法を論じ合った。リビーは平和主義者であり、自分はそうではない。しかし、現在の戦争に関する限り、われわれは共通の立場にある。リビーはメイン州の旧家の出だ。アメリカ系の祖先の初代目は一六三七年ポートランドに上陸したのだそうである。

九月二十五日　水曜日

アンと車でニューヨークへ。コスモポリタン・クラブで指導的なクェーカー教徒の一団（ルフス・ジョンズ夫人、クラレンス・ピケット、ジョン・リッチら）と昼食を共にする。ヨーロッパに迫り来る飢饉と、占領地域への食糧輸送に反対する国内の日増しに高い声に対して反撃する方策とを話し合った。アンは、クェーカー教徒の対ヨーロッパ救援活動に『未来の波』の印税を提供したがっていたので、この問題を彼らと話し合い、三人をたいそう喜ばせた。自分たちも三人の代表から深い感銘を受けた。際立って立派な人たちのように思われる。

十月一日　火曜日

スチュアートから電話あり。反戦団体の間で摩擦を避けるのが肝要だ、各団体ともシカゴの〝アメリカ第一委員会〟の指導を仰ぐべきだと私見を述べておく。彼は結局、木曜日のハートの会合に出席するためニューヨークへ来ることに同意した。スチュアートの話によれば〝アメリカ第一委員会〟はラジオ放送の時間を買うのに苦労しているとか！　ラジオ局の中には、委員会が〝係争問題〟を扱わざるを得ないとし、従って係争問題に時間を売らないために作られた放送倫理規定に抵触するという立場をとっている局もあるそうだ。もし戦争か平和かという問題が〝係争問題〟であるがためにアメリカ国民の前で論ぜられないとすれば、何とも困った話だ！　まだ最終的な決定ではないので望み通りの時間を買えるチャンスは残っているという。

十月二日　水曜日

アンが午前二時、目を覚ました。早速エヴァレット・M・ホークス博士に電話してから荷造り。三時十五分、マーキュリーでドクターズ病院に向けて家を出る。四時半、病院に着き、一一〇九号室に入った。数分後、ホークス先生が到着。次いでジョンソン看護婦、エドワード・H・デンネン博士、フラッグ博士らが到着。アンは数時間の睡眠をとれるだろうと思ったが、事態は急激に進展した。ホークス、デンネン両先生とも、出産は正午から一時までの間だと予告する。ランドが生れた時の速さから判断して、出産は予定よりも早まるだろうと意見を述べた。九時二十分、激しい陣痛が始まる。その時刻まで、アンは麻酔を断わって来た――苦痛が耐えられる限り待った方がよいと言ったのである。これほどの勇気を示した者は見たこともない。九時二十分、そう長いことではないと思ったので、近くの部屋で待機するホークス、デンネン両先生を呼びに行く。出産は四十五分以内だろうと告げたら、二人とも私が陣痛経過を大袈裟《おおげさ》に判断しすぎると思ったようだ。フラッグはすぐさまアンに軽い麻酔を施すべく立ち上ったが、手術室に向けて歩きながら麻酔を調合しなければならなかった。白帽、マスク、白衣を身につけて医師、看護婦と共に入室する。私は子供たちの出産に必ず立ち会ってきた。最終的な細かい準備をすませ、しかも早産を防ぐ処置を講じている最中に赤ん坊が現われ、あわてて支え持たねばならなかったとホークス先生。イギリスでランドが生れた時と同じように、今度も医師団は虚を衝かれたといってよい（イギリスでは麻酔医の到着が間に合わず、産婦人科医のアードリ・ホーランド博士が本来の仕事に加えて麻酔まで受け持たねばならなかった）。ランドはアンを手術台に移す途中、この世に現われたのだった。

九時四十五分に出産――女だ――私どもが願っていた通りで、しかも明らかに五体満足の状態にある。アンが病室にもどり、休養のとれる用意ができるまで付き添う。そのあと、エンジニアーズ・クラブへ十時四十五分の朝食をとりに行く。

クリスティーンに電話を掛け、報道陣に手を焼いているかどうか訊く。二人の男と一人の女を乗せたハースト系のジャーナル・アメリカン紙の車が玄関前の路上に駐車し、なんども玄関口にやってきてはアンについての情報を求めたという。手に余る事態になったら警察へ連絡するようにと命じておく。

昼下り、エンジニアーズ・クラブに近いウェスト・サイドの通りに沿い、二マイルばかり散歩をする。それからニュース映画劇場に入った。キャンプで州兵の訓練場面が映し出されたとき、観客の間で寂《せき》として声が無かったのは印象深かった。歓声ひとつ無かったのである。ルーズベルトよりウィルキー候補に対する拍手がやや多かった。しかしウィルキーには、あのいかにも愚直そうな態度をわざと見せつける、両腕を前に突き出しての大袈裟な身振りはやめてもらいたいものだ。

病院のジョンソン看護婦に電話を入れる。アンが目を覚ましたというので、病院へ戻る。アンはたいそう元気で、幸せそうに見えた。自分がいる間にモロー夫人がちょっと立ち寄る（病院当局は報道陣に手を焼いている。妊婦室の階まで入り込んだ記者さえいる！　病院長にはいっさいの情報提供を断わるように、またどのような電話もアンの病室につながないようにと頼んだ）。睡眠をとる時刻が来るまでアンに付き添う。夜、車でロイド・ネックに帰った。

十月三日　木曜日

午前九時、ニューヨークへ。十時にエンジニアーズ・クラブでスチュアート（シカゴ）と会った。アメリカ第一委員会の件と、ニューヨーク・タイムス紙の朝刊に載った同委員会の広告を話し合う。なかなか良い広告だと思うが、レイアウトにいささか混乱がある。アメリカ第一委員会の計画や東部の反戦団体との関係を検討し合った後、チェスター・ボールズの事務所を訪れ、第一委員会の件で半時間ばかり論議した。ボールズは第一委員会のメンバーであり、宣伝広告のキャンペーンに主要な役割を果している。

ハートが午後二時、大学クラブに十五名から二十名の各団体代表を招集していた。侃々《かんかん》諤々《がくがく》の論になったが、ついに決定的な組織体としては何一つ生れず。ハートは計画立案のために三人委員会を任命したが（アッカーマン、私にハート自身）、それでも大した期待は持てぬと思う。成果を挙げるには委員会を結成しさえすればよいというのがハートの東部流の発想だ。われわれには委員会など要らぬ。東部の組織を掌握し、指導する能力のある人物だけが必要なのだ、ウッド将軍がシカゴのアメリカ第一委員会を動かしているように。われわれが今なすべき最善の方法はそのような人物を探し出すよりも、むしろシカゴ・グループを全面的に支持することだ。それが実現可能だとは思うものの、少し時間が掛るだろう。会合の終ったあと、まずハートと二十分ほど話し合い、次いでキャッスル、スチュアートらと三十分ばかり話し合うためにウォルドーフ・ホテルへ（フーヴァー元大統領の借りている続き部屋）。フーヴァー氏も加わり、われわれが戦争や極東情勢を論じ合っている間、十五分ほど付き合って引き揚げた。

病室でアンと夕食。非常に元気で、楽しそうだ。

十月四日　金曜日

午後五時五十五分、ドクターズ病院に着く。アンは赤ん坊に乳をふくませていた。動作が注意深く、もの静かな赤ん坊だ。母親の名をとってアン・スペンサーと命名する。アンと夕食をとったあと、八時にロイド・ネックへ帰る。

十月十日　木曜日

古い日記をタイプさせた写しを読み続けているが、今朝方も戦争直前に書いた一九三九年の数ヵ月分の一部を読む。出来事がどのように進展したかを振り返り、また現実に発生した出来事と予見した出来事とを比較した場合――つまり歴史と予言、現実と直観とを比較した場合、実に興味深い。この比較は日記においてならば誰にでも出来る作業だ。記憶に反して記録が持つ最大の利点の一つである。三九年当時の日記を順を追って読み進むと、自分がヨーロッパ人やヨーロッパの政治に対して論理的であり過ぎたという事実に気づいた。彼らが論理的だったという意味ではない。そのような思い違いをしたという覚えはないのだ。ものの見方で首尾一貫した論理を持つことが望ましいと信じたこともない。論理というのは知識に基づいたものでなければならぬ。そして人間の知識には限界がある以上、論理にも限界があるはずだ。また論理が内面的な直観力と結合しない限り、論理的な結論なるものを一度も信じたことはない。むしろ、直観力の方が信頼できると考えられるくらいだ。かかる直観力を持たなければ、自分の論理的な理解は間違っていると確信するのである。

しかし、今こうしてヨーロッパのこと、戦争のこと、あるいは戦争に先立つ数ヵ月前に抱いた展望を顧みると、つまり、実際にイギリスとフランスとが宣戦を布告する時期までは、もっともそれにさして強い確信を持っていたわけではないのだが、一九三九年中にヨーロッパで全面戦争は起るまいと感じていた。が、同年中に戦争が始まるだろうという想定のもとに計画を立てたことは事実である。しかし、地上兵力の移動が開始されるまでは平和的な解決か、あるいは少なくとも交戦状態の延期を祈り続けたのであった。この目でドイツの実力を見て来たし、またイギリスやフランスの弱点を知っている。ドイツは大戦争を引き起してでも東方に進出するだろうが、英仏に対しては——少なくともその時点で——戦いを挑むことはあるまいと信じていた。英仏両国に関する限り、その弱点だらけで準備も整っておらぬ状況のままドイツの〝西の壁〟に兵力を投入するとか、自国の都市を広範囲に優勢なドイツ空軍の攻撃にさらさせるとは信じ難かった。

あらゆる要素を考慮に入れて、自分は一九三九年にヨーロッパで大戦争はあり得ぬ、一九四〇年にはあるかも知れないと感じた——いや、かく推論したというべきかも知れぬ。次の年に発生する予測し難い出来事に基づいて計画を立てねば、数週間先か数カ月先の事態を予見するのも全く困難だ。ところが、戦争は一九三九年に始まった。ドイツ軍はポーランドに兵を進めた。その点は予測した通りである。ポーランドは抵抗した。英仏両国から受けた激励に鑑《かんが》み、これは意外とする抵抗ではなかった。英仏両国はドイツに宣戦を布告した。これも自分を驚かせはしなかった。何故なら、両国ともポーランドを救出できないことは明らかだったからである。両国がドイツの〝西の壁〟を突破できないことも、またドイツ空軍に対抗できないことも自明の理であると言ってよい。ソヴィエトはドイツ側に組みして対ポーランド戦に加わった。これとても驚くに当らなかった。ソヴィエトの出方には最初から逆賭《ぎゃくと》すべからざるものがあったからだ。

いざ日記を通読してみると、自分が少なくとも明白に予見した要素は〝民主主義諸国〟の優柔不断と、一貫した政策を遵守できぬ完全な無能力だったと思う。ドイツに再武装とラインラントの進軍、オーストリアの併合、〝西の壁〟の建設、チェコスロヴァキア軍の武装解除を許した諸国が、効果的な援助もできないくせにポーランドをめぐり敢《あ》えて対独宣戦を布告するとは信じ難かった。英仏両国はドイツに〝西の壁〟の建造を許したとき、自ら無気力の政策におのれを任せたのであった。それ以降、ドイツが東ヨーロッパで自由に振舞い、自分たちはアフリカその他の地域における植民地に満足するという期待をかけるしかなかったのだ。英仏両国の政策はまず〝西の壁〟対マジノ線でヨーロッパを分割し、ドイツによる西方侵攻が犠牲が大き過ぎて実行できない間に軍事力を貯えるべきだと感じた。ドイツは東ヨーロッパに、またソヴィエトとの関係に全神経を投入する余裕しかないだろうと思ったのである。

私は西欧文明の繁栄が、アジアに対する緩衝国としての強力なドイツを必要とすると考えた。あたかも強力な大英帝国を必要とするかのように。そのためにヨーロッパの平和、いや、世界の平和は英独両国の協力関係にとってのみ維持されると思った。このような〝推論〟に鑑み、自分は最後の日まで一九三九年はヨーロッパで大戦争を経験せずに新しい年を迎えられるかも知れぬと考えたわけだ。この点において、自分の判断はおそらく幾らか個人的な願望に左右されたのであろう。私は〝ミュンヘン危機〟で戦争が回避されるのを目撃して来たし〝ポーランド危機〟では戦争回避の必然性がもっと高かったように思われたのである。

ところが、事実は予測を裏切り、宣戦が布告された（もっとも、実質的な交戦は年が改まってから行われたのではあるが）。フランスは〝西の壁〟に地上部隊を移動させ、そこで行動を中断させた。イギリスは海上からドイツの通商活動を閉め出したものの、それ以上の手は打てなかった。合衆国は全般の情勢に対してただ空しくいきりたつだけである。その間、ドイツはポーランドを敗北させ、ソヴィエトとの間で分割した。ドイツは北海のイギリス艦隊を爆撃して追い出し、イギリス商船に魚雷攻撃を加えた。デンマークを席巻、ノルウェーを征服し、オランダとベルギーを掌中に収めた上、イギリス遠征軍をフランデレンで潰走させ、マジノ線を突破してフランス軍を敗北させた。ドイツは今やイギリスを情け容赦もなく爆撃し、商船を続々と撃沈しつつある（現在、三百万トン以上）。

一九四〇年以前に戦争は起るまいという結論を引き出すのに用いた自分の論理はすべて正しかったことが判明した。ドイツは東方拡張政策をとると思ったが――その通りになった。フランス軍はドイツの〝西の壁〟を突破できまいと思ったが――やはり、フランスは失敗した。ポーランドに有効な援助は与えられまいと思ったが――援助は何一つ行われなかった。フランスは打ち破られ、イギリスは守勢に立って防戦に必死だ。ドイツ空軍はヨーロッパの全空軍を合わせたよりも遥かに優勢だと分っていたが――それが今は周知の既成事実となっている。あらゆる技術的な評価において自分は正しかった。実のところ、自分の評価は控え目だと判明したくらいである。にもかかわらず、英仏両国は宣戦を布告した――強者ではなくて弱者が、勝つと分っている側ではなくて負けると分っている側が戦いを宣したのだ。宣戦布告は完全に論理以外のところに潜む何らかの要因により発せられたのである――情緒、向う見ず、虚栄、勇気、無頓着、誇りによってだ、無数の複雑怪奇な要素、不可解にして予測も予見もできぬ要素によってである。

「あらゆる技術的な評価において自分は正しかった」と書いたが、正確を期するならば一つだけ条件を付さねばならぬ。よしんば先の一般的な結論を変えるものではないにせよ、これは極めて重要な条件だ。ベルギー国境沿いに展開するマジノ線の弱体に気付かなかったことである。緒戦にドイツが突破できるとは予想もしなかった。ドイツは英仏両国を爆撃し、潜水艦による封鎖作戦に出るものと考えた。双方ともマジノ線〝西の壁〟を間に挟んで対峙《たいじ》し、少なくとも東ヨーロッパで部分的な解決ができる頃まで塹壕《ざんごう》戦に入るものと思っていた。私はむしろ、西部戦線で主要な作戦が行われる前にバルカン半島で、それもエジプトやスエズ運河での動きと並行的に作戦行動が行われると読んだ。

ドイツのノルウェー侵攻作戦は自分を驚かせはしなかったし、オランダ侵攻作戦の場合もそうであった。しかし、ドイツ軍があれほど容易にベルギーを通り抜けてマジノ線を突破し、フランデレンでイギリス遠征軍を潰走させた上、フランス軍を簡単に敗北させるとは正しく意外だった。セダン西方まで延長されたマジノ線の弱体や、ドイツ機甲師団の抵抗し難い実力を正確に評価していた者は一人も知らぬ。いずれの点に関してもわれわれ軍事当局の評価も間違っていた——ドイツ軍事力の評価よりマジノ線の評価において大きく誤っていたのだ。しかし一方で過小評価、他方で過大評価がありながらも、マジノ線の突破はわれわれ一同にとり大きな衝撃であった。あまりにも易々と突破できたことは、ドイツ自身にとってもひと通りの驚愕どころではなかったに相違ない。

とはいえ、過大評価をした点で自分を全く許せない点が一つだけある。フランス軍の実力と士気だ。フランスが弱体化しており、政治の腐敗に財政情況の窮迫、国論の分裂と労働者の不満はよく承知していたつもりである。このような情況はもう何年間も続いていた。いま顧みれば、かかる国内事情を抱えた国家は能率的で規律正しい大きな軍隊を持てないことは明らかのように思われる。この近代的な機械時代では、一国の軍事力というのはそれを育む国力によって正確に評価することが出来る。今日、繁栄国家は優秀な軍隊を持っていないかも知れぬ、が、堕落国家は優秀な軍隊を持つことは出来ないのだ。

戦争開始の数ヵ月前に会ったアメリカ人将校、イギリス人将校、いや、ドイツ人将校さえもフランス陸軍に非常な敬意を払い、賞賛を惜しまなかった。その結果、私も同じような印象を深めるに至ったのだが、もっと注意深い、そして客観的な考慮を払っていれば、フランスは腕力を持つには身体が弱り過ぎているという警戒心を抱いたことであろう。

しかし、これらの誤った評価を行なったにもかかわらず、戦争の大勢は予測した通りに進展している。ドイツ陸軍と空軍は、考えていたよりもいま少し強力だ。フランス陸軍は思ったより以上に極めて脆《もろ》かった。イギリスは予想した通りに不手際を演じてしまった。ドイツ軍は大方の作戦行動で成功を収め、戦争を勝利に導くべく相手よりも優位にある。

ところで、ここアメリカにおいて、自分は今いちど将来の見透しを立て、行動計画のためと家族の安泰とを計るために論理を適用してみようと思う。合衆国は参戦に踏み切るだろうか。論理的な筋道からいえば、参戦すべきではないように思われる。われわれの介入はヨーロッパにとって何の足しにもなるまい。敢えて戦いたければ、われわれは五年前に作戦行動を起すべきだった。われわれには今、対外戦争を遂行するだけの準備が出来ておらぬ。現在の状況下で、われわれはヨーロッパで軍事的な勝利を得られる見込みがないかのように思われる（われわれはドイツの陸海空軍の抵抗に対してヨーロッパ大陸に遠征軍を揚陸し、かつ維持せねばならないことになる）。全国的な世論調査によれば、国民の八十パーセントが参戦に反対している。合衆国が有効な軍事力として参戦しないうちに、イギリスは軍事的な敗北を喫する公算が大きいし、かかる場合に成功を収めるためのヨーロッパ攻撃は支援を抜きにして実施せねばならないだろう。また合衆国が全力をヨーロッパに投入すれば、日本が太平洋地域で面倒を起す立場にある。

これやそれ以外の理由からしても、参戦が望ましくない事情を物語っている。しかし、ここでもまた、時勢が情緒的に、非論理的に流れる時点で、私は論理を用いようと思うのである。われわれアメリカ人は成功の見込みもない状況下で、英仏両国民と同じく参戦にそそのかされるがままになるだろうか、よしんば何らかの奇跡により枢軸側を軍事的に敗北させる可能性があったとしても、だ。またわれわれアメリカ人の虚栄心、向う見ず、そして空々しい理想主義が、将来のことも考えずにわれわれを戦場に投げ込むであろうか。われわれは大海を焼き尽しかねない戦火の中に蛾の如く飛び込まねばならないのだろうか。今の私にはしかと分らぬ。ただ自分に分っているのは、われわれアメリカ人はいま何をなすべきかということだ。しかし、われわれアメリカ人がいったい何をしでかすのか誰にも分らぬ。われわれの考え方は混沌としており、指針もまだ定まってはおらぬ。リーダーシップも不安定である。自分は参戦反対のために闘うつもりだが、参戦にも備えて計画を練ることにしよう。

十月十二日　土曜日

アンと夕食を共にするため、午後四時半にニューヨークへ。母子ともに元気一杯だ。アンとヨーロッパの食糧事情を話し合う。アンは書きかけている論文のあらましを話してくれた。ヨーロッパの敗戦諸国民を飢えさせては何の足しにもならぬ――結局は彼らをドイツ側に傾かせ、われわれから離反させることになると、アメリカの読者を説得するのが狙いだ。アンはクェーカー教徒のヨーロッパ救援活動を助けようと懸命になっている。アンはまだ激しい執筆活動に耐えられるほど体力や気力が回復していないし、病院はものを書くのに非常によい場所とはいえぬ――就中《なかんずく》、日常の事に加えて四時間毎に授乳せねばならぬ赤ん坊を抱えている場合は。

十月十四日　月曜日

午前七時五十分に下車（ワシントン）。シェヴィ・チェイズ・クラブでフルトン・ルーイスと昼食。共和党のエドワード・E・コックス下院議員（ジョージア州選出）、ウィリアム・ドルフ（MBC放送）も招かれていた。食後、ルーイスと車でMBC放送のスタジオへ。今夜の放送に備えて細かい打合せを行う。ニュース映画社がまたもや、放送後にカメラの前で演説草稿の一部を朗読してくれないかと申し入れて来る。これまで彼らの申入れを断わってきたのは、まず第一に彼らがしばしば自分に迷惑を掛けたこと、殊に重要な点はニュース映画社にユダヤ人の影響力が強く、私への反感が存在することを知っていたからだ。ニュース映画のために政治問題を語るのは危険である。なぜなら、撮影される側にはフィルムの切り方や組合せ方をコントロールできる自由がないからだ。彼らは発言の最良の個所でも最悪の個所でも自由に選択できるし、観客に提供する映像の種類で観客の情緒面を大いに左右できるのである。ニュース映画のために発言するのであれば、自分の発言が悪く解釈されるようにカットされ、自分の放送場面が家なき難民、爆撃された大聖堂シーンとの間にサンドイッチにされることを覚悟せねばならぬ。だが、今や重大な時機であり、敢えてそのような危険を冒す価値がある。

十月十五日　火曜日

ケイ・スミス宛も含めて何本かの電話をかける。数分後、ケイが車で訪れ、ともどもワシントンの情況を語り合いながら橋を渡ってアーリントン墓地へ。双方とも、私がワシントン滞在中に夫のトルーマンと会うのは好ましくないという考え方だ。さすれば、トルーマン・スミスもリンドバーグには会わなかったと人に言えるだろう。昨夜、放送で政府を攻撃したばかりだから、もしトルーマン・スミスがそれに一枚加わっていたと誤解されれば、苦境に立つような仕打をされるかも知れぬ。スミス夫妻は自分たちの電話が盗聴され、しかも住居が監視下にあると考えている。まさかとは思うが、ワシントンで電話が盗聴されているのは事実だ。自分には他人に知られたくないことは何一つないが、自分の行動により親しい友人たちに迷惑を及ぼしたくはないのだ。この国で享受されたはずの行動と言論の自由は急激に消えつつあるかのように思われる。

十月二十二日　火曜日

夕食後、ジムと、先日のラジオ放送を取材したニュース映画をトランス・ルックス劇場へ観に行く。思った通り、カットの仕方がよくない。しかも、演説の理路が逆に受け取られるような切り方だ。自分の放送場面を挟み込んだ個所では、「今日、国論は二分しているということです」という言葉でアナウンスが滑り出した。私の姿が映し出されている間、場内の数人が野次り続けた。が、私の姿が映り終ると、それ以上の人たちが拍手をした！

もし首都ワシントンでこれほどの支持を受けているならば、地方ではもっと大きな支持を受けているに相違ない。なぜなら、首都ではおそらく他のいかなる地域よりも参戦熱が高いからである。ニュース映画の作り方や解説は平均して親英的だった。劇場を出ると、ジムと連れ立ち、タクシーで駅へ。午前二時十分発のニューヨーク行に乗る。

十月二十七日　日曜日

今朝、目が覚めると、スキーンが赤ん坊の部屋に通ずるドアの外でうずくまっているのを発見した。どうやら夜中に階段を昇り、新しい赤ん坊の近くに、つまり自分の居場所へ戻ってきたということらしい。スキーンはわが家のどの赤ん坊とも共に過してきた。子犬の頃にチャールズの相手をした時から、赤ん坊の近くにいるのが気に入っているようであった。夜は赤ん坊の部屋で寝、昼は揺り籠の下にうずくまっているのだった。子供たちが大きくなるにつれてどれほど荒っぽく取り扱っても、スキーンは一度も嚙みついた例《ため》しがない。邪険に扱い過ぎると、せいぜいのろのろと歩み去るくらいなもの（スキーンは離乳期に買い求めた。見世物に出すには大き過ぎるスコッチ・テリア種だ。長くてちぢれた黒い毛にはいつも数本の白い毛が混っていた。――それも、よほど注意深く観察しなければ分らないのだ。しかし、スキーンが愛犬家の立場からどのように見えようと、忠実さと性質の点においては抜群だった）。スキーンは老齢の兆を見せつつある。肥り過ぎており、無論、節食など望むべくもない。食べものを減らせばパン屑を拾い、ごみ箱を漁り、食事時には誰彼なしに食いものをねだり、挙句の果てに隣近所へ出撃したり、つかまれば鼠さえ食べかねないことになろう——たとえ小肥りの老人になっても、電光石火のような身のこなしで二十日鼠を追えるのだ。この二、三年来、スキーンは次第に階段を昇らなくなり、しかもここ数ヵ月来、二階へ上っている彼を見たこともなかった。近頃はずっと台所か食堂で過していたのである。ところが赤ん坊の匂いが往年の忠誠心と赤ん坊への愛着とをよみがえらせたのであろうか。そして何とか、ゆうべのうちに二階まで昇って来たものであろう。アン・ジュニアはスキーンが心を寄せた四人目の赤ん坊である。老いて白い毛がふえながらも、プリンストン近くの農家にあった最初の赤ん坊の遊び場に出たり入ったりした頃と同じく、今なおその務めを果そうとしているのだ。

十一月三日　日曜日

ジム・ニュートン、ジョン・ルーツ、オーブリーにコンスタンス夫婦、エリザベス・マリー、ホイラー＝ベネットらを夕食にまねく。イギリスの歴史家ホイラー＝ベネットは十二月に開く太平洋問題の国際会議で、私がアメリカ代表団の一員として加わるのを望んでいた。

食後、オーブリー、ホイラー＝ベネットと別室にうつり、一時間ばかり話し合った。自分の感じでは、極東で如何なる行動を取るべきかどうかは一にヨーロッパの戦況如何による、また極東での効果的な行動はアメリカとヨーロッパとの相互理解を必要としようという見解を述べた。またドイツが内部的に崩壊しない限り、イギリスはヨーロッパで軍事的勝利を得る見込みが全くないと、率直に述べたら、二人とも目下のところ、ドイツには内部崩壊の兆候がないという点に関しても同感を示した。さらに現在のような状況下ではイギリスによる大陸侵攻作戦は問題外ということでも意見が一致した。

イギリス人が祖国の由々しい状況に段々と気づき始めているのは明らかだ（帝国が完全に崩壊してイギリスが全面的な屈服を強いられないうちに、彼らが和平条件を受け容れるだけの自覚さえ持てれば）。が、よしんば明日にも戦争が終ったとしても、イギリスは現代における最も困難な問題を抱え込む羽目になると思われる。既に過去のものとなった工業体系と植民地に依存する五千万の人口とをどう処理するつもりなのか。

カリフォルニアから帰って来たばかりのルーツの話によれば、同地の共産主義者はウィルキー候補を支援しており、もしウィルキーが当選すれば社会革命がもたらされるという理論に基づくのだそうだ。その真偽の程はともかく、合衆国の前途は多難である。個人的にいえば、ウィルキーよりルーズベルトの政権下で悪しき時代の到来が早まるという気がしてならぬ。

三選は参戦だ！

十一月五日　火曜日

午前十一時半、エングルウッドへ発ち、一時間でネクスト・デー・ヒルに到着。車で投票所の近くを通りかかったが、あいにく混んでいたので、まず昼食をとってから投票することに決める。食事のテーブルについていたのはモロー夫人、アンと自分の三人だけ。選挙と、ウィルキー候補に当選のチャンスがあるかどうか論じ合った。五分五分のチャンスがあるように思われるが、正確に判断できる手立てもない。知人の民主党員たちは憂慮している一方、共和党員は自信過剰、ウィルキーが大差で勝つと考える者さえいる。ウィルキーが大統領候補指名の受諾演説をした当時、すでに戦いに敗れたりと感じたものだが、終盤戦では急激に人気を盛り返したことは明らかである。ウィルキーは偉大な指導者だとは思われないし、ヨーロッパ問題に深い理解があるかどうかも疑問だ。かかる印象を持ちながらも、彼の方がルーズベルトより遥かにましな気がするのである。ウィルキーに勝ってもらいたいし、少なくとも今はそのチャンスがあるように思われる。

食事をすませると、すぐさま投票所に赴く。さほど長い行列ではなく、投票ボックスへ入るのに十分間ぐらい待てばよかった。すべて共和党の公認候補に票を入れる。ただし知事だけは別で、投票レバーを反対に回し、エディソン候補名のところで止めた。アンと共に発明家の息子エディソンと決めていたからだ。この数年来、一度もエディソンに会っておらぬが、誠実で有能な人物という印象を受けている。しかも民主、共和のいずれの党にもあまり信が置けないので、上から下まで一党候補に票を入れたくはなかったのだ。これまでの選挙で、いまだかつて一党候補にのみ投票したことはないのである。いつの日か、心から信頼できるリーダーシップを持った大統領候補に一票を投じたいものだ。

午後四時、ロイド・ネックに向けて発ち、いったん帰宅後、改めてニューヨークでの夕食会へ出掛ける。午後十一時に散会し、ロイド・ネックへ帰る途中、ラジオで開票速報が始まった。得票差はルーズベルト三選に決定的に有利であった。家へ帰るまで開票速報に耳を傾ける。深夜過ぎに、フリン全国委員長が民主党選挙対策本部から時期尚早と思われながらも与党の勝利を宣言した。が、それからわずか数分後、ウィルキー候補を支持していたニューヨーク・タイムス紙がルーズベルト三選を認めるに至る。従ってどうやら、われわれは三度ルーズベルトを合衆国大統領に迎える羽目となりそうだ。

十一月十一日　月曜日

前大戦の休戦記念日。不思議な話だが、今日は依然として祝祭日とみなされているのである。多くの商店や会社は休業し、学校も休みだ。しかし、今年は例年に比べて祝賀行事が少ないだろう。

帰国中のケネディ大使が異例の長い記者会見を行なった。大使はわれわれが戦争に介入すべきではないという立場を明らかにした。ここまで言明した以上、ロンドンには帰任できないと思われるので、ケネディは大使を辞任するつもりではないのか。

十一月十七日　日曜日

スキーンがどうしても食事をたべたがらぬ——初めてのことだ。痛みは無さそうに見えるが、おそらくそう長いことではないだろう。夕方、居間へ抱きかかえて行き、暖炉の前の敷物の上に置いてやる。夜、寝室に引き揚げるとき、彼が一番気に入っている台所のストーブ近くに移す。

十一月十九日　火曜日

参戦したギリシャは連戦連勝をいよいよ喧伝し、アルバニアのコルチェを占領したと主張する。イギリスは合衆国に対して、さらに百隻の駆逐艦と武装輸送団を譲渡すべきだとほのめかす！

スキーンがついに死んだ。朝早く台所に降りてみたら、彼がストーブ近くのキルティングの中に、ゆうべ置いて行ったままの姿勢で横たわっているのを発見した。高い壁に囲まれた庭の北西部の片隅に墓を掘り、埋めてやる。一時間ばかり掛る重労働だったが、自ら穴を掘ったことで慰められた。自分が果たさねばならぬ義務であるように思われ、誰の手も借りたくなかったのである。

ルーマニア、枢軸側に加わる。

十一月二十四日　日曜日

午前中、金庫に保管しておく財産目録の作成に費やす。わが身に万一のことがある場合を考えて、アンのために指示書と共に残しておくのが目的だ。かかる時代にあってはあらゆる不慮の出来事に備えなければならぬ。

アンの『未来の波』は今やベスト・セラーのトップに立っている。ニューヨーク・ヘラルド・トリビューン紙の書評欄が集計した五十店の小売部数に拠る。

シコルスキー夫妻がお茶と夕食に来訪。アンのために花を持ってきてくれた。子供たちのために焼いてくれた桜ん坊のパイも持参。シコルスキー夫人の話によれば、子供が生れたあとで知人宅に最初の訪問を行う際は「美しいものと甘いものと」を贈物として持参するのがロシアの慣習だそうな。

十一月二十九日　金曜日

新聞報道によればサルディニア島の沖合で海戦があったという。英伊両国の主張には矛盾するところが多い。ドイツ空軍、ロンドンとリヴァプールを爆撃す。

ロイ・ハワードから電話――もし渡欧を決意するならば、UP通信社及びスクリップス・ハワード系の各新聞は支援するという。またケネディ大使と話し合ったばかりだが、イギリス国内の状況は絶望的だともいう。直接ケネディに電話をかけてみたらどうかと、ロイ・ハワードは言った（ケネディはウォルドーフ・タワーに滞在中）。ケネディとはヨーロッパで頻繁に会い、ミュンヘン危機の際には緊密に協力した仲である。が、帰国して以来、彼とは一度も連絡をとっていない。自分の反戦的な立場が彼に迷惑を及ぼすような接触をもたらすのではないかと思ったからだ――少なくとも彼がイギリス駐在の大使として留まっている限りは。この点を指摘すると、じゃ、自分の方から電話をかけて、慎重に彼の考えを打診してみようと言ってくれた。数分後、ハワードから再び電話があり、ケネディが会いたがっていること、面談を打ち合せるために電話がほしいということであった。ケネディに電話し、三時半にたずねて行く約束をとりつける。アンを同行するようにと言ってくれた。

三時半、ウォルドーフに到着。ケネディは五時近くまで引き止め、イギリスやヨーロッパ大陸の状況を話してくれた。われわれと同じく、ケネディはイギリスの立場には望みがなく、可能な最もよい方法は近い将来に和平交渉を行うことだと指摘する。イギリスの被爆損害は公表されたよりも遥かに大きく、イギリスは現在の船舶損失率にそう長くは耐えきれないだろうという。もしチャーチル新首相やイギリスがアメリカの参戦に期待をかけさえしなければ、戦争は必ず終結するとも言った。ケネディが打ち明けたところによれば、ドイツがノルウェー侵攻を行う数週間前に、チャーチルは彼を通じてアメリカがイギリスのノルウェー侵攻作戦を支持するかどうかルーズベルトに問い合せたそうである。ケネディがイギリスを離れるとき、ブリストル、リヴァプール、グラスゴーを除くあらゆる主要港は閉鎖か重大な損害を受けたといわれ（大使の帰国後、ブリストルもリヴァプールも重爆撃を受けている）、もしあらゆる船舶の出入が停止されたら、イギリス国内には二カ月分の食糧供給しかなくなるという。

ケネディの話によれば、ルーズベルトは大抵の交渉をワシントン駐在のイギリス大使ロージャンと行い、ロンドンのアメリカ大使館を通ずるケースは極めて少なかった。とにかく、彼はアメリカの参戦が失敗に終り、窮極的には災厄しかもたらさぬので、是が非でも参戦反対のために闘いたいという。

十二月七日　土曜日

午前七時半、車でニューヨークへ。オーブリーのアパートに立ち寄り、一緒にホイラー＝ベネットを拾ってプリンストンへ発つ。十一時、プリンストン・インに到着。ホイラー＝ベネットはプリンストンで開催中の太平洋関係の国際会議に私を招待（実際には要求）したのである。イギリス、カナダ、オーストラリア、ニュージーランド、アメリカ合衆国の各代表が出席していた。これらグループの中で、自分はむしろ場違いの感を持ったが、会議は戸惑いや必要な努力を払っても埋め合せがつくほどの充分な興味があると決めてかかった。

われわれが到着して間もなく、午前の会議が開かれた。討議は太平洋における合衆国と大英帝国との関係――どこで共同行動を取るべきか、あるいは軍事的、経済的開発で双方はいかなる態度を取るべきかという点に集中された。さまざまな論議の中で、合衆国に最も望まれるのはわれわれが戦争に巻き込まれようと巻き込まれまいと、勿論イギリスにとって最高の助力となる行動をとるべきだということであった！　換言すれば、国際会議の主たる狙いは、アメリカ合衆国の繁栄よりイギリスのそれの方にあるように思われたのである。

論議の一つに、合衆国は日本と戦端を開くことで大英帝国を一段と助ける結果になるか、それとも太平洋で戦争を回避した方が大英帝国のためになるかという問題が出た。意見は分裂した。あるグループの主張によれば、もし日本と戦う羽目になると、勢い軍備を急がねばならないので対英援助が激減すること、また合衆国の艦隊は太平洋方面に無期限に釘付けとなり、全般的にみれば結局は大英帝国の不利益となるだろうというのであった（合衆国にとり何が利益となるかは論ぜられなかった。イギリスにとり最高の利益はアメリカにとっても最高の利益だという態度であった！）。もう一つのグループによれば、合衆国の民衆はまだ戦争への関心が充分とはいえず、いざ参戦するまでは国力を最大限に発揮できないだろう、従って日本に対し宣戦布告することで国力と生産力を急速に高め、合衆国も自ら戦争を遂行することに加えて対英援助も増加できるだろうというのであった。彼らの見解によると、とにかく合衆国艦隊の大半は太平洋にとどまらざるを得ないのだし、そこで日本と戦った方がよいのだというのである。

適当な機会もなかったので、この論議にはついに加わらなかった。後刻、グリーンランドに関する討議には加わるが、航空燃料と高オクターン燃料に関する若干の質問に答えただけである。誰も彼も礼儀正しく、友好的な態度で接してくれたものの、常に場違いの感が拭いきれなかった。われわれは今アメリカにいるのであってイギリスにいるのではない——われわれの主たる関心はアメリカの将来であって大英帝国の将来ではないのだと、そう注意したくて仕方がなかった。このような会議は朝と昼の部だけで沢山だと思い、五時にプリンストン・インを発つ。八時四十五分、ロイド・ネックに帰着した。

十二月十三日　金曜日

新聞報道によれば、イギリス軍はエジプトで二万のドイツ軍を捕虜にしたという。

昨日、ローシャン卿がワシントンのイギリス大使館で亡くなった。卿は偉大なイギリス人であり、その死は英米両国にとり決定的な損失であろう。偉大な人物が死ぬとき、彼の政敵までも一段と貧相に見えるものだ。平和が訪れたとき、結局は平和が訪れることになろうが、ローシャンは建設的な影響力となったろうが、そして戦争の帰趨がいずれに決まるにせよ、ローシャンは建設的な影響力となったに違いない。彼と最後に会ったのは、ロンドンで観劇を共にした折りであった。帰国してからは一度も会っていなかった。参戦反対の立場に立つ自分が、卿を訪問するのは大英帝国の大使としての卿に迷惑を及ぼすと考えたからだ。

十二月二十四日　火曜日

北アフリカのリビアでイギリス軍の進攻が続く。ギリシャ軍がアルバニア国内に進出。マンチェスターがドイツ空軍の爆撃を受ける。

午前中の大半は、アンの放送原稿に手を貸すことで費やす——眼を通したり、タイミングの取り方を指示したり。車でアンとニューヨークの考古学者ヴァイラント夫妻宅へ。アンの原稿をメッセンジャーに託してNBC放送のスタジオに送り届ける。アンはスー・ヴァイラントとタクシーで早目にスタジオへ向った。デトロイトの母に電話をかけ、アンの放送時間を知らせる（アンには一九三一年、中国が大洪水に見舞われたときに救援活動を訴えて以来のラジオ放送だ）。アンのヨーロッパに対する救援食糧輸送の必要を訴える放送は見事であった。声は感情がこもって生気にあふれ、全般的に申し分のない放送ぶりだった。アンは抜群のラジオ放送者だと思う。これを耳にした人たちは、大方が心を動かされたに違いない。

十二月二十五日　水曜日

ドイツ軍がルーマニアに侵攻中といわれる。

アンの放送を新聞は取り上げておらぬ。各紙ともほとんど無視しているといってよい。原因の一部はおそらくスポンサーのクェーカー教徒が宣伝活動に馴れていないことにあるのだろう。多少、NBC放送の宣伝不足にも原因があるように思われた。

今になって新聞の関心を引きたいとは奇妙な話だ。多年、私どもは新聞に関心を持たれまいと努力してきた。ラジオ放送に出たり、声明の発表やインタビュー、あるいは政治的な集会に参加することも断わってきた。ところが、今朝は落胆しているのである。食卓の朝刊にはアンがゆうべ行なった放送の内容が報道されていないからだ。この態度、このどう見ても矛盾した態度をどうすれば正当化できるのだろうか。新聞に私どもの名前が出たり、以前にもまして世間の注目を浴びたりするのが楽しいからではない。それならば相変らず不愉快なことであり、日常生活の困難を増加させるだけに過ぎぬ。うかつに劇場にもレストランにも行けないし、ともども街を散歩しても注視されるとか、追い掛けられるとか、何かと煩わしいこと無しではすまぬ。自分が分析したように、この態度の変化は私どもが支持する目的に対してすこぶる感情的になっているせいだと思われる。過去、私どもに集中された新聞や雑誌、ラジオの関心と宣伝とはぎらぎら光り輝く非情なスポットライトの如きものであった。その光は今や、迫り来る危機——戦争、飢餓、疾病、革命等に投げ掛けられているのである。そしてわれわれの関心はその光が照らし出す諸問題に集中しているのだ。いずれもあまりに由々しい問題であるがために、依然として私どもの上にこぼれ落ちるわずかな光線さえそれと見分けがつかぬ。私どもはもはや、かかる光が照らし出す対象物ではない。私どもはスポットライトの後方か陰にいて投光を導こうとする存在でしかないのだ。そうすることにより、自他共に、この危機がもっとよく見極められ、賢明な行動がとれるようになるであろう。

アンと子供を相手に午前中を過す——ジョン、ランド、それからアン・ジュニアは母親の胸に抱かれ——階下の居間に飾られたクリスマス・ツリーの傍らで過す。クリスマス・プレゼントを開くのに何時間もかかるほどであった。本当にプレゼントは多過ぎる、その幾つかを隠してしまい、数日中にそれ以外の品物と共に処分するつもりなのだが。クリスマスには子供を贈物攻めにしてはならぬ。贈物に対する感謝の念ばかりでなく、クリスマスその日に対する感謝の念さえ鈍らせることになる。

キリスト教がキリストの教えから逸脱したのと同じように、クリスマスもまたキリストの降誕から逸脱してしまったように思われる。キリスト降誕の基調は簡素であった。現代におけるクリスマスの基調は贅沢である。キリストの出生と人生は神秘的なものに包まれていた。現代のクリスマスとキリスト教は物質的なものに包まれている。時として、自分は二千年前のあの日が持っていた真の精神と意味——金ぴかの飾物がなく、見掛け倒しの品やリボン結びの箱類でごたつかぬ、あるいは七面鳥のローストと馬鈴薯で詰っておらぬようなクリスマス、つまり、まぎれもない簡素さを持ち、空や星に近く、物質よりも精神に重きを置くようなクリスマスをやってみたいと思うことがある。それは当世風のクリスマスと正反対のものでなければならぬ。飽食よりは節食を心掛け、なるべく人に会わず、沈思黙考で過した方がよい。クリスマスは神とキリストの哲学とに近づけるような一日でなければならぬ。

十二月三十日　月曜日

ルーズベルト、対英軍事援助の増加を要求し、枢軸側は必ずや敗北を喫するだろうと述べる。ロンドンは炎上中。ドイツ軍がブルガリア国境に展開したと伝えられる。

大戦前夜——米本国で

第四章

ファシスト呼ばわりされて——一九四一年

イギリス軍が攻撃中のバルディア（リビア）、ついに陥落す。二万五千のイタリア軍将兵が捕虜になったという。

一月六日　月曜日

今日はとりわけ、戦争の暗い帳《とばり》が頭上に重苦しく感ぜられる。何の抵抗もなく戦争に赴こうとする人々が増えつつある。万端の用意が出来ていると主張する人たちが多い。国民の態度は前後に揺れている。最初のうち、反戦勢力が勢いを得ていたかと思うと、いまではそれとは正反対の方向に振子が動いている——国民の現実の態度と新聞の大見出しとは常に区別して見分けるように努めねばならぬ。が、全般的にいえば、アメリカの戦争介入に反対するわれわれの勢力は、少なくとも相対的に見た場合はじりじりと敗退しつつあるように思われる。われわれにとり最大の希望は、合衆国の八十五パーセントが戦争介入に反対しているという事実だ（最新の世論調査に拠る）。一方、約六十五パーセントが「戦争の危険を冒してまでも大英帝国を助ける」ことを望んでいる。換言すれば、自ら戦争の代価を払わないでイギリスに勝ってほしいと望んでいるかのように思われるのだ。われわれはいわば希望的観測の類いにのめりこんでおり、それは遅かれ早かれ、われわれを二進《にっち》も三進《さっち》も行かぬ状況に追い込むに違いない。

一月七日　火曜日

バルカンの緊張、高まる。

ルーズベルト大統領は民主主義諸国への〝全面援助〟を要請したのであるが、その内容は漠として掴みどころがない――何時ものことのように。ルーズベルトは戦争について何か隠しているように思われる。成算ある介入のチャンスに立ち遅れたと恐れているのだろうか。彼の考え方を分析してみようと試みたが、あまりにも捉えどころがない人物だけに至難の業である。彼には、自分の望むところが最も国益にかなうと自分を納得させられるだけの能力があるように思われる。彼は意識するとしないとに拘《かかわ》らず何としても世界の檜舞台をヒトラーから取り上げたがっているのだと確信する。この目的が必ずや達せられると思った瞬間に、この国を戦争に導き入れるだろうと思う。しかし、いざ戦争ともなれば、彼は厳しい現実と直面することになるのである。もし戦争に敗北を喫すれば、その現実は赤裸々にしてごまかしようがないから、宣伝や一連の数字とか、あるいは炉辺談話などで隠しおおせるわけには行かないだろう。そしてもしルーズベルトがこの国を戦争に導き入れて勝利をつかめば、彼は全人類史上の最も偉大な人物のひとりに数えられるようになるだろう。が、いったん敗れたら、未来永劫にわたって罵倒されるに相違ない。今や、われわれ国民にとり情勢は芳しくない。だからこそ、ルーズベルトは右顧左眄《うこさべん》しているのである——介入への誘惑が慎重考慮によってバランスを保っているのだ。ルーズベルトは賢明な人物というより全く抜け目がない。

一月十一日　土曜日

ルーズベルトにほとんど無制限の軍事大権を付与する決議案が下院に上呈された。イギリス空軍がカレー、ルール地方を爆撃す。

〝対外戦争反対委員会〟（ニューヨーク）の内紛が続く。自分は〝孤立主義〟をとることに決めた。

一月十三日　月曜日

ウィルキーがついに、ルーズベルトの非常大権要求を支持すると声明！

一月十五日　水曜日

イギリスは三隻の戦艦が先週、地中海でドイツ空軍の急降下爆撃機に爆撃された事実を認める。

下院議員ハミルトン・フィッシュ（共和党）から電報があり。下院外交委員会に出席し、武器貸与法案に関して意見を述べてほしいという。

午後、アンと子供たちを連れてスケートに出掛ける。自分はホッケー用のスケートを買い求めた――ウィスコンシン大学機械工学部の学生だったころにスケートをはいて以来のことだ（それも一回か二回しかはいたことがなかった）。しかし、ワシントンの小学生時代に覚えたローラースケートの体験が助けてくれた。ほどなくしてかなり自由に滑れるようになった。夜、ジョンに『宝島』を読んでやる。

一月十六日　木曜日

ハル国務長官、イギリスに対する最大限の援助を要請する。下院、海軍の対空装備予算として三十億ドルの支出を票決！

一月十八日　土曜日

チャーチル首相、アメリカ合衆国に対して艦船と航空機の増援を求める。フランス軍がタイの艦艇二隻を沈めたという。

アンと共に、セオドア・ルーズベルト（大統領の従兄弟）大佐の夕食に招かれる。

ルーマニアで暴動発生が伝えられる。合衆国、航空機の対ソ禁輸措置を解除する。

一月二十二日　水曜日

午前七時五十分、下車（ワシントン）。駅からホテルに電話をしてみたものの、空室は一つもない。フロントの話によれば、首都は軍需の受注契約を狙う人たちでごった返しているという。やっとカールトン・ホテルで一室を確保できた。軍需ビルに赴き、アーノルド将軍と十五分ばかり要談。

一月二十三日　木曜日

部屋で朝食。途中まで歩き、それからタクシーを拾って下院ビルへ。早目に到着したので、議事堂の内庭や議会図書館の周辺を散歩する。新築の下院ビルの玄関口から入り、定刻の九時五十五分、議事運営委員会の委員会室に到着した。超満員で、千人もの傍聴人がいたろうか。室内はニュース映画の眼もくらむ照明であふれ、私が坐る予定のテーブルは、数十人のカメラマンが包囲していた——そこには自分の毛嫌いするものがほとんど揃っており、昨今のアメリカ的生活における最悪のものが並んでいるように思われた。頭上のところには委員席が弧を描くように両側に拡がり、二十人かそれ以上の委員連が坐っていたに違いない。

用意してきた公述書を読み上げ、委員連の質問に応じた。十二時三十分、昼食のためにいったん休憩。袋叩きに合わされると覚悟はしていたが、意外にも反対意見はかなり少なかった。実のところ、全般的に彼らはすこぶる礼儀正しかったといってよい。一、二の委員はいささか不愉快な感じを与えたが、それも長くは続かなかった。驚いたことに、傍聴人が私を支持してくれたということだ。何回も拍手さえしたのである！

午後、さらに二時間にわたる証言を行なった。自分の番が終ったあと、軍事評論家ヒュー・ジョンソン将軍の証言を聴くべく居残る。やがて非常口からビルを出て半時間ほど散歩をする——ひとりで。人間は一人きりになったとき、力が湧いて来るものらしい。たとえ大都会の真只中にいたとしても。ランド夫婦をたずね、三十分ばかりいてからカールトン・ホテルに戻り、身の回りのものをまとめた上、タクシーで駅へ。ニューヨーク行に乗る。

一月三十一日　金曜日

もし対英援助にアメリカの船舶が派遣されるならば雷撃されるだろうと、ヒトラーが宣言！　春にはイギリスとの間に決着をつけることにもなろうとも言う。

車でアンと共にニューヨークへ。二時にロックフェラー研究所で帰国するカレル博士と会うためだ。夫人宛の手紙を託したのち、数分ほど博士と話し合った。小さなアメリカ商船に乗り、ポルトガルへ向うのだという。ワシントンのフランス大使館を訪れ、ニューヨークに戻ったところであった。博士の話によれば、フランス大使館の首席武官も空軍武官も、私が参戦問題にとってきた立場を百パーセント支持したそうである！　ドイツは今や七万機にのぼるあらゆる種類の軍用機を持っているという。

この際、カレル博士はフランスにとって間違いなく非常に大きな価値となるであろう。権力にある人々が彼の能力や才能を見極めるようになりさえすれば。カレルはやすやすと敵を作るし、〝自分を売り込む〟努力もしない。だからこそ彼を尊敬するのだが、フランスの再建に貢献できる筈《はず》の力も浪費されてしまうことになるのではないかと恐れる。博士は接触を持つようになった相手をたいてい怒らせるので、殻の下に隠された偉大な精神を見抜ける人々は少ない。カレルにはフランス当代の偉大な人物の一人に数えられるものがある。正しい相手を選び、接触する際の態度にいま少し意を用いてくれさえしたら。

二月四日　火曜日

独仏間で和平交渉が続行中。ワシントンでは武器貸与法が改正されるかもしれぬという兆候が見える。

午後、上院外交委員会で証言する公述書の原稿を仕上げ、クリスティーンにタイプして貰《もら》う。身の回りのものをまとめてニューヨークへ。七時半、レストラン〝ミヤコ〟でジョージ・エグルストンとクリーヴランドから来た某大学教授と夕食。この大学教授はアンの言う「〝黒い手〟説をとる連中」の一人のようだ。世の大概の動きや、そしてめったにないことだが偶然の出来事の背後にすら秘密組織が存在すると考えている。あらゆるところで大陰謀が横行し、何事も、殊にユダヤ人を疑ってかからねば気がすまないのだ。この世は二種類の人間グループに分けられているのではないかという気がして来る（当面の議論に都合よく物事を二つに分けることの安易さ）。万物が生れつき疑わしく見えて仕方がない人たちと、そうでない人たちのグループだ。体験的にいえば、ラテン系（そしてアジア系）は猜疑心が強く、北欧系はその正反対であるように思われる。個人的にいうと、人生にさほど猜疑心を持たない人たちと共に生活したい。事実、〝猜疑心〟の強い人たちはそうでない人々に比して、大抵の場合は間違っているように思う。

二月六日　木曜日

九時十五分、ホテル（ワシントン）の勘定を清算して引き払う。鞄を陸海軍クラブに預け、タクシーで議事堂へ。講内を十五分ばかり散歩してから、十時三十分にクラーク上院議員の部屋へ赴く。クラークの秘書に案内されて、聴聞会が開かれている委員室に接した控室へ招じ入れられる。先陣のマコーミック大佐（シカゴ・トリビューン紙）が証言中だった。十一時に大佐の証言が終り、直ちに私の証言が始まった。

全般的にいって、武器貸与法に関する上院の聴聞は下院のそれに比べて一段と威厳がある。フロリダ州選出のクロード・ペッパー上院議員が私に与えられた証言時間の大半を費やして質疑し、自らをいくらか興味深い状況に追い込んだ。ペッパーをはじめとする二、三の政府支持議員は反感を露骨に示した。もっとも、それは質疑中にのみ限られたのではあるが。昼食のためにいったん休憩したとき、彼らは礼儀正しく、親しげに振舞った。このような現象を、私はワシントンでしばしば目撃している。上下両院議員とも、審議中に悪罵を交わし合うが、その後は少なくとも表面的には以前にもまして親しげに振舞う。ペッパーは私のことを第五列というひどい言葉でまで誹謗したものの、昼食中には笑顔をたやさず、暖かい思いやりを示してくれた。ある意味では、これら公人の発言の危険な無責任さを示すものであろう。むしろ、発言内容の正確さや品位に心掛けた方が、もっとましで安定した立法府を生み出すのではなかろうか。

二月九日　日曜日

下院、中立法を骨ぬきにする武器貸与法案を二百六十対百六十五票で採択す。

一日中、『アメリカ人宛の手紙』と題する原稿の執筆に費やした。

二月二十四日　月曜日

国内でストライキが激増。

朝食後、ソーを連れて一時間の散歩に出掛ける。絶壁まで行ってみたが、灯台も湾も間違いなくそこに存在しながら、心の中で映像となって結ばないばかりか、それと感じられないのだ。小道に沿う木立も石くれも、また枯葉や日陰の川岸に結晶した霜も目に入らぬ。どれもこれも確かにそこにあるのだが、立体感を持たぬ物体でしかない。いずれからも生命の炎は消え失せているのである。戦争や政治、朝刊の第一面にでかでかと載るような出来事に心を奪われているからであろう。自分にはもはや、何事も心には見えないのである。再び心眼に見えるようになるまで、どこかへ立ち去る時期に来ているのではないか。物事がはっきり見え、それと感じられないのは危険なことである。かかる場合には主として理性に頼りがちとなる。人生というのは理性によってのみ首尾よく、そして幸福に導かれるものではない。何かが理性と結合せねばならないのだ。

この何かこそ、現代のアメリカ的生活において最も欠けている。それは大都会や工場あるいは新聞の中で長く生き永らえられるものではない。それを手に入れようとすれば、人生にある程度の孤独を持っていなければならぬ。真の孤独は大都会の真只中に見出されると言う者もいる——がらんどうの部屋の中でとか、公園のベンチでとか、夜中過ぎの暗い町中でとか。勿論、そのような場所に疑いもなく孤独の要素は存在する——暗雲の隙間を通して漏れる日差しのように——だが、自分にとり孤独とは美であり、遠隔の地であり、人跡稀《まれ》な地を意味する。自分の所在が人に知られなくとも、わが身の回りに都会を感ずることができるのだ。日常生活の単調な人間臭、みじめさ、退屈な雰囲気があるように思われる。肺臓に煤煙、足の裏にコンクリートを感ずるようにそれらを感ずることができる。時として、五千フィートもの上空を飛んでいてさえ、大都会の緊張と騒音とが感じられるような気がするのだ。

三月一日　土曜日

ブルガリア、枢軸側に加盟すると報ぜられる。ドイツ軍がバルカン半島に対して行動を起したという。ドイツは相変らず、イギリス商船に甚大な損害を与えたと主張している。

三月三日　月曜日

サン・ディエゴのルービン・フリート（コンソリデイテッド社長）から電話あり、航空機製作の付属機関として計画中の研究所を引き受けてもらいたいという。最初は年俸二万五千ドル、数年後に五万ドルのほか利益配当もするという申出だった。フリートの話によれば、同社は間もなく三万五千人の従業員を擁するようになり、政府との契約高が五億ドルに近づきつつあるとのことであった。彼は以前から研究所の開設を願っていたし、財政的な余裕が出来たいま、研究所を設置しようというわけである。カリフォルニアでもアリゾナでも、私の望むところに研究所を建てよう、希望は無条件で受け容れるという話であった。

自分がなぜ受けられないのか、フリートに説明するのにひと苦労した。それで四十分間も、長距離電話で話をしたのである。これほど身に余る申出はないし、極めて興味深い仕事である、事実、研究的な作業は非常に心楽しいが、しかし、これは金銭の問題ではないのだと説明した（年俸二万五千ドルを五万ドルに倍増させたときにそう答えたのである）。ただ、航空研究は一生の仕事と心に決めている計画とは合致しないだけの話である、申出は本当にありがたいが、それだけに受けるわけにはいかないと答える。どんな計画かと、フリートは問い返す。将来の目標をうまくは説明できないが、その進むべき方角は分っていると答える。フリートは私の話が理解できないらしく、希望は無条件で受け容れると繰り返すばかりであった。その挙句に、もしダグラスとフォードとを仲間に引き入れるなら、自分の提案を考えてくれるかと訊く。

それは殊のほか願ってもない素晴らしい申出であり、真の友情と信頼とがこもっていて、心から感謝した。しかし一九二七年に、別の方法で生計が立てられるならば、主として金目当の仕事は断じてやるまいと決意した筈である。その際、私は心に決めたのであった、金銭は常に第二義的な考慮の対象でなければならぬ——よしんば自分が加わった営利本位のビジネスであったとしても、だ。換言すれば、金銭にかかわりなくやりたくない仕事は金銭のためであっても断じてやらぬということであった。自分は、この決断をついぞ悔んだ例《ため》しがないし、それは多くの決断を簡単に下す拠り所にもなった——たとえば今夜の場合のように。自分は何年も前に、他の仕事に邁進すべく民間航空から身を引き、今さら復帰するつもりは毛頭ないのだ。フリートは、最終的な結論を出す前に提案をよく考えてほしいと言ったが、自分の決心は既についており、もう一度考えてみようというのは君をまどわせることになる——いま受けられないと言明した方がフェアであり、さすれば君の方も代りの候補者を探すことができるだろうと答えておく。

三月五日　水曜日

ドイツ軍、ブルガリアに引き続き殺到する。南ウェールズが再び爆撃された。日本軍が仏領インドシナを目差して行動中と伝えられる。

荷造りをすませ、最終的に細目の駄目押しをする。スーツケースを持ち出してからというもの、ソーはがっくりしている。敷物の上にうずくまり、私どもが通りかかってもほとんど顔を上げぬ。ソーは私どもの旅立ちを受け容れ、今は私どもの帰りを注意深く、寂しく待つだけである。私どもが出発した後は、むしろ楽しくなるのではないか。これから、毎日のように私どもの帰りが心待ちにできるからだ。しかし今は、私どもの出発が念頭にしかなく、眼差しにはいささかの希望も喜びの色も見当らぬ。

十時、ニューヨークへ向けて出発。昼食後、タクシーでペンシルヴェニア駅へ。駅の二丁ほど手前で自分だけが下車し、アンはスーツケースと先行させた。別々に行動することで、それだけ人目につき、悩まされるチャンスを減らすことができる。二時五分に発車。個室。夜、ドストエフスキーの『カラマーゾフの兄弟』を読む。

三月六日　木曜日

二十分遅れてヘインズ・シティ（フロリダ州）に着く。待っていたジム・ニュートンが車でフォート・マイヤーズへ案内してくれる。次いでエディソン未亡人宅に立ち寄り、お茶と夕食をご馳走になる。他に数人の客があり、私どもが買い求めたヨットの艤装《ぎそう》を手伝ってくれたジムの友人も混っていた。エディソン未亡人宅を出ると、車でフォート・マイヤーズ海岸へ。ヨットが繋留《けいりゅう》してある小さな造船所で車を止め、初めて船を一瞥《いちべつ》する。思ったよりも大型で、いかにも頑丈、よく設計されているように思われる。暗くなっていたので、長居はしなかった。運河沿いにある小さな別荘に入り、そこで一夜を過すことになる。

地元新聞にはあまり〝外電〟が掲載されておらぬ。ユーゴと枢軸側との交渉が続行中とある。ワシントンでは武器貸与法案に対する反対が強いと伝えていた。

三月九日　日曜日

地元新聞の報道によれば、武器貸与法案が六十対三十一票で上院を通過した由。ロンドン、大空襲を受ける。

三月十七日、十八日　月曜日、火曜日

朝食後、泳ぎに行き、日向ぼっこをする。後刻、錨を揚げ、帆を張って微風に乗りながら、メキシコ湾を目差す。正午に近づくに連れて海は凪《な》ぎ、エンジンを始動させねばならなかった。帆走できるほどの風もないので、動力でドライ・トルツーガスを目差し、巡航する。深夜まで二時間交代の当直を決め、午前零時以降は自分が四時まで、アンが四時から八時までの当直にあたる。アンは是が非でもそうしてもらいたかったのである。夜明けの当直は一番難しいが、しかし最もロマンチックであり、ある点では一番美しい。

夜明けに船を操舵したり、飛行機の操縦桿を握るというのは、それまでの寒気や窮屈さ、あるいは退屈な時間を耐え忍ぶだけの価値がある。これらの時間を経ずに、あるいは疲労困憊《こんぱい》を経験せずに、また夜が移り変るのを感じ、目撃せずして夜明けを味わうことは出来ぬ。「頃合に起き出して日の出を仰ぐ」のは意味をなさぬ。そのような〝日の出〟は作りものだからである——映画で再現される日の出より幾らかましだという程度に過ぎぬ。日の出、もしくは夜明けを目撃するには、自ら昼と夜の一部として体験せねばならぬ——それだけに切り離した特定の対象であってはならないのである。「日の出を仰ぐために」起き出す場合は、夜明けを心行くまで見、味わわずにただ凝視するだけになる。日の出が一日と、一日の仕事との分ち難いものになってこそ、ほとんど正視できないような気がしたとしても、このような環境下で初めて夜明けを感じ、その意味合いを深く味わうことが出来るのだ。

精一杯、上手に食事を作ってから、八時にアンと舵の番を交代する。当直中、風が吹き出したので帆を張り、エンジンを止めた。断続的な追風で操舵に骨を折る。最初のうち、星の位置で針路を定め、時たまコンパスでそれを点検していたのであるが、頭上に集まり始めた薄雲がどんどん分厚くなり、ついに上空は雲に覆われてしまった。今はコンパスに頼る手しかなくなり、そのコンパスもライト付ではないので思うにまかせぬ。懐中電灯ではあまりにも貧弱な代用品だった。

ジムが十時から十二時までの当直にあたり、十二時からは私の番。風が強まり、断続的に吹いたが、雲は少し残っているだけで空は晴れ上った。舳《へさき》の右舷に見える雄牛座の一等星を出発点にオリオン座のベラトリクス、ベテルギュース両星、小犬座のプロキオン星と、夜が深まるにつれてゆっくりと移動する。が、当直の三時間目までに空は再び雲に覆われてきた。次第に雲が増した挙句、星一つ見えなくなった。

強く吹き続ける風のために三角波が立ち、針路を維持するのが困難を極めた。いっそう事態を悪化させたのは、帆桁がいつ回転するやも知れぬ方角に風が向きを変えたことだ。コンパスにライトが付いていないことが止めを刺した。懐中電灯のボタンを押す度に、針路を十度も外れていることを発見した。すると、船は新たな波を受け、コンパスの針は二十度も振れて反対方向を指示するのだった。懐中電灯を消した直後はしばし盲目と同然、暗闇の中に帆さえしかと見えない。といって懐中電灯をつけっぱなしにすれば、電池は朝までもたないことはほぼ確実である。夜間帆走の装備が充分でないヨットの最も可能な応急策かどうかというケースだ。その結果、針路の正確度は大いに減殺されてしまった。

四時、アンに舵を預ける。このような状況下で、アンにかかる緊張が大き過ぎはしないかどうかと心配する。しかし、彼女は四時間の当直をいっぱいに務めたいと言ってきかぬ。熱いコーヒーを作ってやったあと、仮眠をとる。船の横揺れがひどかったので、寝棚から転がり落ちないように身を二つに折り曲げねばならなかった。睡眠をとるのはほとんど不可能であった。ジムが八時に当直を交代。風が落ちたので、ジムは再びエンジンを掛ける。

ヨットが百マイルほど航海したとき（何らかの理由で、われわれの測程器は法定マイルを規準としていたのだが）、左舷真横の十マイル彼方に灯台を発見。アイザック灯台だと受け取って、針路どおりに巡航を続ける。が、一時間ぐらい帆走した後も、ドライ・トルツーガス灯台は姿を見せなかった。どうやらわれわれの航海術に間違いがあったらしい。そこでいったん引き返し、先にやり過した灯台を目標に改める。その灯台がトルツーガスであってアイザックではないことが判明した。針路から優に十マイル外れ、測程器で読んだ距離よりも二十マイル余計に帆走していたのである。

かなりお粗末な航海術だが、あらゆる状況を勘案して無理からぬことである。われわれはエヴァグレイズでの一夜、北極星によりコンパスの針を粗雑に定めたのだった（磁北から計った九十度の針路は二十八度の偏差があったにも拘《かかわ》らず、針は僅《わず》か四ポイントしか動かさなかったのだ）。夜間針路の正確さには疑問があり、測程器の目盛はついに調整されなかった。つまり、法定マイルで読むように言われたのであるが、その当座は不思議に思われたものだ。もし海里で読めるようになっていれば、さほどの誤差は生じなかったであろう。馴れないヨットで出掛けた上、充分な航海の装備をしていない場合は正確な針路の操舵が期し難いということである。われわれは航海に出ようといそぎすぎたし、いまその不用意さの報いを受けているわけだ。それにしても、休暇旅行中に針路から数マイル外れたところでどれほどの違いがあろうか（人間の誇りを除けば）。ぶつかるものとてなく、また引き返すのにフロリダ南岸に導く珊瑚礁を見失うわけがない。

ドライ・トルツーガスの珊瑚礁に近づくと、エンジンがノッキングを始め、白煙をあげる。エンジンを止めて帆を張った。風は強く、三角波が立った。ジムが舵を握り、アンと自分とが操帆を受け持つ。われわれはびしょ濡れになり、むしろ、いかにも素人臭い操法を披露した。日没の一時間二時間前に、フォート・ジェファーソン正面の泊地に船を付ける。とまれ、おびただしい珊瑚礁に囲まれた泊地ではなく、本格的な停泊所に入れたのは嬉しかった。程なくして、帆船の正しい操法は経験と熟練とを要することが了解されたのであった。

三月二十七日　木曜日

ジムにフォート・マイヤーズまで送ってもらい、ニューヨーク行きの列車に乗る。

三月二十八日　金曜日

新聞報道によれば、ユーゴの親枢軸政権が転覆し、ペートル国王が権力を回復したという。CIO（産業別）系組合のストライキが続いている。

午後二時三十分、ニューヨークに着く。タクシーで、マーキュリーを預けておいたガレージへ。従業員のひとりが私をみとめ、近寄って来てコリヤーズ誌に掲載された『アメリカ人宛の手紙』を読んだと言い、私の立場に全面的な賛意を表してくれた。仲間も皆そうだとも言った。コスモポリタン・クラブでアンを拾い、ロイド・ネックに帰る。ジョンとランドが玄関口に出迎えた。それぞれに椰子《ヤシ》の実を与える——フロリダに発つとき、ジョンが最も希望していた土産である。アンは持ち帰った貝殻を与える。赤ん坊のアンは見違えるばかりになった。毎日、共に暮していると、赤ん坊の成長がいかに早いか気がつかぬものだ。

三月三十日　日曜日

エド・ウェブスター（銀行家）が昼食に訪れる。アメリカ第一委員会の全国委員長を引き受けてほしいとのこと。間もなくウッド将軍から就任要請の手紙があるだろうと言ったが、私は喜んで第一委員会に協力し、出来る限りの助力をしたい、しかし、この際よしんば全国委員長を引き受けたとしても、自分にとっては大きな間違いを犯すことになるだろうと答える。もし全国委員長に就任すれば、今のような活動をあきらめねばならなくなるし、一方で戦争に反対する演説や文章をものしながら、委員長としての必要な職責を果すのは不可能である。理由をあらまし述べたら、ウェブスターは同意してくれ、名誉委員長か他のポストを引き受けてほしいと提案した。いちおう考えてみるが、一委員として参加するだけで充分だろう——一委員としてでも、他のポストと同じくらいに活動できるだろうと答えておく。

四月二日　水曜日

ストライキが続く。フォード工場で由々しい事態が発生。アリス＝チャルマーズ工場では組合員が警官隊と衝突した。

車でニューヨークへ。午後五時、ウォルドーフ・アストリアでウッド将軍と面談し、アメリカ第一委員会のこと、私に委員長就任を要請した将軍の書簡について話し合う。いま将軍が辞任すれば組織を大いに弱体化させるだけだと私は反論し、自分が委員長を引き受けたくない理由をあらまし述べた。三十分ほど話し合った後、ウッド将軍に同行していたボッブ・スチュアートに電話をかけ、彼とその友人たちをミヤコでの夕食に誘う。食事をしながら、アメリカ第一委員会の行動計画を論じ合った。次いでスチュアート一人だけをエンジニアーズ・クラブに連れ出し、半時間ばかり話し合う。アメリカ第一委員会のこと、さらに彼を個人的にもっとよく知っておきたかったからである。

四月七日　月曜日

ドイツ軍、ユーゴに侵入、ベオグラードが爆撃される。アジス・アベバがイギリス軍に占領された。

夜、読書と、古い書類の入った箱を改める。薄紫色と金色の糸で刺繡してあるハンカチ入りの封書が出て来た。まだ結婚していない頃のある夜、メキシコ・シティのアメリカ大使館でアンと客間に坐っていたとき、彼女が落としたものだ。アンが席を外したあとで拾い上げ、ひそかに仕舞い込んだのである。

四月十一日　金曜日

合衆国、グリーンランドの〝防衛〟を引き受ける。ユーゴ、ギリシャ国内でドイツ軍の進出が続く――多数の捕虜を得たと主張する。独伊両軍はリビアで司令官ともどもイギリス軍の部隊を捕虜にしたと主張。イギリス空軍はベルリンに大爆撃を加えたと発表す。

夜、血のように赤い巨大な月が昇った。ヨーロッパと爆撃された都市とを思い起させた。月を見上げる度に、かの地で行われている都市爆撃を想わずにはおられぬ。この地で月が昇るとき、彼の地では中天に懸かっている頃であろう。そして爆弾は間違いなくイギリスやドイツの諸都市に落下しつつあるのだ。

四月十六日　水曜日

ヒトラー、ムソリーニとも、クロアチアの〝分離独立〟を認める。ユーゴ軍は崩壊しつつあるという。ギリシャ、エジプトではドイツ軍の進攻が続く。エチオピアのイタリア軍は降服条件の申入れを行った。

四月十七日　木曜日

ギリシャでドイツ軍の前進が続く。イギリス海軍は地中海で枢軸側の兵員輸送船隊を撃沈したという。

ロンドン大空襲――「開戦以来、最悪の爆撃」とある。

午前八時三十分ごろ、下車。タクシーでシカゴ・クラブへ赴き、ボッブ・スチュアートに会う。夕食会の下準備を話し合い、さらに午後四時までいろいろな人たちと面談。ウッド将軍は四時、今夜の催しを打ち合せるべく到着した。六時半から三十人のアメリカ第一委員会の支持者が出席して夕食会。

八時に公会堂に着く。歌の合唱、次いでウッド将軍が元下院議員のサミュエル・ペティギル氏を紹介する。迫力のある、だが、いささか長過ぎる即席の演説だった。次に委員会のシカゴ支部長ハモンド将軍が立つ。その後で、ウッド将軍が私を紹介した。約二十五分後、ウッド将軍と将軍の娘アンを車に乗せて湖畔にある同家へ赴き、一夜、厄介になる。集会の序立った場内の空気に驚く。またシカゴの強い反英感情にも驚かされた)。会場は超満員の、実際には一つも無し(実のところ、取っ組合いがあるやも知れぬと思っていたが、秩間、喋る。申し分のない手応え。熱狂的な聴衆であった。相当の反撃を覚悟していたもの

四月二十三日　水曜日

朝、雑用で過す——今夜の集会に関して電話連絡を取ったり、アメリカ第一委員会用の演説草稿に最終的な手入れを加えたり。

アンと車でニューヨークへ。午後六時、ビークマン・ブレイスのエド・ウェブスター邸で夕食。食後、タクシーでマンハッタン・センターに向い、ちょうど八時前に到着する。会場前の通りは混雑していた。

場内に入ると、ホールもまた混雑していた。二階席はほぼ満員。表には数千の入場できない人たちがひしめき合っていた。警察側の推定によると、聴衆は一階席が五千五百人、二階席が二千人、三十四丁目には一万五千から二万人があふれているということだった。場内にはところ嫌わず星条旗が飾りつけてあった。マーカンド夫人が開会を宣し、フリンが司会した。ジョージ上院議員は四十分、女流作家C・ノリス夫人が十五分、私は二十五分の演説を行なった。聴衆は百パーセントわれわれを支持しているかに思われた。礼儀正

しく、しかも、明朗な雰囲気であり、ニューヨーク市民の例外的な良さを示したものと思う。シカゴにおけると同じく、相当な反英感情が窺《うかが》われた。それは鬱積した感情と欲求不満とに起因すると思われる——つまり、戦争介入に対する民衆の感情が無視された上、今や戦争に追いやられようとしており、しかも、イギリスこそ自分たちまで巻き込もうとする騒ぎに大きな責任があるのではないかという感情だ。イギリスがアメリカの生活様式や国事に干渉することから生じた怒りの結果である。

四月二十五日　金曜日

ノックス海軍長官は戦争が「われわれの戦いでもある」と言明。ハル国務長官も、今や対英援助を全面的に増やさねばならぬと語る。

輸送船団の派遣を要望する圧力が高まりつつある。ギャラップ世論調査は奇妙な矛盾を明らかにした。八十パーセントが戦争介入に反対しているかの如く思われるのに、七十一パーセントはイギリスが敗北するならばという条件で輸送船団の派遣に賛成。三日前に発表されたその世論調査によれば、アメリカ人の大多数はイギリスを助けるべく陸海軍、あるいは空軍を一部でも派遣することには反対なのだ。回答者が混乱しているのか、世論調査の質問が回答者を混乱させたのか、もしくはその両方か。

午後遅くディーク・ライマンから電話があり。ルーズベルト大統領が記者会見で私を名指して攻撃（ファシスト呼ばわり）したという。数分後、ウェブスターからの電話によれば、ルーズベルトがそれ以外に、私の名前に関連させて国家への反逆をほのめかしたそうである。

早速、夕刊を買いにやらせる。大統領の攻撃は単なる政治的な非難にとどまっていなかった。陸軍の現役復帰にからめて攻撃を加えたのである。自分の現役復帰にかかわらぬただの政治的非難ならば、さほど注意を払わずともすんだであろう。ところが、そうではないのだから、そこには名誉の問題が懸かっており、自分としては退職を申し出る必要があるかも知れぬ。しかし内心、辞任したくはないのだ。陸軍航空隊に配属されるのは年来の念願であったし、むしろ齧《かじ》り付いても居残りたい。

祖国のために自ら信ずる戦争を闘った方がどれだけ望ましいか分らないのに、自ら毫《ごう》も信じられぬ戦争を闘うとする祖国に反対するわが身を見出すとは何という皮肉な運命であろう。自分が共感を覚える哲学とは平和主義者のそれしかないのだ。しかも、陸軍航空隊で操縦桿を握ることしか関心がないのに、自分は今こうして平和主義者と共に祖国に挑戦し、あまつさえ陸軍航空隊の大佐として退役を願い出ようと考えているのである。

アメリカ合衆国が理にかなった戦争の正しい側に立っていさえしたら！　闘う意味を持つ戦争はあるものだ。が、今回の戦争に加わったならば、われわれは祖国に、そしておそらく全文明にも災厄をもたらす羽目になるだろう。もしわれわれがこの戦争に巻き込まれ、実際に武器を取ることになれば、混乱しか生まれて来ないであろう。もしわれわれが参戦すれば、先の大戦の如くではすまないだろう。戦争が終了しないうちに如何なる事態が発生するのか誰にも予測がつかぬ——人種暴動か、革命か、破壊か。アメリカはそのいずれの事態に対しても免疫を持ってはおらぬ。しかし、どういうわけか——無知、虚栄、盲目、あるいはその理由が何であれ——われわれはそれらの要素に免疫があると思い込んでいるかのように見える。

時たま、自らかく叫びたいような気分になる。「よろしい。それほど闘いたければ、この戦争に加わろうじゃないか。しかし、その責任はわれわれが負わねばならぬ」と。いま自分のやっていることに比べれば、闘う方が遥かに面白い。だが私の理性は、この戦争で台無しにされるよりはわれわれの抱える問題に直面し、またヨーロッパをして彼らの抱える問題に直面せしめよと命ずる。私は西欧文明に関心を抱き、またわが身が所属する人種や文化、あるいはその他のもろもろに関心を抱き、さらに子供たちが生きて行くことになる次の世代の在り方に関心を持っているのである。だからこそ、私はおそらく平和主義者の陣営に踏ん張り、必要とあれば退役し、そのような行動に出た自分を決して後悔はしないであろうと思う。この戦争は間違っている。われわれが参戦すれば、災難をもたらすだけであろう。それはヨーロッパにも、またわれわれの身の上にも良い結果をもたらしはすまい。従って、自分は全てを投げ出してでも参戦反対を支援するつもりだ。

当のドイツすら除外しても、イギリスとフランスほど、この戦争を誘発した情況に責任がある国家は他にあるまい。両国とも、われわれには相談もせずに宣戦を布告しているのである。彼らを勝たせるための助勢が可能だとしても、その結果は多分ヴェルサイユ体制がそっくりそのまま繰り返されるだけだろう。ヨーロッパは自ら〝家庭の事情〟をすっきりさせねばならぬ。われわれの参戦は先の大戦と同じく、その根本的な解決を先に引き延ばすだけに過ぎまい。ヨーロッパが自力で決めるしかないのである。どのようなヨーロッパになるのか、ヨーロッパは調整せねばならない時機に来ている。

陸軍の友人と自分の退役問題を話し合うためにワシントンへ赴くことにする。車でニューヨークへ。十二時五十分発ワシントン行に乗る。

四月二十六日　土曜日

イギリス軍、ギリシャから撤退中。アテネ陥落は時間の問題だという。ルーズベルト、「中立を防衛するための海上パトロール」を拡大すると発表。

午前七時十五分、下車（ワシントン）。トルーマン・スミス夫妻と朝食。最初のうち、トルーマンは私の退役に真向うから反対した。後刻、私の持ち出した理由の一部をもっともだとは認めたものの、それでも辞去するときは、さほど強くはないにせよ、依然として私の退役には反対していた。トルーマンは名誉の問題が懸かっていることを認めたが、退役までする必要はどこにもないと考えている。

上院議員会館へ。ミズーリ州選出のクラーク議員と十五分ばかり要談。南西部の遊説から帰ったところだ。反戦感情が高まっているが、「ルーズベルトがこの次にどんな手を打って来るか、みんな不安がっている」という。六時発ニューヨーク行の列車に乗る。

四月二十七日　日曜日

ルーズベルト、〝中立防衛のパトロール〟を拡大し、民間航空会社の予備輸送船をイギリス軍用に提供。イギリス軍のギリシャ撤収が続く。プリマス港の住民の大部分が疎開しつつある。

退役することに決意。ルーズベルト大統領の発言を慎重に検討した結果、それが唯一の名誉ある進退の処し方だと思う。もし退役願を出さなかったならば、陸軍航空隊に留まることよりも重要な人格的なものを失う羽目になるだろう。誰も気づかないことかも知れぬが、この自分にはよく分っていることなのだ。しかもこの際、ルーズベルトの侮辱を甘受すればおそらくさらに多くの、さらに悪質な侮辱に見舞われるに相違ない。[*23] 退役願の草案と原稿の執筆で一日の大半を過す（一通はルーズベルト大統領宛、一通はスティムソン陸軍長官宛）。

四月二十八日　月曜日

ドイツ軍、アテネ入城。

今朝、退役願を郵送する。あとは雑用、アメリカ第一委員会のセント・ルイス集会で行う演説の下書き、あるいはアンの新原稿を読んだり、電話をかけたり。

四月三十日　水曜日

ルーズベルト、〝中立防衛のパトロール〟体制がさらに拡大されたと仄《ほの》めかす。長距離砲がドーヴァーを砲撃する。

夜、ドストエフスキーを読む。ロシア人は確かに、中央ヨーロッパ人や西ヨーロッパ人のそれとは遥かに異なる人間観を持っている。多分、ロシア人はヨーロッパ人と東洋人との中間と解すべきなのであろう。われわれは東洋人の人生観を理解するように期待されてはおらぬが、しかし、ロシア人はわれわれを惑わせるくらい充分にヨーロッパ的だ。われわれは常に、そしていま以上にドストエフスキーを理解したいと願っているのである。

五月一日　木曜日

参戦の圧力は高く、しかも日一日と高まりつつある。民衆は参戦に反対だが、行政府はそれに反して「勝手気ままに振舞い」、参戦への姿勢を固めた気配が感じられる。この国におけるユダヤ勢力の大半は参戦を支持しており、しかも彼らはわが国の新聞やラジオの大部分と、映画の大半を支配下に置いているのだ。また例の〝知識人〟とか〝イギリスびいき〟とか、また自由自在に活動するイギリスの工作員、国際的な金融勢力、その他大勢が控えているのである。

五月三日　土曜日

イラクで戦争が始まる。イギリスで内閣改造があったという。ハンブルク、リヴァプール等の諸都市が大規模な爆撃を受ける。在郷軍人会、対英輸送船団の派遣を支持する。

中央標準時八時四十分にセント・ルイスで下車。タクシーでパーク・プラザ・ホテルへ。午後六時、アメリカ第一委員会の活動に関心を持つ約五十人の男女と夕食会。

集会場のアリーナでは、片隅にある千五百席くらいを除けば満席であった。一万五千人ほど集まったものの、宣伝があまり行き渡っておらぬようだった。クラーク上院議員が最初に立ち、次いでウッド将軍が私を紹介する。ラジオ中継に時間を合わせて作成した演説ではないので、四分間、持ち時間を超えてしまった――初めての経験である。今後、もっと注意をしなければ。立派で熱心な聴衆であった。〝立食パーティー〟に出るべくホテルへ引き返す。あらゆるタイプの人たちが数百人も出席していた。汽車に乗る間際まで握手が続く。果てしない行列の人々と握手するに当り、嫌悪すべき点が幾つかある。まず手が腫れる。誰も彼も分別のある話をする時間的な余裕がないから、つい馬鹿げたことを口にしてしまう。かっかっした上、やはりかっかっして疲れた人々にもみくちゃにされる。集会で演説をするのはすっきりして厳しく、何か正当なものがある。ところが、かかる〝立食パーティー〟とか〝カクテル・パーティー〟とかは、いかに立派な人たちが集まったとしても、人間的努力のいわば悪用としか思われぬ。アリーナで持ったような集会は、少なくとも思想を生み出し、熱情の表われを示すものである。が、〝立食パーティー〟にどのような価値があるのかさっぱり分らぬ。おそらくアメリカ第一委員会セント・ルイス支部に資金と支持とをもたらすものであろう。だとすれば、それに出席した甲斐があったということなのか。とはいえ、仮に戦争へのかくも激しい感情がなかったならば、いかに金を積まれ、いかに説得され、あるいはどれほど手を尽されたとしても、かようなパーティーには金輪際、出席しなかったであろう。

五月十二日　月曜日

ロンドン大空襲。下院、大英博物館、ウェストミンスター教会などがことごとく被災したという。イギリス空軍、ハンブルクをはじめとするドイツ諸都市を爆撃。

五月十三日　火曜日

ナチスの副党首ルドルフ・ヘス[*24]が承認されざる出国を行なったというニュースがあった後、パラシュートでスコットランドに降下。あらゆる類いの流説が乱れ飛んでいる。曰《いわ》く、ドイツ国内の粛清を逃れたのではないか。曰く、ヒトラーの和平条件を携行して渡英したのではないか。曰く、ヘスは発狂しているのではないか、等々。

午前九時、ベネットの事務所に到着。フォードは九時十五分に姿を現わした。彼はベネットに対し、夫婦して状況を話し合った結果、アメリカ合衆国の戦争介入を阻止すべくあらゆる可能な助力を尽すことに決めたと告げる。そして私と協議の上、その計画を練るように命じた。ベネットは私に、フォードのリンカーン及びマーキュリー車の宣伝を担当するルー・マクソンと会うように提案した。フォードが財政的に支援するアメリカ第一委員会の全国的な宣伝活動を担当するには、マクソンこそ最適の人物だというのである。

マクソンはミシガン州北部の夏の別荘に出掛けたあとで、正午過ぎにならねば現地に着かないことが判明する。午後、飛行機でマクソンに会いに行くことに決める。ベネットは三人乗りのフェアチャイルド機をチャーターしてくれた。マクソンの同僚ハリー・ウィズマーを連れてフォード飛行場から飛び立つ。晴天。二時間二十分の飛行後、オナウェイに着く。

マクソンは飛行場まで出迎えてくれた──四十代に入ったばかりのいかにも男盛りという感じで、積極性を印象づける重厚な人物。ホストとしても立派だ。マクソンは別荘の内外を案内してくれた。母屋の食堂で夕食を共にし、そのあとアメリカ第一委員会の宣伝計画を話し合う。マクソンの話によれば、ベネットは電話でフォードの援助に事実上の限度がないとほのめかしたそうである。マクソンは最初の一カ月間に二十五万ドル相当の暫定的な宣伝計画を提案した！　百紙から二百紙の新聞に週二回、四分の一ページにわたる広告を打ちたいというのだ。

マクソンは事務所に電話をかけ、夜行で四人の最も優秀な広告文制作者を派遣するように命じた。私はボッブ・スチュアートに電話し、アメリカ第一委員会の立場から宣伝計画を話し合うために明朝こちらへ来るようにと頼み、飛行機の手筈を整えた。またアンにも電話して今夜はロイド・ネックに帰れぬと連絡した。今日、夕食に間に合うように帰るつもりだったのである。

逆風にもめげず

五月十五日　木曜日

ヘス飛来の臆測が依然として続く――和平使節だが、公的な資格を持たないと考えられている。これまでのところ、混乱の材料が増えただけにとどまる。

朝食後、直ちに飛行場へ。燃料を補給してボッブ・スチュアート、ハリー・ウィズマーを乗せ、ディアボーンへ飛び立つ。宣伝活動に関してベネットと要談。出だしとして二十五万ドル相当の宣伝計画は合理的で、フォード氏は可能な限りの支援を惜しまないつもりでいるという。ベネットはオナウェイのマクソンに電話をかけ、出来るだけ早く計画通りに宣伝活動を開始するように命ずる。ベネットがフォード氏から聞いたところによれば、宣伝計画の範囲はそのコストよりも効果に基づいて限定されることになる。

ベネットは確かに多彩な人物だ。フォードはそのような人物を身辺に集めているかのように思われる。しかし、私は時たま、ベネットがフォードの従業員をいささか乱暴に取り扱おうとしているのではないかという気がする。深夜、ベネット邸を辞してデトロイトへ。東部行きのニューヨーク・セントラルに乗る。

五月十八日　日曜日

ドイツ空軍、イラクを爆撃。イギリス空軍、シリアを爆撃。

今夏、ジョンをキャンプに送るべきかどうかでアンと話し合う。年齢的にも心配はないし、ジョンにとり申し分のない経験になるだろう――家から離れて、仲間の少年たちと野外生活を送るのは。自立心と、変った新しい環境に対応すべき心得とを教えてくれるに違いない。一方、私どもの夏の計画はまだ何も決まっておらぬ。自分は大半の時間を参戦運動に反対するために使わねばなるまい。この危機が過ぎ去るまで、つまりわれわれが参戦するか否か決まるまで、あるいは少なくとも綱渡りがもっとうまくなるまでは、いかなる決定的な計画も立てるわけにはいかないのだ。現在の非常事態は将来とも続くと説をなす者がいる。しかし結局、非常事態が長期化すれば、それが常態になるということでもあろう。

アンも自分も、かかる半政治的な生活は好まないし、状況とわれわれの良心とが許せば、早速に身を引きたい。長期にわたってかかわり合えば、それだけ足を抜くのが難かしくなる。友人の中には早くも、私が政界に身を投じて行くには選挙に出るべきだと主張する者まで出ている。が、自分にはそのような気持が全くない。それは避けられない事態であり、無理矢理に引き込まれるだろうと、彼らは口ぐちに言う。しかしながら、私にはそれを避ける自信がある。この国が直面する基本的な問題に関して歯に衣を着せず、堂々と所信のありのままを述べれば、一回の演説か、一つの文章だけでけりがつく。根本問題と四つに組み、実際に信ずるところを書き、述べさえすればよいのだ。しかも、このような時代にあっては――よしんば友人に押しやられたにせよ――政治に巻き込まれるのをいささかなりとも恐れてはならぬ。私の政界入りを望む人たちと最も大きく見解を異にするところは、彼らが政治生活こそ最高の成功であり、人間に出来る最高の貢献だと考えていながら、自分はそうは考えぬという点である。生れつき政治家に適する者がいるし、そういう人たちこそ政治を志すべきで、彼らならば政治に最大の貢献が出来るであろう。しかしありがたいことに、この世は政治だけで成り立ってはおらぬ。他の分野でなされるべき、少なくとも重要な意味を持つ仕事も存在するのである。

五月二十日　火曜日

フォード、ベネット、マクソンらと作り上げた宣伝計画が全面的に崩壊する。フォードが計画実施の中止命令を出したという意味の電報を受け取ったのである。ベネットに電話したところ、フォードはどうせ宣伝に多額の資金を投じるくらいなら、アメリカ第一委員会の名前より自分の名前を使ってそうした方がよいと決めたというのである。フォードはアメリカ第一委員会の一部人士が信用できないこと、しかし、具体的にその名前は挙げなかったと、ベネットはほのめかす。とはいえ、ベネットの並べた理由はどれもこれも理由にならぬ理由であった。どうやら、フォードのとった行動にもっともな言い訳を見つけようとしているのであるらしい。多分、ベネットにもフォードの真意は分らぬのではないか。

真の動機はどこにあるのか。何時もの奇行か、それとも耄碌《もうろく》か。でなければ、本当にアメリカ第一委員会に脅威を抱いていたのか。また多額の資金を投じた計画は何が何でも自分ひとりで切り回したくなったのか。あるいは〝軍需〟契約を通じて行政府の圧力が加わり、行政府の影響力がついにビジネスにまで及んだということなのか。もしかしたら、CIO系組合との紛争がフォードの関心をそらせたのかも知れぬし、エドセル・フォードかフォード・モーターの幹部が参戦問題に関してフォードに水を差したのかも知れぬ。その理由が何であれ、計画は崩壊した、それも完膚無きまでに崩壊したのである。

五月二十七日　火曜日

夜、ルーズベルトの炉辺談話に耳を傾ける。彼のお喋りは何時ものように摑《つか》み所がなく、そして抜け目がない。一見、控え目で――私には何時も言い訳がましく聞えるのだが――締めくくりは「全国家的な非常事態」の宣言だった。「全国家的な非常事態」とはいったい何を意味するのだろうか。言論の自由やアメリカ第一委員会の集会にどのような影響を与えるのだろうか。この宣言が狙っているものを正確に見極めねばならぬ――それが専門家の法的な勧告を必要とするのかどうかということも。

五月二十八日　水曜日

ドイツの戦艦ビスマルク号がイギリス海、空軍により撃沈される。ルーズベルト大統領、非常事態宣言を発す。

ルーズベルトの〝全国家的な非常事態〟は私たちの計画や集会にさして影響を与えるものではないかに思われる。州知事フィル・ラ・フォレット、弁護士エイモス・ピンチョットや、かかる事態の法的措置によく通じる人たちと話し合った結果、ルーズベルトの宣言はやはり、言論の自由や集会の権利を如何ようにも制約するものではないことが分った。無論、参戦グループは、大統領が非常事態の存在を宣言した今――そして大統領が演説の中でわれわれをそれとなく非難した事実にも鑑《かんが》み――われわれが戦争に反対し続けるのは愛国的でないことを世間に信じ込ませようと試みるだろう。われわれを沈黙させるために、この演説が武器として使われるだろう。そうしながら、戦争賛成グループは行政府の態度に勢いづけられて宣伝攻勢を激化させるに相違ない。

世論が形成されるここ数日間は、われわれにとっても重大な一時機となる。われわれは必死に、しかも賢明に闘わねばならぬ。ルーズベルトの〝お喋り〟後に開かれるアメリカ第一委員会の集会はフィラデルフィアだが、それだけに私の演説が影響するところは大きい。議会での反響にも負うところが大きい。大統領はいよいよ参戦に傾いたと思われる。もし国民が参戦への道を進む彼の〝措置〟をすべて支援するならば、われわれは何週間も経ずして銃を取る羽目になるだろう。国民に手綱を締める勇気があれば、われわれはまだまだ参戦しなくともすむのだ。自分にとって、アメリカの世論が徐々にルーズベルトの公約は当てにならぬこと、またしばしば二枚舌を用いていることを悟り始めたということが最大の希望の一つだ。

五月二十九日　木曜日

ドイツ軍、カニア（ギリシャ）を奪取。イギリス軍、仏領チュニジアの港湾を爆撃。ルーズベルトは記者会見で、輸送船団の使用も中立法の即時修正も考えておらぬと言明。

五月三十一日　土曜日

フーヴァー元大統領をウォルドーフ・タワーのアパートに訪ね、一時間ばかり要談。彼の話によると、イギリスは交渉による和平を考慮中で、目下その条件を検討しているかも知れない。有力な噂によれば、チャーチル首相はルーズベルト大統領に対して、近い将来もし合衆国が参戦に踏み切らなければ和平を交渉すると申し入れるだろうとのことだ。

話の中で、任期切れの前に大統領を弾劾する可能性があるかどうか論じ合ったが、その可能性があるにせよ、まず弾劾成立の見込みはないだろうということであった。フーヴァーの話によれば、ベルギーではいま大勢の子供が餓死しつつあり、さらに多数が食糧不足から永続的な栄養失調症に陥るだろう。目下のところ、ベルギーが最悪の地帯だそうである。

フーヴァーは今朝、イギリスは戦争に〝勝てぬ〟と言明する！　かく断言される以前から、自分はさように考えていなかったか。それにしても、フーヴァーはこの結論に達するまで随分と時間を掛けたものだ。空軍力を過小評価したのが、その一半の理由であろうか。それに付け加えていえば、フーヴァーはイギリスの精神的な退廃、もしくはドイツの精神的な活気をよく認識しておらぬということだ。フーヴァーは大半のアメリカ人と同じく——もっとも、いくらかましな方だが——かつて一度もイギリス現世代の偉大さというものに関する主張を注意深く分析したことがない。それは大半の伝統的な要素と同じように先祖から受け継がれて来た主張に過ぎないのであり、またついぞ危機によるテストを耐え抜いた例《ため》しはないのである。偉大な伝統は確かに受け継がれる。しかし、偉大さそれ自体は勝ち取らねばならないものだ。

しかし、自分はもしかしたらフーヴァーの能力を誤解しているかも知れぬ。彼は最初から参戦に反対し、この点に関する彼の影響力と努力とは最高の価値を持つ。わけても、最近彼が行なった二つの演説は絶大な効果があった。フーヴァーは非常に豊かな知識の持主であり、判断力もまた公的地位にある大方の人たちより遥かに抽《ぬき》ん出ている。フーヴァーは前にも増して元気そうに見える。安定性があり、円熟を思わせる。しかし、ある種のひらめきに欠けている。人々が死を賭してまでも付き従おうとする偉大な人物に特有な捉えどころのない資質に欠ける。

六月三日　火曜日

車でニューヨークへ。十時十五分に着き、アメリカ第一委員会の事務局を訪れる。ウェブスターもフリンも居合せ、スタッフに紹介される――おそらく全員で三十五名か四十名くらいか。大半が手弁当の有志だ。たてこんだ照明の貧相な部屋で熱心に働いている――むし暑く、換気も充分ではない。フリンもウェブスターも、窓一つない小さな執務室を持っている。この運動で自分が最も好きな点は、アメリカ第一委員会の組織や集会に認められる忠誠心や精神力だ。

フリンもウェブスターも、共に立派な仕事を成し遂げている。戦争が正反対の思想を合流させた最も典型的な一例である――目下のところは。フリンは世間でいえば〝リベラル左派〟の立場をとってきたし、ウェブスターは〝保守派〟として終始してきた――おそらく〝極右的な保守主義者〟といって差し支えなかろう。フリンは多くの論文や書物で〝資本家〃を取り上げ、資本主義体制を粉微塵にやっつけてきた。ウェブスターは一時的にせよ、アメリカ第一委員会の活動に専心すべくニューヨークの証券会社の共同経営から身を引いた。立場の大きな違いがあるにもかかわらず、二人は何とかウマを合わせ、アメリカ第一委員会ニューヨーク支部を運営している。この関係が恒久的に続くものかどうか、自分にも見当がつかぬ。戦争と、アメリカ第一委員会ニューヨーク支部を運営するに当り直面した実際的な諸問題から、フリンは次第に〃右〃寄り、ウェブスターは〃左〃寄りになりつつある。しかし、双方とも頑固におのれの立場を譲ってはおらぬ。軋轢《あつれき》が生じない限り、これはアメリカ第一委員会の観点からすれば理想的な状況であろう。が、リベラリストの才気走って遥かに理論的な頭脳は保守主義者の地道で実際的な頭脳と激突しがちである。リベラル派は先陣を切り、保守派は主力部隊を指揮すべきだ。この分業方式により、保守派はリベラル派の成功に追い付き、固める一方、リベラル派は保守派が失敗すれば後退して組織再建に着手できるのである。成功には双方とも相手を必要とする。おそらく生き永らえるためにも。ただ問題は双方ともそれぞれの限界、お互いの資質を認めようとする態度が見えないことだ。この点に関する限り、フリンとウェブスターとはかつて見たことがないほど理想的な人間関係の樹立に近づいている。

六月十一日　水曜日

アンと車でニューヨークへ。六時、ウォルドーフ・アストリアでウッド将軍と夕食。話題はほとんど戦争の動向とアメリカ第一委員会の活動計画。ウッド将軍の話によれば、ホイラー上院議員のもとにルーズベルトから密使があり、合衆国大統領はいま少し活発な反戦運動を望んでいるとの申入れがあったとか！　ルーズベルトは明らかに、参戦主義者から自分の計算する以上の速さで押しまくられていると考えないわけにいかぬ。ホイラー上院議員の語ったところによると、大統領が現在のヨーロッパに支配的な情況下で参戦したいのかどうか全く見当がつかぬという。ルーズベルトは戦争を利用して権限をふやし——彼が過去においてしばしば試みて来たように——最も利益になると判断した方向に踏み切れるような地位に自分を置こうとしているのであろう。

六月十五日　日曜日

独ソ間の緊張が高まりつつあるという。ルーズベルト、国内にある枢軸国財産の〝凍結令〟を発した。

六月二十二日　日曜日

ドイツ軍、ロシアに侵攻。イギリス軍、ダマスカスを占領。合衆国、イタリア領事館の閉鎖命令を出す。依然として空襲が続く。

アンとユナイテッド・ダグラス機に乗ってサンフランシスコへ。太平洋から流れ込む何時もの雲切れを除けば快晴だ。ループ・フリートが二人の息子を連れて同乗し、飛行中ずっと、私を何らかの形で自分の会社に加えようと説得し続けた。フリートに礼を述べたあと、重ねて自分には航空業界に入る意志がないと、その申出を断わる。

サンフランシスコ、オークランドを経てオレゴン州メドフォードに向う。空港にはハースト家の運転手が出迎えていた。シャスタ山の麓にあるハースト山荘まで二時間半のドライブ。ハーストはマックラウド河畔にババヴァリア風の山荘を建てている――二つの小さな〝村〟から成っていた。私どもに割り当てられた山荘は川に突き出たバルコニーがあり、そこから釣糸を垂らすことも出来る。正面は高さ数百フィートもある断崖で、杉と松の巨木に覆われていた。〝村〟はまさしく狭い峡谷の底にあり、逆巻く激流、聳《そび》える巨木、峨々たる山岳、そして深い霧――いかにもオレゴンだ。

ハースト氏が戸口まで出迎え、招じ入れられた。各室とも古美術品とその複製に溢れていた。数分後、女優のマリオン・デイヴィスが到着し、私どもの寝室に案内してくれる――古風なオランダ・タイル・ストーブで暖めてあった。

午後九時、半マイル下流にあるもう一つの〝村〟まで降りて夕食（朝食は十一時、昼食は四時だというのである！）。客は十数人いたろうか。ハースト氏はじめマリオン・デイヴィスにその妹と姪。コナン・ドイル（イギリス人の大学講師）夫妻、漫画家スウィナートン夫妻らだ。食後、ハースト氏と戦争およびハースト系新聞の編集方針について話し合う。そのあと、打ち揃って車に乗り、葛折《つづらおり》の道を城郭のような建物へ出掛けて映画見物―

―まったく馬鹿げた映画であった。午前一時半に就寝（それでも、まだ宵の内だそうである！）。窓外に激流のざわめきが聞える。

六月二十七日　金曜日

モスクワを目指してドイツ軍の進撃が続く。

地元新聞に次のような速報が出る。

「モスクワ放送の伝えるところによれば、ドイツ機甲軍団は赤軍をリスアニアの大部分から追い出したが、ミンスクへ迫る前に甚大な被害を受けた」。ドイツの機械化部隊はミンスクへ五十マイル以内の地点まで迫ったともいわれる。フィンランド、ソヴィエトに対して宣戦布告を発す。イギリス空軍、キールとブレーメンを爆撃。合衆国の新聞はドイツ空軍によるイギリス爆撃の報道を過小評価しようとしている。ドイツ大本営発表によれば、イギリス船舶の損失は甚大であり、またイングランド南部海岸に夜間爆撃が加えられたとのこと。英独双方が発表する撃墜機数と被害状況とは常に矛盾している。

朝の半分を演説草稿の推敲に費やす。アンと荷造りをし、ノリス牧場に出掛ける。キャスリーン・ノリス夫人から数日間滞在の招待を受けたからだ。牧場はサンフランシスコから約五十マイル、サラトガから数マイル西方の山沿いの海岸地帯にある。到着したとき、ノリス夫妻はじめ一家眷族《けんぞく》が来合せていた。私どもは丘の斜面にある山小屋を与えられ、山々を背景にして深い森林の谷が見降ろせた。格別に美しい眺望だ。山あり、杉林あり、段々畑もある。太平洋と谷を隔てる尾根の上に雲が懸かって切れ切れになる。杉林の下でバーベキューの昼食。それからノリス夫人とその妹、姪と連れ立ち、近くの山頂に登る、歩きながら小道を切り開いて。

夕食後、もっと大勢のノリス一族が現われた。姪だの甥だのが子供たちを連れて。彼らの中に四人の共産主義者がいることが分った——男が二人、女が二人だ。男は二人ともスペイン共和派のために戦ったというのである。ノリス一家はあらゆる種類の政治的見解を代表している！　どうして仲良く暮せるのか全く解せぬ。アンが言うように、ノリス夫人の人格に負うところが多いのかも知れぬ。今夜、居間では革命のあらゆる要素が揃っていた。まさしく将来を一瞥《いちべつ》できる瞬間の幕開きといってよかった——この国が遭遇せねばならぬと恐れる将来のことだ。興味深い将来ではあるが、それを心待ちにする者はよもやいまい。

六月二十八日　土曜日

午後、ノリス一家の演ずるゲームを見学。私どもは一日中、会話に神経を用い、全くと言ってよいくらい政治的な話題を避けた。しかし昨夜、存在したような緊迫した雰囲気はもはやない。分裂した一家がノリス夫人によりまとめられているというケースだ。実に素晴らしい女性——まさしく一廉《ひとかど》の人物であり、何かカレル夫人を思い出させる。

六月三十日　月曜日

ドイツ側の発表によれば、赤軍の二軍団を包囲し、四千機の軍用機、二千台の戦車、千台の装甲車、六百基の重砲を捕獲乃至破壊し、多数の将兵を捕虜にしたという。ソヴィエト側の否定声明と矛盾した戦況発表が続く。

フーヴァー、見事な参戦反対の演説を行う。ドイツの機械化部隊はどうやらミンスクを通過したらしい。モスクワの報道は何もかも否認し、全く信頼が置けぬ。ルーズベルト、九十万人の徴兵計画を承認する。

七月三日　木曜日

ドイツ軍のロシア進撃が続く。十六万人を捕虜にしたと主張。ソヴィエト側否定。

新聞は相変らず、私の演説を誤って引用し、しかも全体の文脈に重要なセンテンスを削除している。カッコ付きの引用文が完全な作りものである場合もあり、自分の言ったことや信じていることからは程遠い。

機上で朝食をすませた後、中部標準時八時十五分にシカゴ着。ウッド将軍が飛行場に出迎えてくれた。シカゴ・クラブにあるウッド将軍の続き部屋で昼食会。出席者はウッド将軍、旧知の元副大統領ドーズ将軍、マコーミック大佐、ヴァンデンバーグ上院議員、スチュアート、ムーア。

ヴァンデンバーグ上院議員の話では、ミシガン州内に駐屯する数個中隊の大多数の将校と兵士から手紙を受け取り、一ヵ年以上の兵役延期に反対してほしいと求められた。「得るところは何一つなく、もううんざりして一日も早く帰郷したい」とあったそうだ。これは劣悪なリーダーシップ、非能率的な組織、装備の不足、そのほか様々な要因に基づくケースだ。陸軍の士気は全国的に低い。自分の判断する限り、陸軍は少なくとも四分の三が参戦に反対していると思う。

七月五日　土曜日

ドイツ軍の発表によれば、赤軍は潰走させられたとある。ソヴィエト側に言わせれば、赤軍は〝スターリン・ライン〟まで計画的な撤退を行なっているという。イギリスのウェーヴェル将軍、もしドイツを敗北させなければアメリカ遠征軍の派遣が必要だろうと言明。

アン・ジュニアはずっと大きくなったように見える。数週間も家を留守しなければ、赤ん坊の早い成長に気づかぬものだ。ランドもすっかり変った。話しぶりも以前より明快になったし、面白くなって来た。ジョンがいなくて寂しいが、キャンプでうまくやっているようだ。

七月七日　月曜日

アンと暫し、日記の写しを点検したり、素読みをしたり。その作業の完了も、いまは間近い。昨年来、戦争が始まる前に、この作業を終えられるかどうかとしばしば心配して来たものだ。戦争が始まる前に、この作業を是が非でも終えてしまいたかったのである。まず第一に、アンの日記類が失われるのは悲劇であること、第二に、戦時下における自分の行動の正確な記録を残しておきたかったからである。この日記は何もかも記録するわけには行くまいが、少なくとも巷間《こうかん》に伝わる風説の嘘を証明してくれるだろう。

午後三時半、スミス大尉（アメリカ第一委員会）来訪。緊急の要件があり、面会の上でなければ話せぬという電話であった。要件とは、先週の土曜日からＦＢＩ（連邦捜査局）が私の電話を盗聴し始め、以来、監視下に置かれているというのである。スミスの話によれば、ＦＢＩの連中は全般的に友好的であり、命令を実施しているに過ぎないし、私ばかりでなく、アメリカ第一委員会の電話も盗聴されているのだそうである。私はスミスに言った。アメリカ第一委員会の全員に伝えてもらいたい、われわれは隠すべきものは何一つない、電話が盗聴されているならば、今後こそこそ話すどころか堂々と話すようにすべきだ、またＦＢＩの知人にも伝えてもらいたい、盗聴した自分の電話に分らない点があれば、喜んで補足的な情報を提供しよう、と。スミス大尉の話によれば、電話が盗聴されているのは疑いもない事実であり、その情報はＦＢＩに勤める彼の友人から得たもので、その友人は私に対しても友好的だという。電話が盗聴されていることは充分に考えられるが、それにしてもまだ問題は残っている。自分に関する限り、実をいえば、電話の盗聴は痛くも痒《かゆ》くもない。主たる点は、これらの手練手管がルーズベルト政権により利用されているかどうかということを知りたいのだ。

七月八日　火曜日

アメリカ海軍、アイスランドに上陸す。

朝刊の伝えるところによると、アメリカ軍がアイスランドを武力占領したそうである。これは今までアメリカが取ってきた中でも重大な措置だと考える。戦争を意味するかも知れぬ。アイスランドはドイツの交戦水域に属し、私見によればまごうことなくヨーロッパ大陸に属する島だ。政治的関係も基本的にはヨーロッパと——デンマークとの間に持って来たし、軍事的な観点からもヨーロッパ大陸に付属する島だと信ずる（アイスランドはアメリカの海空基地としてよりヨーロッパのそれとしての方が受け容れやすい）。同島が政治的にも人種的にも軍事的にもヨーロッパ圏である以上、合衆国にとり疑問の多い価値であり、極めて危険な冒険であるように思われる。問題は、われわれがグリーンランドとアイスランドとを北極海に横たわる類似の島とみなしている点だ。われわれは既にグリーンランドを占領しているのだから、アイスランドまで占領するのも当然だと考えているのだろう。しかも、アイスランドはノルウェーやスコットランドよりグリーンランドに近いので、西半球の一部と主張するのは論理的だと考えている風に見える。アメリカ人はグリーンランドの東海岸における寒帯気候を少しも知らない。そして東半球の大規模な戦争で、われわれがアイスランドを保持する資格があるかどうかという点も、アメリカ人の一度も考えてみたことがない問題だ。

ルーズベルトは、アイスランドを占領すべきだとアメリカ人を説いたが、それにからむ危険性は説明しなかった。アメリカ人はついぞ真剣に、そのような事態をもたらすものを反省したことがない。全国的な世論調査の結果では、アメリカ人の大多数（七十五パーセントかそれ以上）が参戦に反対なのだ。にもかかわらず、ルーズベルトの背後には、彼が参戦に向って着々と打つ手を実質的に支持する多数派がいる。戦争に加わりたくはないが、アイスランドを占領したいのであり、また大英帝国を勝たせるべく手を汚さずに戦闘地域を突破して輸送船団を送り込みたいのだ。もしこれ以上かかる政策が長く続けば、われわれはおそらくイギリスの勝利も得ずして戦争に巻き込まれる羽目となるであろう。

最も憂慮すべきことの一つは、このようなアメリカ人の態度である──しかも、そのような人たちが実に多い──彼らは口でこそ「われわれの戦争だ」と言いながら、武器を取ってはならぬと主張する──「武器を送るが、兵士は送らない」という態度だ。もしこれがわれわれの戦争だと心底から信じられるならば、自分は持てるものを全て注ぎ込むであろう。いまの時代は、働かずに生き、戦わずして勝とうとするアメリカ人が多過ぎる。ドイツはわれわれの挑戦に応ずるだろうか。われわれは今や、イギリス向けの軍需品輸送という誓約を果すために、ドイツの宣戦布告地域に足を踏み入れたのである。今度はヒトラーが手を打つ番だ――それとも、見て見ぬ振りをするだろうか。

ある点で、アイスランド占領の最も重大な側面と言えば、ルーズベルトが議会にも相談せず、この挙に出たということである。戦争に巻き込まれる危険性と、かかる独裁的な手続きが国内的に持つかかわり合いとのいったいどちらが悪い事態なのか――いまの自分にはよく分らぬ。

七月十日　木曜日

フランス、シリアで休戦を求める。

朝、アンと断崖の上まで散歩しながら、重大な時局を話し合う。午後、車でニューヨークへ。午後遅く、ジョン・T・フリンと戦況およびアメリカ第一委員会の対応策を論じ合った。二人とも、アイスランド占領が極めて由々しい情況を生み出したという見方で意見が一致する。問題はヒトラーが潜水艦にアメリカ船舶の撃沈命令を出すかどうか、もし出せばルーズベルトはどのような手を打つだろうか。大統領は実に巧妙に、戦争誘発の事件が発生しやすい情況を作り出し、そのような事件が発生した場合は敵に攻撃されたと主張できる情況にわれわれを置いたのである。アメリカは今や半民主主義であり、半独裁制である。おまけに、どちらの方式も能率的に機能してはいないのだ。

七月十三日　日曜日

ドイツ軍、〝スターリン・ライン〟を突破す。シリアでの休戦協定が成立。イギリス空軍のヨーロッパ本土爆撃が続く。

午後、私物や財産の目録を作り直す。簡単にして完全な一覧表を作成し、わが身の上に突発事か死が見舞った際のアン宛の指示も書き記しておきたいのだ。

七月十六日　水曜日

ソヴィエト政府はモスクワからカザンへ移転中という。

雑用と、大統領宛書簡の下書きで一日を過す。内務長官イッキーズが数カ月来、私を攻撃し続けて、極めて安っぽい、そして最も許し難いような方法により私に関する誤った情報をばらまいている。自分はいっさいの弁明をせず、言わせるだけ言わせておくという方針をとってきた。さすれば、彼も結局は自ら首を締める羽目になるだろうと思ったからだ。ところが、イッキーズは最近の発言で、私が威信を持って効果的な攻撃ができるような情況に自分を大統領もろとも置いたと思う。

私が直接、大統領宛に書くのは、閣僚の言動に大統領が責任を持つという根拠に基づく。この方法により、ルーズベルトの戦術に反撃を加えられるだろうと思う。大統領が「後ろで糸を引く」閣僚を前面に引きずり出すのが目的だ。このように大統領は反対派を挑発して、身代りに閣僚を攻撃させるのである。私はその手口を逆用し、閣僚任命の個人的な責任があるとしてルーズベルトの介入を攻撃しようというわけだ。イッキーズのような人物と事を構えても得るところは何一つ無い。が、もしイッキーズの言動をルーズベルトの責任に出来れば、最高の効果が挙げられるだろう。

七月十八日　金曜日

ドイツ軍、スモレンスクを占領。マーシャル参謀総長、議会に対して国家非常事態の宣言を発するように要請す。

七月二十三日　水曜日

日本関係の緊張が高まりつつある。

朝の前半は雑用で過す。そのあと、ランドを連れて泳ぎに行く。二個のキャンディと引き換えに、まず筏《いかだ》の縁に坐らせた上、私の手を借りずに飛び込みを試みさせた（約一・五フィートの高さ）。背中に乗せて再び筏の梯子《はしご》をのぼらせる。ランドは迷わず筏の縁にもどり、もういちど飛び込む。何回か坐ったままの飛び込みを終えると、さらに二個のキャンディと引き換えに、立ったままの姿勢で飛び込みを試みさせる。彼はやってのけた――

無論、頭からではなくて足から先に。その時までには一人で梯子の周辺を泳ぎ回っていた――約十フィートぐらいの距離だ。今度は飛込み板の上からダイブする。そして数分後、警告さえ発しないで勝手に筏から飛び込み、岸に向けて泳ぎ出した――約七十五フィートの距離だ。しかも見事、泳ぎ切ったのである！

ランドの自発的な動きを認めると、彼の注意をそらせないためにも、私はなるべく遠く離れているように心掛けた。さすれば、助けも簡単に届かぬと教えるためだ。ところが、子供の周辺に年輩者がいると、よくある事態が発生する。筏の上にウッド夫人がいて、泳ぎはランドに負担が重過ぎると考えたのであろう。夫人はランドを〝救助〟しようと飛び込み、私は二人の間に割り込まねばならなかった。夫人は考え違いの親切心からランドを助けようとしたのであるが、それは勿論、ランドにとって事態を一段と困難なものにした。近頃、世の人たちは子供たちに〝優しく〟し過ぎるので、子供は個性と才智とを兼ね備えた男女に育ちにくい。

七月二十七日　日曜日

ディーク・ライマンとポート・ワシントンを訪れて日帰り（ライマンは電話で、会った上でなければ話せないような情報があると言って来たのである）。

数分間、客間でライマンの家族と過した後、ディークに誘われて庭に出る。ディークの話では、ワシントンの友人から得た情報によると、ルーズベルト政権の閣僚が「轡《くつわ》を揃え」八日か十日以内に私に集中攻撃を加えることになったそうである。ディークは、近くワシントンに出掛け、もっと詳しい情報を手に入れるつもりだという。もし自分に攻撃が加えられるならば、当方としては打つ手もないし、彼らが攻撃を仕掛けたければそうさせるのが最良の方法だと答える。打つ手がなければ、何も気に病むことはないではないか。現在、自分はいやいやながら一種の政治的生活を送っている。政治にかかわり合っている以上、反対派の存在を覚悟しなければならぬ。

七月三十日　水曜日

チャーチル首相、合衆国が「戦争の瀬戸際まで……進みつつある」と言明。

八月八日　金曜日

昼食後、アンと車でニューヨークへ。アンを五十七丁目とレキシントン街の街角で降ろし、ジョン・T・フリンと会うべくエンジニアーズ・クラブへ。フリンの話では、彼の実施していた調査が〝驚くべき成果〟をもたらしており、参戦への強力な偽装工作をはっきりと明るみに出せるそうだ。それは映画界で最も顕著であるという。政府当局は映画製作者に対して直接、一定数の〝戦争映画〟を作るように要求したとフリンは指摘する。この事情は議会の調査委員会で暴露できるとフリンは言うのである。

アンと、クリーヴランド行の午後五時十分発ユナイテッド機に乗る。七時五十五分、クリーヴランド着。

八月十一日　月曜日

ドイツ軍、ウクライナに侵入す。ルーズベルト、クレジット販売法を制限。日本、戦時経済体制に切り替える。

アン、ランド、アン・ジュニア、スール・リシィは午後四時、ロイド・マナーを発ち、夜の船で移転先のアーサーズ・ヴィンヤード島（マサチューセッツ州）に向う。

八月十五日　金曜日

ルーズベルト＝チャーチル会談の噂が事実となる。八項目の〝平和目的〟（大西洋憲章）が公表される。ドイツ側の発表によればオデッサは包囲され、ウクライナの赤軍は〝崩壊状態〟にあるという。

八月十六日　土曜日

チャーチル、ルーズベルト共にスターリンとの三頭会談を提案。ドイツ軍のウクライナ進撃が続き、対日関係の緊張も続く。

八月十九日　火曜日

ドイツ軍、レニングラードに迫る。

午後遅く、アン、ソーと長い散歩に出掛ける――海岸に沿ったり、森の中を通り抜けたり。非常なコントラストを持つ島だ――ややイリエクに、ほんの少しメインに、そしてラブラドル（カナダ）、モンタレイ（ヴァージニア州）に似たところがある。海、湖、小川、丘、森、岩だらけの海岸、北の国に特有な薄明もある。熱帯植物に近い外観を持つ樹木さえ認められる。

八月二十五日　月曜日

チャーチル、日本に対して英米が共同行動をとると警告を発す。ソヴィエト側、反撃に出たと主張。

八月二十七日　水曜日

イギリス軍のイラン進撃が続く。ドイツのロシア進撃が続き、ドニエプロペトロフスクを占領したと発表。日本、モスクワに対し合衆国の太平洋経由ソヴィエト向け軍需品輸送を許さぬと通告したと伝えられる。

八月二十九日　金曜日

ルーズベルトと日本大使との会談が行われる。ソヴィエト側、ドニエプロ・ダムを爆破したと発表。イランの新政府が休戦命令を発す。

九月二日　火曜日

午後、ディアボーンにヘンリー・フォード夫妻を訪れ、一時間ばかり話し合う。戦争の動向とアメリカ第一委員会について論じ合った。フォードも私も、空中分解した宣伝計画にはひと言も触れぬ。フォードは、ドイツ空軍に爆撃された直後のダグナム・フォード工場の写真を見せてくれた。被害甚大に見えるが、数日間で操業を再開したそうである。車でベネットの事務所を訪れ、三十分ばかり主として労働事情と戦争を語り合った。

フォードに会うと、その都度フォードの変人ぶりと天分とに強い印象を受ける。天才の成功は容易に理解できるが、それがあのような奇行を伴っているのはちょっとした問題だ。しかし、フォードに会った後は何時も生気をとりもどし、勇気づけられる。かかる人物がもっと大勢いたらとしきりに思う（もっとも、大勢い過ぎても困るのだ）。

九月四日　木曜日

近衛《このえ》首相、日本が歴史始まって以来の最も重大な非常事態に直面したと国民に警告を発す。ベルリン、爆撃される。

九月十一日　木曜日

参戦反対、賛成の両派から成る二十五人のデ・モイン（アイオワ州）市民と昼食会。興味深く、そして楽しかった。正式のスピーチはなかったが、一同、戦争の動向や内外の諸情勢を語り合った。

午後は演説草稿を推敲したり、一連の会議に出たりする。大統領の演説が終るまで、自分の演説草稿は報道陣に渡さないことに決める。午後、いろいろな人たちが入れ替り立ち替り現われた。立ち去る時にお祈りをした宣教師。ぜひ聴いてもらいたいと宗教的予言を持ち込んだ男。新経済政策なるものを聴かせに来た者もいれば、〝イギリスの秘密取引〟に関する雑誌や新聞記事の蒐集《しゅうしゅう》を見せに来た者もいる。数人の〝旧友〟と自称する人たちも現われた。私が週に数千の人たちと会っていた何年か前に、一度はお目に掛ったことがある人たちらしい。彼らは〝十四年前〟に巡りあった際の情況を説明した上、それと関連あるあらゆる細部を思い出してほしいのだ。かかる場合の不幸な点は、是が非でも会いたい真の友人は近寄らないということである。忙しい所を邪魔したくないと思っているからで、その結果、友人と自称する連中に押し掛けられ、取り巻かれる次第と相成る。そのあと、〝旧友の語る〟途方もない、最も馬鹿げたお話が新聞に載るのである。その御仁はおそらく十年以上も置いて二回しか会ったことのない、それもせいぜい三十分くらいで、しかも他の人たちと居合せた時の体験に基づき〝終生の付き合い〟と称しているのであろう。

近くのクラブで第一委員会のメンバーと夕食。いったんホテルに戻り、勢揃いのうえ何時ものように警官の護衛を受けて会場へ。なるべくサイレンを用いないようにと警察に申し入れることにしている。緊急でない時にサイレンを鳴らすのを、世間は嫌っていると思うのだ。自分だってそうである。集会場の車寄せにつけ、大統領演説のラジオ放送が終るまで楽屋で待機する。

デ・モイン集会を開くまでにちょっと珍しい厄介な事情が持ち上った。集会の日時と場所を準備し、公表した直後、ルーズベルト大統領の母親が亡くなった。大統領は今夜の集会より数日前にすませる筈《はず》の演説を延期したのである。アール・ジェフレイ（第一委員会のオルガナイザー）は集会が開かれる直前に、会場で大統領のラジオ演説を流すことに決めた。このようなタイミングだったので、われわれは大統領演説が終り次第、幕を上げることになったのである。この手順に自分は非常な疑問を持ったが、その知らせを受けたのは世間に発表した後で、ジェフレイの決定を支持する手しか残っていなかった。次の問題は大統領演説の放送中、われわれは舞台の上で椅子に腰掛けたまま待つべきか、それとも演説終了後に舞台に上るべきかということであったが、結局のところ後者の方法が決定された。

大統領は能弁家であり、群衆を感奮させる才能にたけているだけに、今夜の集会はわれわれにとりかつてないほど不利な舞台装置であった。大統領が能弁家だと敢えて言うのは、その国民的な人気を言ったまでのことで、自分の受けた印象ではない。大衆的な人気から言えば、ルーズベルトはおそらく当代随一の演説家だろう。一九三二年に彼のラジオ演説を二つ聴いたあと、この人物は信頼がおけぬと思い、アメリカ合衆国大統領にしたくないと断じたのであった。その結果、自分はフーヴァーに一票を投じた。フーヴァーには能力と誠実があるが、かかる時代の国家に最も必要なリーダーシップの火花に欠けると思った。

ルーズベルトはまずナチスを攻撃し、彼らが船舶まで撃沈する点に触れつつ、アメリカの利益に必要とあればどこででも敵の軍艦を一掃すべしと合衆国海軍に命令を下したと結んだ。演説が終って一分もたたないうちに幕が開き、われわれは壇上に並んだ。一斉に拍手と野次を浴びる——これまでになく最も非友好的な聴衆であった。しかも、反対派は組織されており、野次がマイクに入りやすい桟敷席には一群の演説妨害者が巧みに配置してあった。閉会後、これらの一群には雇われ〝野次屋〟がいることを教えられた。最初の数分間、拡声器がうまく働かず、一段と混乱を大きくしていた。

女流作家フェアバンク夫人が演説の一番手であった。極めて困難な情況にもめげず、夫人は立派にやってのけた。程なくしてわれわれは聴衆に耳を傾けさせ、支持者の拍手や歓声が反対派の絶叫を圧倒し始めた。自分は二十五分間、喋った。私が演説を終える頃には、聴衆の八十パーセントがわれわれを支持しているかに思われた。もっとも、自分の番が来る頃には前の演説者により充分に雰囲気は盛り上っていたのであるが。私が戦争扇動者として三つのグループ——イギリス人、ユダヤ人、そしてルーズベルト政権——を挙げた時、全聴衆が総立ちになり、歓呼するかに見えた。その瞬間、どのような反対派であれ、熱烈な支持により打ち消されたのであった。

閉会後、何十人となくホテルに押し掛けて来た――第一委員会の会員や支持者、顧問、地方の官公吏、新聞記者等々。実直な市民もいれば、浮ついた市民や知的な市民もいるし、あるいは間抜けな市民もいる。このような集会には決まってあらゆるタイプの市民が登場するものだ。しかし、一般的にわれわれは水準以上の社会的交流を持っている。勿論、反対派の新聞は出席者の過激で熱狂的なタイプを指摘し、強調する。しかし、それも共産主義者が独ソ開戦後、一転して参戦路線を支持する以前のことならば、もっと大きな成功を収めたであろう。われわれはついぞ望んだこともなく、また常に回避しようと努めてきた共産主義者の支持を除去できて有難かった。

（下巻へつづく）

主要登場人物

＊1アレクシス・カレル（一八七三―一九四四年）
フランスの生理学者、外科医。リヨン大学教授を経てニューヨークのロックフェラー医学研究所（実験外科部長）に入り、組織培養法を発見、血管縫合術と臓器移植法の業績で一九一二年度のノーベル生理・医学賞を受けた。再婚の夫人は内科医で、博士の研究スタッフ。

＊2アン・スペンサー・モロー（一九〇六―二〇〇一年）
スミス女子大卒。リンドバーグと一九二九年五月に結婚。女流飛行家、エッセイストとして名高い。代表作に『海からの贈物』（吉田健一訳・新潮文庫、落合恵子訳・立風書房）がある。

＊3ウィリアム・ウォルドーフ・アスター子爵（一八七九―一九五二年）
二代目。初代（一八四八―一九一九年）は、十九世紀の前半に毛皮と不動産とで巨万の富を築いたドイツ系米国人ジョン・ジェイコブ・アスターの曾孫の子。米国の駐伊大使をつとめたのち、一八九九年に英国に帰化し、社会事業や第一次大戦の遂行に尽した功労で

子爵に叙せられる。二代目は下院議員、ロイド・ジョージ内閣の政務次官かつオブザーバー紙の社主で、弟ジョン・ジェイコブもロンドン・タイムス紙の会長。再婚の米国人ナンシー夫人と共に英社会に実力派の〝米国系貴族〟という異色の新興勢力を形成した。

＊4ジョセフ・P・ケネディ（一八八八—一九七〇年）

故ケネディ大統領の父親。当時は駐英大使（一九三七—四〇年）。

＊5トマス・ジョーンズ（一八七〇—一九五四年）

ロイド・ジョージ、マクドナルド、ボールドウィンら歴代首相の側近をつとめ、政界に隠然たる勢力を持った。ヒトラー＝ボールドウィン会談を策したことがある。

＊6エドゥワール・ダラディエ（一八八四—一九七〇年）

フランスの首相（一九三八—四〇年）。急進社会党の党首として二度も首相（三三年、三四年）をつとめ、人民戦線にも参加。フランス降服後、逮捕され、終戦と同時にオーストリアの収容所から釈放された。

＊7ジャン・モネ（一八八八—一九七九年）

フランスの財政専門家。第一次大戦中、連合国海上輸送会議の仏代表として米代表だったアン夫人の実父ドワイト・モローと協力、戦略物資や食糧品の確保に活躍した。国際連盟事務次長（一九一九―二三年）を経て第二次大戦中は戦略物資買付使節団長、英仏経済調整委員会議長。戦後、経済復興に関する有名な〝モネ計画〟を発表し、NATOの再軍備計画に参画する一方、欧州経済共同体（EEC）の基本構想（一九五五年）を打ち出したりした。欧州連邦化（EU）の熱烈な主唱者だった。

＊8エアハルト・ミルヒ（一八九二―一九七二年）
当時、大将、航空次官兼空軍査閲総監。一九四二年、空軍元帥となる。第一次大戦中、陸軍の戦闘機乗りであった。ルフトハンザ航空支配人を経て空軍入りし、ドイツ空軍の再建に辣腕をふるった。ヒトラーに信任され、ゲーリングとの確執がしばしば伝えられた。

＊9イゴル・シコルスキー（一八八九―一九七三年）
世界最初の多発動機飛行機を設計、飛行させた米国の航空技術者。ロシア生れ。

＊10エルンスト・ウーデト（一八九六―一九四一年）
ドイツ空軍総司令部技術局長。第一次大戦中、戦闘機乗りとして六十八機、撃ち落し、勇名をはせた。一九二九年渡米中、リンドバーグを知る。第二次大戦では急降下爆撃の戦法を編み出し、上級大将に昇進、空軍補給本部長官となったが二年後、謎の自殺をとげる。

ミルヒ航空次官と共にドイツ空軍の実力者であった。

＊11エルンスト・ハインケル（一八八八―一九五八年）

飛行機設計家。第一次大戦中、ハンザ・ブランデンブルク飛行機製作会社の技師長として多数の軍用機を開発した。一九二二年に自らハインケル社を創設、第二次大戦前からユンカースと共に、ドイツ空軍機の主力工場となった。三九年八月、世界最初のターボ・ジェット機ハインケルＨｅ178型の初飛行に成功。戦後、工場は連合軍に没収されたが、五〇年に航空用エンジンの製作を再開。

＊12ウィルヘルム・Ｅ・メッサーシュミット（一八九八―一九七八年）

天才的な飛行機設計家。ミュンヘン工業大学教授（一九三〇―三六年）。第二次大戦中、本人の名を冠した名高い戦闘機をはじめ高性能の軍用機を開発した。また世界初のジェット・プロペラ戦闘機Ｍｅ262型も設計。

＊13マンフレート・フォン・リヒトホーフェン（一八九二―一九一八年）

〝赤い男爵〟の愛称で知られた第一次大戦のドイツ飛行隊の撃墜王。八十六機を撃ち落したといわれる。北仏戦線の空中戦で戦死した。

＊14ヘンリー・H（ハップ）・アーノルド（一八八六―一九五〇年）
米空軍の育成者。当時、少将、米陸軍参謀次長兼航空隊司令官。初代の米航空軍総司令官（四一年以降）として戦略爆撃隊を編成し、第二次大戦の功績で最初の空軍元帥に任ぜられた。

＊15ジョージ・H・ブレット（一八八六―一九六三年）
当時、陸軍少将、四〇年に航空隊司令官代理。四二年に連合軍南西太平洋方面空軍司令官となる。

＊16チャールズ・G・アボット（一八七二―一九七三年）
天文学者。スミソニアン天体物理学研究所長（一九〇七―四四年）。日照計の発明、太陽輻射量の測定で知られる。

＊17アントワーヌ・ド・サン＝テグジュペリ（一九〇〇―一九四四年）
米出版社の招待で訪米。八月二十六日、帰国する。四四年七月三十一日、出撃中に生死不明となった。

＊18ハーバート・C・フーヴァー（一八七四―一九六四年）

第三十一代大統領（一九二九―三三年）。共和党。再選で民主党のルーズベルトに敗れ、引退したが、終始、ルーズベルト批判の立場をとった。終戦後、戦争被災国の食糧供給に活動し、また大統領顧問として行政改革（フーヴァー委員会）に尽した。

＊19サー・ハロルド・ジョージ・ニコルソン（一八八六―一九六八年）

外交官を経て労働党の下院議員（一九三五―四五年）となる。伝記作家として知られ、アン・リンドバーグの父ドワイト・モローの評伝を書いている（一九三五年）。ヴィクトリア夫人はサックヴィル・ウェストの筆名で知られた女流作家、詩人。

＊20アレン・W・ダレス（一八九三―一九六九年）

外交官、弁護士。元国務長官ジョン・F・ダレスの弟。第二次大戦中、海外戦略局の一員として活躍し、CIA（中央情報局）長官となる。

＊21カール・サンドバーグ（一八七八―一九六七年）

ホイットマン以来の国民詩人といわれ、『シカゴ詩集』（一九一六年）の代表作がある。二六年から十三年間にわたり浩瀚《こうかん》な『リンカーン伝』（全六巻）を著わした。

＊22エドセル・B・フォード（一八九三―一九四三年）
フォードの長男で一九一九年以来、社長の地位にあった。チャールズ・ソレンセンは当時、技術担当の副社長。

＊23ヘンリー・L・スティムソン（一八六七―一九五〇年）
タフト大統領の下で陸軍長官、フーヴァー大統領の下で国務長官を歴任した共和党の国際派。第三次ルーズベルト政権下で陸軍長官（四〇―四五年）に選ばれる。

＊24ルドルフ・ヘス（一八九四―一九八七年）
当時、ナチスの副党首、ヒトラーの第二後継者に指名されていた。ニュールンベルク戦犯裁判で終身刑に処せられる。

本書は二〇〇二年二月に学研から刊行された『孤高の鷲　リンドバーグ第二次大戦参戦記　上』を改題したものです。

なお本書中には一部、今日の人権擁護の見地に照らして不適切と思われる用語が含まれておりますが、本書が書かれた時代背景、歴史的記録としての価値、また著者および訳者が故人であることを考慮のうえ、原文のままとしました。

リンドバーグ第《だい》二《に》次《じ》大《たい》戦《せん》日記《にっき》 上

チャールズ・A・リンドバーグ　新庄《しんじょう》哲《てつ》夫《お》＝訳

平成28年 7月25日　初版発行
令和6年 4月20日　6版発行

発行者●山下直久

発行●株式会社KADOKAWA
〒102-8177　東京都千代田区富士見2-13-3
電話　0570-002-301（ナビダイヤル）

角川文庫 19888

印刷所●株式会社KADOKAWA
製本所●株式会社KADOKAWA

表紙画●和田三造

●お問い合わせ
https://www.kadokawa.co.jp/（「お問い合わせ」へお進みください）
※内容によっては、お答えできない場合があります。
※サポートは日本国内のみとさせていただきます。
※Japanese text only

ISBN978-4-04-400165-0　C0198

角川文庫発刊に際して

角　川　源　義

第二次世界大戦の敗北は、軍事力の敗北であった以上に、私たちの若い文化力の敗退であった。私たちの文化が戦争に対して如何に無力であり、単なるあだ花に過ぎなかったかを、私たちは身を以て体験し痛感した。西洋近代文化の摂取にとって、明治以後八十年の歳月は決して短かすぎたとは言えない。にもかかわらず、近代文化の伝統を確立し、自由な批判と柔軟な良識に富む文化層として自らを形成することに私たちは失敗して来た。そしてこれは、各層への文化の普及滲透を任務とする出版人の責任でもあった。

一九四五年以来、私たちは再び振出しに戻り、第一歩から踏み出すことを余儀なくされた。これは大きな不幸ではあるが、反面、これまでの混沌・未熟・歪曲の中にあった我が国の文化に秩序と確たる基礎を齎らすためには絶好の機会でもある。角川書店は、このような祖国の文化的危機にあたり、微力をも顧みず再建の礎石たるべき抱負と決意とをもって出発したが、ここに創立以来の念願を果すべく角川文庫を発刊する。これまで刊行されたあらゆる全集叢書文庫類の長所と短所とを検討し、古今東西の不朽の典籍を、良心的編集のもとに、廉価に、そして書架にふさわしい美本として、多くのひとびとに提供しようとする。しかし私たちは徒らに百科全書的な知識のジレッタントを作ることを目的とせず、あくまで祖国の文化に秩序と再建への道を示し、この文庫を角川書店の栄ある事業として、今後永久に継続発展せしめ、学芸と教養との殿堂として大成せんことを期したい。多くの読書子の愛情ある忠言と支持とによって、この希望と抱負とを完遂せしめられんことを願う。

一九四九年五月三日

角川ソフィア文庫ベストセラー

饗宴
恋について

プラトン
山本光雄＝訳

「愛」を主題とした対話編のうち、恋愛の本質と価値について論じた「饗宴」と、友愛の動機と本質について論じた「リュシス」の2編を収録。プラトニック・ラブの真意と古代ギリシャの恋愛観に触れる。

新編 日本の怪談

ラフカディオ・ハーン
訳／池田雅之

「幽霊滝の伝説」「ちんちん小袴」「耳無し芳一」ほか、馴染み深い日本の怪談四二編を叙情あふれる新訳で紹介。小学校高学年程度から楽しめ、朗読や読み聞かせにも最適。ハーンの再話文学を探求する決定版！

新編 日本の面影

ラフカディオ・ハーン
訳／池田雅之

日本の人びとと風物を印象的に描いたハーンの代表作『知られぬ日本の面影』を新編集。「神々の国の首都」「日本人の微笑」ほか、アニミスティックな文学世界や世界観、日本への想いを伝える一一編を新訳収録。

新編 日本の面影 II

ラフカディオ・ハーン
訳／池田雅之

代表作『知られぬ日本の面影』を新編集する、詩情豊かな新訳第二弾。「鎌倉・江ノ島詣で」「八重垣神社」「美保関にて」「二つの珍しい祭日」ほか、ハーンの描く、失われゆく美しい日本の姿を感じる一〇編。

無心ということ

鈴木大拙

無心こそ東洋精神文化の軸と捉える鈴木大拙が、仏教生活の体験を通して禅・浄土教・日本や中国の思想へと考察の輪を広げる。禅浄一致の思想を巧みに展開、宗教的考えの本質をあざやかに解き明かしていく。

角川ソフィア文庫ベストセラー

新版 禅とは何か　鈴木大拙

宗教とは何か。仏教とは何か。そして禅とは何か。自身の経験を通して読者を禅に向き合わせながら、この究極の問いを解きほぐす名著。初心者、修行者を問わず、人々を本格的な禅の世界へと誘う最良の入門書。

日本的霊性 完全版　鈴木大拙

精神の根底には霊性（宗教意識）がある――。念仏や禅の本質を生活と結びつけ、法然、親鸞、そして鎌倉時代の禅宗に、真に日本人らしい宗教的な本質を見出す。日本人がもつべき心の支柱を熱く記した代表作。

新版 福翁自伝　福沢諭吉
校訂／昆野和七

緒方洪庵塾での猛勉強、遣欧使節への随行、暗殺者におびえた日々――。六〇余年の人生を回想しつつ愉快に語られるエピソードから、変革期の世相、教育に啓蒙に人々を文明開化へ導いた福沢の自負が伝わる自叙伝。

福翁百話 現代語訳　福沢諭吉
訳／佐藤きむ

福沢が来客相手に語った談話を、自身で綴った代表作。自然科学、夫婦のあり方、政府と国民の関係、教育、環境衛生など、西洋に通じる新しい考えから快活に持論を展開。思想家福沢のすべてが大観できる。

氷川清話 付勝海舟伝　勝海舟
編／勝部真長

現代政治の混迷は、西欧の政治理論の無定見な導入と信奉にあるのではないか――。先見の洞察力と生粋の江戸っ子気質をもつ海舟が、晩年、幕末維新の思い出や人物評を問われるままに語った談話録。略年譜付載。

角川ソフィア文庫ベストセラー

日本国憲法を生んだ密室の九日間
鈴木昭典

なぜGHQが憲法草案を手掛けたのか？　第9条はいかにして生まれたか？　男女平等権は誰が書いたのか？　当事者たちへの徹底的な取材を基に、憲法誕生の全過程と真実に迫る貴重なドキュメント！

靖国戦後秘史
A級戦犯を合祀した男

毎日新聞「靖国」取材班

戦後32年間A級戦犯を合祀しなかった宮司の死後すぐ、合祀を秘密裏に決行した宮司がいた。2人の宮司それぞれの思想、時代背景に着目し、事実を裏付ける多くの証言とともに綴る第一級のノンフィクション。

日英同盟
同盟の選択と国家の盛衰

平間洋一

明治維新後の日本が列強入りをした日英同盟、破滅に追い込まれたドイツとの同盟。軍事外交史研究の泰斗が日本の命運を決めた歴史的な選択を再検証。同盟国選定の要件と政策の意義から、近代外交の要諦を探る。

東条英機と阿片の闇
太田尚樹

戦時宰相「東条英機」はなぜかくも絶大な権力を手に入れるに至ったのか。阿片という資金の秘密、共産主義の脅威、皇室の思惑などの新事実をふまえ、その人間性と思考の解剖を試みる渾身のドキュメント。

美保関のかなたへ
日本海軍特秘遭難事件

五十嵐邁

昭和二年、島根県美保関沖で駆逐艦と巡洋艦が衝突。百余名の水兵が海没する、海軍史上空前の大事故が起きた。事故直後には明らかにされなかった真実や、関わった人々の人生を克明に綴るノンフィクション。